婚姻合伙人

蒋泥 ◎ 著

文化艺术出版社
Culture and Art Publishing House

图书在版编目（CIP）数据

婚姻合伙人 / 蒋泥著. -- 北京：文化艺术出版社，2022.4
ISBN 978-7-5039-7219-5

Ⅰ.①婚… Ⅱ.①蒋… Ⅲ.①中篇小说—小说集—中国—当代②短篇小说—小说集—中国—当代 Ⅳ.①I247.7

中国版本图书馆CIP数据核字（2022）第044248号

婚姻合伙人

著　　者	蒋　泥
责任编辑	蔡宛若
责任校对	董　斌
书籍设计	姚雪媛　王　薇
出版发行	文化藝術出版社
地　　址	北京市东城区东四八条52号（100700）
网　　址	www.caaph.com
电子邮箱	s@caaph.com
电　　话	（010）84057666（总编室）　84057667（办公室） 84057696—84057699（发行部）
传　　真	（010）84057660（总编室）　84057670（办公室） 84057690（发行部）
经　　销	新华书店
印　　刷	国英印刷有限公司
版　　次	2025年2月第1版
印　　次	2025年2月第1次印刷
开　　本	710毫米×1000毫米　1/16
印　　张	17
字　　数	180千字
书　　号	ISBN 978-7-5039-7219-5
定　　价	68.00元

版权所有，侵权必究。如有印装错误，随时调换。

目 录

布　局 / 1

婚姻合伙人 / 79

美人汤 / 89

一号工程 / 169

雪花的约会 / 175

晒月亮 / 197

女　嫁 / 224

布　局

吃饭

"你就过来当我的助理吧。我这里待遇优厚，薪酬、福利远远超过你的同龄人……"

钱朵朵意味深长地看着任飒。他俩临水坐在船中的长椅上。

云层之下，翠心湖上，有数十只红嘴鸥、小白鹭轻快地掠过水面，又冲天而起，飘忽穿梭，仿佛在天地间编织雨丝、雨线。那雨却似有若无，只能湿过地面，连水上都不留痕迹。

但就因了这点雨，江南的水天才上彩着色，多了丝丝神华和韵致，变得曼妙空灵、扑朔迷离。

钱朵朵憋屈了一路，刚出地铁，就来到这动荡、舒爽的画境，顿觉神清气爽。

摇橹的船娘四十来岁，头戴斗笠，遮住半边脸，暗红的肤色给人结结实实的感觉。

船舱口一暗，导游高高挑挑，走进来，收起花伞，倚在舱门边，对钱朵朵和任飒莞尔一笑，报出姓名——苏莱雅。名字很好听，像品牌香水、洗面奶。还是个实习生，二十出头的大姑娘，眸光清亮，长相甜美，很是养眼。钱朵朵聊天的兴致被打断了。苏莱雅说起酒店和湿地的掌故，还唱了周璇的《花开等郎来》，唱到"泪珠儿簌簌，点点挂香腮"时，亦无悲戚之意，仍是一股甜丝丝的味道。

这曲子钱朵朵不陌生，任飒更是自小就听过，记得是电影《三笑》里的一段吧，歌词却不同。后来《秦淮景》风靡一时，他多方查问，方知二者都改自《无锡景》。早间有一首苏州评弹《春山恨》，同样出自《无锡景》。

吴侬软语，柔媚如水，沁润心田。两个人都像头上的云，变轻了，浮起来。心口里浪气腾升，钱朵朵那双不争气的眼睛，竟湿了，模糊起来。

老啦，像个小年轻似的，情不自禁！

钱朵朵掏出手帕，叠了叠，拭拭眼角。

任飒没有注意，他盯着姑娘的唇。

姑娘的嗓子里含着一股气，在舌尖上拿捏，两片唇一张一合，鲜艳、滑润，齐整的两排牙，洁白如玉，氤氲那如霓虹般的芬芳，光华明媚。

任飒不由得看痴了。缓过神，和钱朵朵对望一眼，不好意思地笑笑，似乎没把钱朵朵一开始说的话放在心上，要么就是在走神，一直只留心姑娘，没听见钱朵朵说过什么。

钱朵朵并不计较。他也年轻过，年龄上完全够做任飒的大叔了，半年来却总在约他吃饭，如同打不死的小强，一次再次。任飒无法承受美意，琢磨来琢磨去，不仅饭没有吃上，问题也未想通。

任飒出身布衣，小小职员，相貌不出众，还是个北漂，六千的月薪，一半用于租房。魅力何在？亮点何在？

钱朵朵是那种不大不小的人物，讲究排场。无利不起早，难道他是千里眼，能看出任飒是匹千里马？

第一次约他，钱朵朵订在西城区金融街，想要一个包间，任飒连忙客气，说大堂就好，他喜欢"泯然"于众，君子之交，情谊淡淡。人情债难还，能够轻轻松松顶好。专为他包房，太正规，让人拘谨，压力重重。

临到见面前一天，公司突然通知他明天开会，不许请假。

任飒是那种听话的小喽啰，无可通融，只好毁了约。

钱朵朵倒很体谅。他召集开会，也是这尿性。头脑一热，不管离下班或吃饭还有几分钟，说开会就开会，人都得来。决然果断，威风凛凛。

第二次约在大钟寺，任飒早起就换了一身干净衣服，皮鞋擦得锃亮如新，花半个小时在公司楼下理发，打了定型摩丝，以至于回到公司后，大家眼神都怪怪的，问他是否有喜，将做新郎？怎么没见喜糖？

这次的任飒拉足架势，是给钱朵朵面子。既然请客的讲究，他爽约在先，那么好歹得收拾收拾，给人一个清爽而又郑重的印象吧。

饭吃得舒了心，没准钱朵朵心血来潮，当场就商约下次聚会的时间了。

依着品位，任飒不怎么在乎吃，没有那资格、条件，不过但凡美味，恰如美人，他也没有多少抵抗力。

饭局定在中午，大钟寺位于两个人公司的中间地带。工余一叙，不误下午上班，计划很美。谁知当天早上，钱朵朵那边出状况了，要赶往天津。约会改期。

吃他顿饭，比爬香山都累！要记住时间，查看地点，怎么过去，乘什么车，带什么礼，说什么话，提前备好，下足功夫，拿出架势，却再次泡汤。

第三次约会，任飒已然是位大忙人了，他改行做起了推销。

这是第几次改行？

记不清，也无须记。

人往高处走，他工作整五年，老想改变状态。过去从年头到年尾，都在坐办公室，当白领，风吹不着，雨打不着，工资就是毛毛雨，成不了电闪雷鸣的大场面，现在调过来，满世界飞了。

今天去深圳，明日走西安，后天到济南，大后天下扬州，再一个明天他在青岛、贵阳。

真是匹千里马？

哪能呢！

出差是苦活儿，照着公司的规矩，他只能坐六百元以内的红眼机，要么就是高铁二等座，为赶时间，多半在路上，风尘仆仆，吃不好睡不好。

他是那种跑腿的人，跑得脸发黑，唯一的好处就是精瘦下来了，刚刚成形的肚腩消失不见了。看着像是年轻了十岁，分外干练、麻利。

钱朵朵就遭了殃，好比一个狙击手，总在瞄靶子，靶子却晃晃摇摇，他不能下手。任飒也给不了一个准定的时间，他的时间都是别人给的。要不怎么说是小人物呢！

钱朵朵不信邪，像在完成一桩伟大工程，锲而不舍，仿佛能不能约上，已不重要，重要的就是约。

任飒俨然成了香饽饽。到最后，他十天八日接不到钱朵朵的电话，就觉空荡荡的，如同丢了魂。

这一次约会，任飒在无锡，次日上午要拿一份表，下午三点去投标。最后一天了，再不投标就黄了。

钱朵朵呢，第二天飞上海。而无锡到上海，乘高铁仅仅半小时，比北京的东城去海淀都省事，凑巴凑巴，可以空出来三四个时辰，二位便约在上海虹桥见个面。

无锡那边，地铁也发达，到无锡站半个小时，十二点前肯定能到虹桥。他们可以有两个小时的吃饭时间。

情人约会，也就这么长，再长就腻了。

任飒不辱使命，早早就想去无锡站。

钱朵朵就没有那么顺当了。他马虎，这次是从国外飞上海——从东京过来，去的是浦东机场，不在虹桥。十点落地，乘地铁最快也得一两个时辰。打车是不敢的，不说路上堵，出站的排队，就等不起。

　　登机时他发现疏漏，愣一愣神，反应过来，忙和任飒联系。开始无人接，急得他满身是汗。那边总算听到，把会面推迟一小时，虹桥站改为上海站。

　　急中生智！惊心动魄啊！

　　他这头省下了起码半个小时。任飒那头更简单，无锡到虹桥站、上海站，一码事。

　　人算不如天算，钱朵朵落地，晚点了半个多小时。这已经很不简单了——最多的时候，他曾晚点过十几个小时，从早班机延成了红眼机。

　　但这机子大呀，三百多号人，从落地滑到航站楼，又用掉几十分钟。等一个个出来，差不多过去了一个小时。

　　钱朵朵没有托运行李，拎一只不大的手提包，装了换洗内衣，轻便简捷。

　　他一路小跑，排队买了地铁票，再排队检票和安检。不知哪儿来那么多人，又费去二三十分钟。

　　这就十二点多了。

　　好不容易进得地铁，2号线东延，倒2号线，乌泱泱的，人挤人，漫长得像是过去了一个世纪，站得人老腰酸。出了站，依旧是乌泱泱的人，再加上大包小包，挡住了去路。

　　任飒都在检票准备回无锡了，钱朵朵才寻过来，跑得呼呼直喘，满脸汗水，眼睛都快睁不开了。

　　两个人拉拉手，随即作别。

　　他们临时决定到无锡见面。

钱朵朵把晚上回北京的票,改到明天早上,由无锡飞北京,能赶上九点的晨会。

钱朵朵只认五星级酒店,到了江南,最好是别墅酒店。

无锡钱朵朵不怎么熟,任飒知道他不差钱,便帮他订了文华酒店,在江南大学、东南大学边上,湿地环绕,去机场近,隔壁就是影视城、秀场、剧场和滑雪场、海洋馆、乐园,可以看戏,也能泡温泉,还可以客串一把临时演员。

文华酒店的房间没有小于一百二十平方米的,大的有四五百平方米,上下三层的别墅,正对翠心湖,湖对面是秀场,一晚的开销高达八九千元,假期的话五六万元,大家庭聚会蛮好,一两个人住宿,实属奢侈。但是钱朵朵不在乎。

几方皆大欢喜。酒店收取的费用,含了自助晚餐、早餐以及两张游乐园门票。门票一周内有效。

钱朵朵玩不成,那票对他无用。任飒倒还在,不至于浪费。

他要走访客户,请标方经理吃饭,主要得喝酒,一醉方休,顺带送点小礼,不便给钱,拿几张雪世界、水世界、太湖秀场的门票,还是可以的吧?

钱朵朵到无锡,都快五点了。任飒终于把他盼来了。

任飒乖巧,早早踩了点,存了行李,得知去酒店可以坐摆渡车,也能乘船,均是免费。

任飒觉得新鲜,留意船上的导游,无一不是尤物佳丽,强过摆渡车上的大婶、大妈,忙打好招呼,钱朵朵一到,二人就登船。

钱朵朵体会到了他的用心,他那里缺的正是这号有眼力见儿的人。

现在的年轻人,十之八九自以为是,目中无人。任飒可堪大用。

"咯咯，咯咯……"

什么东西在叫，又扑棱棱飞了。任飒背对它们，凭一点感觉，呼道："草鸭子？"

他扭过身，看到湖面上有两大三小五只白天鹅，被惊到了，从鸢尾、水葱间掠过，离他们而去，落到了东侧的几亩荷叶中。

苏莱雅"扑哧"笑了，钱朵朵也是哈哈大笑。任飒这活宝，怎会把白天鹅和草鸭子混到了一起。

苏莱雅说，湿地里原先只有一对天鹅，春天孵出了几只小天鹅。那时候几只小宝宝站在水边的枯枝上，不肯下河，鹅爸鹅妈干着急，长长的脖子在水里勾转钻探，进进出出，仿佛示范，一遍遍划拉水。一只小宝宝终于肯下来了，爸妈的身形一转，绕住小天鹅。又下来一只，跌跌绊绊。其他就不为所动了，是隔了好久才下水的。可爱至极！

苏莱雅说着话，仰着头，脸上如同洒满阳光，闪闪发亮，那是青春气息在悄然焕发。

苏莱雅问两位饿不饿，回房洗漱一下，就可以用餐了。是送到房间，还是去餐厅，房客怎样要求，酒店就怎样满足。

钱朵朵问是不是耽误她吃饭了，姑娘说没有，接到他们，她就回家。

钱朵朵问她住哪里。她说在海岸城，几个同学合租，一个人一千多点的租金，靠着湖，靠着湿地，靠着古镇，靠着公园，离他们大学也近，吃的、玩的应有尽有。

原来她是江南大学的学生，毕业后想留在酒店，干几年再说。

钱朵朵忙掏了六百元小费，说误了她的饭期。她要是方便，晚上就和他们一块儿吃吧，她去可以帮忙做饭。

苏莱雅落落大方，欣然同意。

下船来，她领二位去前台，又带他们穿过雄伟、高深的大堂，左拐，引他们乘坐大电梯，上到宽敞的二楼，在曲折长廊里七拐八拐，浏览廊道上一幅幅华美的壁画。

风帘翠幕，烟柳画桥，荷叶桂子，十万人家。

壁画各有特色，意境绝美，看着都滋养神魂。

别墅区在廊道南端。刷卡进门，就是二层，有两个卧室、一个厅。

厅大，五六米长，四五米高，两个敞亮的飘窗。一个窗前有两排沙发，中间是圆桌，桌上放了水果和饮料，以及咖啡机；另一个窗前是红木书桌，摆放电话、电脑、传真机、打印机、扫描仪。

卧室的窗台很宽，铺有软垫，上面放了藤编的茶几，茶几上是托盘，放了宜兴绿茶、紫砂壶和茶杯。两边是蒲团、靠枕。人可在台上打坐，也可推开茶几，倒身卧眠。

窗下是花园，花园外就是翠心湖了。

苏莱雅显然常带人来，说楼下就有厨房，也有厅堂，备了电磁炉、冰箱、洗衣机、音响、跑步机、酒柜，可以炒菜做饭，也能唱歌健身。蔬菜、鱼肉，全是生态食材，新鲜、干净，稍加清理，就能下锅。自己动手、请厨师做，都可以。

"要不要现在就下去？"

任飒惊到了，他从没住过这么高级、奢华的酒店。他很奇怪，到了酒店，为什么要自己做饭？

钱朵朵却满意，厨房是他点了名要的，虽说他不是歌星、影星、球星，不是闻名遐迩的巨商大咖，十几、几十亿的人都认识这张脸，不宜在公众前露面，但他很留意私密性，晚上消化又快，肚子常饿，须得加餐。

他在吃上从不马虎，从不吃凉。有一个厨房，想吃什么就吃什么，想什么时候吃就什么时候吃。而且为赶飞机，早餐要自己做。

他爱吃烤牛排，切成薄薄的肉片，反复烤。烤时，用张裕爱斐堡赤霞珠红葡萄酒淋透。烤到十成熟，冒着白气，酒香扑鼻。

一块块切成拇指指甲大小，装进盘子，蘸上鲜汁，吃在嘴里，齿颊留香。

多少人说他，不要多吃，晚上少吃或不吃，人的食量是一定的，贪吃不长命，但他宁可不要命，也不能亏了嘴。

他的肚子异于常人，真正的无底洞，每天吃四五顿，顿顿要饱，食量惊人，还不胖。吃的东西都跑哪里去了？

想起来玄奥、脑大，只能拿老家乡下人的俗语"能吃就能干"宽慰自己。

"楼上干什么的？"任飒满眼好奇，满心惊叹，放下行李，巡视一周。

楼上有两间卧室，中间有一个环形的浴缸，放满水不仅能泡澡，还可以一圈圈地游，当然游不快。

三个人下楼，到了底层，拿菜谱点了几道菜和水果，让人送过来。要的是西瓜鸡、焖河鳗、八宝鸭、白汁鼋，还有樱桃、草莓和荔枝。

苏莱雅亲自下厨，给他们清蒸了一条刀鱼，炒了一道鸡毛菜。

量都不小，荤素搭配，摆了大半张桌子。

烫上一壶黄酒，两个男人开干。

苏莱雅只吃菜，中间放下筷子去灶台几次，做出三碗阳春面，端上来，红红的汤上点缀葱花，色香形味俱佳。

一个小丫头片子，做的饭菜有模有样，出人意料。

酒足饭饱，他们又回二楼，吃起水果。

苏莱雅上上下下，收拾了一番，就和他们道别。

二人未挽留，泡上红茶，坐到了窗台上。

外面尚亮，视野不错。没有雨，风比刚才大了，湖边的垂柳在水上拂扫，浪头鼓鼓的，拍打着岸边的青石。

几对男女在花园里溜达，不时停下来拍照，把菊花、紫罗兰、香雪球、虞美人以及波光、酒店摄入镜头，满脸都是微笑。

"我找你是问问你的身世。你了解多少？"

钱朵朵扭过头，面对任飒，神色微微一凝。

任飒有种不好的预感，支吾着、迟疑着，问："什么意思？"

钱朵朵肃着脸，看样子略显沉重。

"现在我跟你说的话，你不要有任何意外，因为对你并不是坏事，可能还是机会。你呢，小我十几岁，我们是同一个妈妈。"

"嗯？"任飒没反应过来。怎么回事？

"你听我说，别插话。我们的爸，不是一个人。我爸气运不错，祖坟冒青烟了吧！早年遇上了妈妈。妈妈是上海人，大学毕业后去西部扶贫。我爸当年比她年长好多，是一个小镇的镇长。妈妈就在那个小镇上扶贫。据说那天他们一起去市里开会，我爸晚上请了几个战友，喝高了，回到酒店，妈妈冲了杯蜂蜜柠檬水，给他醒酒，没想他……妈妈单纯，又是普通人家的孩子，也不知道堕胎什么的。我爸上升很快，还做过市长。他没叫外人发现，让妈妈偷偷生下我，再把妈妈送回上海。我的上头有三个姐姐，就我一个男孩子，家里人都惯我。从没受虐待，反倒是顺风顺水。妈妈回上海后，消失了。我爸后来找过她，没有找着。三年前我才知道这些，派人去查。现在不像过去，我在旧档案里，找到妈妈年轻时的身份证复印件，有她的照片，上海也认识几个人，只要肯用心，就能查出来。妈妈回上海后不久，去了南京，前后一年左右吧，辗转到了苏州一家企业做工，认识了你爸。她三十出头结的婚，快四十岁要的你……"

任飒张大了嘴，看着钱朵朵，开始是一头雾水，听着听着，手上用力，几乎要把杯子捏碎。

钱朵朵从包里抽出一张塑封的册页，放在茶几上，里面是一张老照片和身份证复印件。

任飒小心端详，一眼认出来，是妈妈！轮廓很明显。那时她还年轻，脸带稚弱之气，满是天真的笑。

没错，照片有几十年了！

可他怎么从未听说？

钱朵朵不至于骗他，他没有骗自己的必要。

任飒不禁来气：要真像钱朵朵说的这样，说明他那个所谓的爸爸，该多么阴险、混账！骗了妈妈，只为借腹生子，让钱家后继有人！

妈妈怎么没杀了那个老不死的！妈妈这辈子算被那混球毁了！

任飒不由得心痛，仿佛看见妈妈正受凌辱，泪光闪烁的凄惨样子，眼含怒火，恨不得爬起来抽对方几个耳光。

"畜生！你爸是畜生！"任飒拿着东西的手在抖，嘴唇也紫了起来，吼骂出声。

他真幼稚，竟一直把钱朵朵当成了礼贤下士的长者！

他这一次次约自己，想干什么！

钱朵朵没想到任飒会有如此反应和想法。他本以为这仅仅是个错，上代人干了傻事，情有可原。多少年了，他找着了亲人，能够补偿……难道错了？哪里表述不当，引得任飒误会？

据他了解，任飒是个活泼、开朗的人啊！

他没有直接找妈妈，毕竟她有她的生活、世界。她在苏州过得不算太差，丈夫待她也好，老来有福了。

钱朵朵的爸爸，晚景就不如她了。退休前两年出事，受到处分，一撸到底；老伴儿走了也快二十年了；身体胖胖，血压、血脂都高，糖尿病、心脏病，做过搭桥；儿女虽多，但天南地北，照顾不过来。只剩下钱朵朵一子，尚有孝心，给他找了两个保姆，日夜伺候。他十几年来都住在单人病房，就像五十八岁前把福运都挥霍掉了，走路咳喘，外出只能坐轮椅。

钱朵朵自觉心愧，不好反驳任飒对于他爸的仇怨。

"你爸是故意的，设计好陷阱。他想要儿子，传宗接代，又不能三妻四妾，不敢养小老婆，就算计上我妈了，这个混账！"

任飒的话，句句在理，入骨三分。

想不到这么年轻，就有如此主见，钱朵朵疏忽了！

两个人视角、地位都不同。

"你别激动啊，听我说……"钱朵朵装出老神在在的样子，"我爸是极其内疚、后悔的，当场就给妈妈下跪、求饶，要她留下来，他去离婚，娶妈妈，可妈妈没答应。后来知道怀孕了，我爸哀告妈妈原谅他。妈妈只有惊慌。生下我，外公才知道了，摸到小镇，逼妈妈丢开一切，孩子都不能要，即刻跟他回上海。爸爸找了他的战友帮忙，费了很多周折，才把妈妈的关系办回去。可不知怎么的，妈妈却离开了上海。前期的运作，等于白费！——上一代人的恩怨，我们做小辈的，没有多少资格置喙。"

"你当然没资格！老家伙异想天开！他多大了，我妈才多大！还想吊住我妈！"

任飒对钱朵朵的父亲，本能地敌视、憎恶，带着不共戴天的恨意。

在任飒的印象中，他爸和妈妈的感情向来不错，不说举案齐眉，起码两个人从未激烈争吵过，孰料妈妈之前有这么一段，他爸要是知道了，都不敢想会有什么后果！

钱朵朵隐忍着，包容了弟弟，娓娓道明来意。一是补过。他爸爸惹了祸，也受到报应了，没几天好活了，顶多撑一两年吧。还是那句话，他想让任飒过来，做他的助理，他可以转些股份给他，每年分分红，买房、养家，不在话下。钱朵朵只有两个女儿，全在海外念书，不会回来了，他老了估计会过去。公司后继无人。任飒接班后，自能撑起一片天。自家兄弟，没有比这更能放心的。再就是他俩搞一个结拜仪式，认个兄弟，让他可以登门去看看亲生的老娘，堂而皇之地喊一声妈。等哪天妈一个人了，再正式相认。他保证只要任飒的爸爸还在，就只以义兄的名义抛头露面。要是妈妈先走，钱朵朵也能以义子之名，给老人家披麻戴孝，尽尽孝心。

钱朵朵本意是要妈妈在他爸走前见个面，给他爸一个洗心革面忏悔的机会。两位老人彼此肯定也有牵挂，有交代。可是钱朵朵发现任飒情绪不对头，妈妈未必肯认他，便很快改了主意，人子之心倒也拳拳可叹。

任飒冷静了下来，未给回应。他无法接受妈妈的过去，对于天上掉下来的这位哥哥，他心里有隔阂——哥哥虽亲，却是妈妈受欺负的产品，万一爸爸、妈妈吃不消钱朵朵带来的打击，有个三长两短，那就悔之晚矣。

钱朵朵倒也没想让任飒这么快接纳自己，他答应给任飒一笔巨款，任飒呢，就说买彩票中了头等奖，用这些钱，给妈妈在金鸡湖畔买个大平层，上个重疾保险，余下的给妈妈吃喝，随团出去周游一下世界。

钱朵朵突然灵机一动，不如干脆在苏州或无锡开家公司，这样自己可以名正言顺地往这边跑。

北京的公司，当年是合伙创业，五位同学控股。共苦的时候看不出什么，现在发达了，反而越来越磕绊，争利的多，干活儿的少。五个人里，他的股份最少，却负责生产、营销，是总经理。处处出力，常年出差奔波。

股份最多的那位，好抓权，爱搞开发，技术创新上蛮有一套，其他乏善可陈。但人家靠山硬，是公司总裁兼法人，主管研发和财务，二十万元以上的开销，他是一支笔。

公司还有一位董事长，股份仅次于总裁，能说会道，管着人事与后勤，但没有财权，其实就是招牌。粮草不在手，人事、后勤都不怎么听他，他对总裁的抓权特有看法。

另外两个，一个是副董事长，紧跟董事长；另一个是副总裁，紧跟总裁。两个人起步时出钱不少，后期没什么贡献，能力不足，又爱享受，还不安守本分，动不动指手画脚，底下人怨气多，告状都告到钱朵朵那里。

钱朵朵呢，两头不靠，两个圈子都拿他当异类。好在公司的一进一出，全在他手上，相当于总裁的执行人。总裁不知道怎样弄，他门儿清。两个圈子都想着要甩他，却又离不开他。

五个人里，他劳苦功高，差不多功高震主了，二十万元以内的开支，他就能签字。这是公司唯一优待他的地方，除了总裁以外，其他人都没有这个权力。设备的更新、元件的购进、展销会的亮相、业务员的回扣，等等，都是他签批。如果说总裁在公司实际的分量只占25%的话，那么董事长占15%，副董事长、副总裁只占5%，钱朵朵就占了50%。他的资源和人脉，而今远胜于另外四位，他们只能越来越倚重他。

钱朵朵是个有心术的人。正还是歪，要看对谁。他吃亏就吃在没有拍板权，大的方向不能做主，大的花费也说了不算，公司做得越大，受的牵制就越多。

"打架亲兄弟，上阵父子兵。"他好不容易找回小弟，年轻他那么多，他在江南的腹心之地开办公司，悄悄转移资源，任飒将来就可以挑大梁了。多年的困扰，那就全部解开了。

任飒对这打算也不能不心动。任飒也有"小目标"的，虽说不能"赚它一个亿"，但年薪几十万、一百万，也还是可以想想的。

两个人在利益上起码算谈拢了。能有合作，各取所长，交流很有必要。灵感火花碰出来，收获多多。

钱朵朵让任飒索性别急着回北京了，就在无锡、苏州转转，看看干什么能赚钱，哪里可以租房，选上两三处，踩踩点，看看人气、人流、便利度，什么紧缺，适合做什么。恰好任飒这些天都要在这边，投标后的公关联谊、中标后的接洽安排，都不容他开溜，他可以有大把的时间。

如果开小型超市，就要到新小区、旅游区周边找找。如果是服务公司，就要去商务大厦、金融街，租上一两层。如果办实企，就得找高速路附近。

钱朵朵不差钱，也想把账上的钱动起来，趴在那里不动，贬值太快。

哪些行当稳定赚钱呢？肯定和孩子、学生、老人相关，和生活相关。幼儿园、游乐场、培训学校，活鱼生鲜，护工保姆，非到现场不可，过日子必需的。门槛还不能太低。他们都放弃了高科技，那东西热得快，更新迭代更快，拿捏不准，还是吃喝穿住行、健康和保养，谁都不能缺，谁也替不了，靠谱、保底。把古老的行业做出新意，没准就吃香了，火了。起步无妨低一点。

再三商议，两个人觉得还是开一家蔬菜生鲜超市，前景广大。隔壁再弄个餐馆，可以又卖菜又做菜。投入不需要很大。厨师要好，去扬州烹饪学校挖几位大厨，打上横幅，区别于草头军、游击队出来的。生意好了，再在旁边办培训学校，教学生阅读、作文、英语、音乐、书法、舞蹈，还可以开家养生健身馆。所以选址周边的容量、场地要大，便于将来收购。

狡兔三窟，钱朵朵的公司做的是通信软件，客户是银行、车行这些有钱主顾，过了几年红火日子。这些年开始吃力了，技术明显跟不上。况且他们起家时，本就是靠着买了他人的全套技术复制。钱朵朵在市场潮头待得久了，敏感到大势异动，思路和别人不一致，却是分身乏术，不能二次创业。

他琢磨了一会儿，又给任飒引出一条大道："我多年来摸索出一个道理，可以和你分享，让你少走三十年弯路：一个人可以没有太大能力，但一定要会拉关系、处关系、维持和深化关系。关系是第一推力，能把一个普通、平常的人推向巅峰！刚才那个小丫头，观察出来没有，不简单！你不可轻视。她脾性不错，我都有点心动了。你好好儿泡泡看，一两个月内拿下。跟她去一趟江南大学，找食品系教授。江南大学的食品专业全国排第一。和他们谈谈条件，办一场全国性的厨艺大赛，看看都需要做些什么。我这里出资金，出媒体，打广告，做宣传，拉赞助——幕后全是我的，面子上由江南大学牵头，搞得轰轰烈烈，搞出声势。说不定单凭这个，就能赚个盆满钵满……"

任飒苦笑了一下。这老哥就像妈妈似的，对他也太看得起了。不说开公司，就是那帮姑娘丫头，人小鬼大，外表你看着不错，其实隐藏有多深，好比一条沟，被重重叠叠的藤草覆盖，景色迷人，待得陷进去，已经无力自救了，才知道岸上有多好。多好的风景都带了蛊惑性，远观为胜地，近身是悬崖，想不死就离远点。

他不信苏莱雅那么容易上钩，骨子里也轻看酒店女郎。要是不知她的出身，他大概会以为她是中学毕业——这岗位好像不要多少技术。她肯放下身段，上门服务，也是看中钱朵朵的腰包。

有一阵传说：男人读MBA（工商管理硕士），就是花钱买圈子；女人读MBA，不少是为了进那个圈，便于物色"老公"。读成的是少数，多数读不成。那么苏莱雅在高端酒店里当接待，眼界自然就高了，有想法了，她怎会看上自己？不可能的事，他就少用脑筋。

他没想过靠关系上道，硬拉的关系，拘束多，再多报酬，也不符他的脾性。

他还没有从钱朵朵带来的震惊、困惑里走出来。他需要时间消化。

钱朵朵从身边的包里，拔出钱夹子，像抽出一把刀。两个巴掌长，一头有长长的锁链子，出门可以扣在皮带上，插进裤兜。拉开展示，里面就是个百宝盒，藏着各式各样的金卡、银卡。他找了找，抽出两张，递给任飒。一张是给老娘的，一张是给任飒的。

任飒推辞，他还没有伸手拿钱的习惯。上大学以后，他就自己赚学费了。

钱朵朵捻开那两张卡，忙道："我和你说了那么多事，没钱怎么操办呢？妈妈生下我，受苦受罪，又不是给你，只是想孝敬她，让她的晚年过得开心一些！"

"那好吧，所有花费，我回头给你清单。妈妈那边，不是我不肯，而是我不清楚情况，也可能违背她的意愿，还是等我了解了解再说吧！"

任飒脑子转了这么久，有了决断，断然挡开钱朵朵给妈妈的卡，心里极不乐意接受事实，无法认同这一层"关系"，只接了操办厨艺大赛和办超市的那张。他问卡中有多少钱。钱朵朵却是没概念，说几十万吧，不够再说。需要多少给他打电话，他转过来。卡的密码都是妈妈的生日。他走后，任飒可以约苏莱雅聚聚，这是接近苏莱雅的机会，要好好把握。

钱朵朵有点赶鸭子上架，操之过急。这样的女生，还能是单干户吗？也可能被承包了，哪能不调查？有钱不是万能的。人家看你有钱的面子，给你服务了一下，很快不就走了吗？苏莱雅现在就租房，足见经济上无压力，家里不差钱。是个男的，都要大献殷勤。当然，即使不能做男女朋友，也还是可以一起做事的。请她帮忙，酬谢殷勤，倒不至于唐突和孟浪。

任飒想得开，没有多说什么。钱朵朵却把他的心思猜了个七七八八。人有运气还不够，还要看缘分。如果任飒抓不住，他钱朵朵不介意插手。这世上的多数事，用钱就能解决，他有的是钱，所以硬气，不像任飒那么瞻前顾后。

谈完正事，天还没有黑，他们去了翠心湖边。天不再下雨。但潮气大，路面湿漉漉，枝叶垂挂头顶，脖子里、手臂上，零零碎碎总会落上几滴水，不知从哪儿来的，一片凉意，舒爽宜人。

湖对面在放烟花，一串串在半空炸开，成片成带成林，耀眼刺激，灿灿烂烂。

他们绕过去，进了街区，顿时感到了热，身上渐渐黏糊，不是很舒服。

人来车往，卖花的、卖熟食的、卖零嘴的、卖报纸杂志的，都在各自的摊位上吆喝。汽油味、烟草味、香气和酒肉味，从各处汇拢，周遭闹哄哄的。

钱朵朵便说去滑雪吧，滑上两个时辰，回酒店吃夜宵。

商城盖得很有气势，餐馆、茶馆、商场、温泉、海洋馆、游艺厅……应有尽有。

滑雪在一层售票。窗口排了不多的人，不在周末、假日，没用多久，他们就买到了票。

他们本是有赠票的，钱朵朵让任飒留着，明天或是哪天，约苏莱雅就有很好的借口了。女孩子嘛，男生必须主动，处处想在前头。今天刚好先熟悉一下，下回可以教教她。穿穿鞋、拉拉手，都是好机会啊。说不定哪里就打动她了。

钱朵朵婆婆妈妈，如家长在叮嘱孩子，事无巨细。

乘着专用电梯，上到最高层，钱朵朵给任飒找了个教练，又租了头盔、手套、袜子、护脸、滑雪镜和速干衣，领上雪服和雪鞋，去更衣室穿好。又取了雪板，来到高高的雪峰顶。

几条道上都有人。钱朵朵自行去运动，把任飒丢给教练。

任飒学起来又笨又蠢，老要摔跟头。幸亏是在比较平缓的地带。一次次爬起来，拄雪杖，战战兢兢地动，按着教练交代的，先学着走路，再去学滑。可他性子急啊，一快就失衡，摔倒，直至出了汗。但他却是越玩越有信心。

刚有点感觉，钱朵朵就飘了过来，红光满面，呼着热气，说差不多了，一个多时辰了，这里真不错，下回再来吧。

任飒没想到时间会过去这么快。他也没什么留恋，就和钱朵朵一道撤了。

钱朵朵算是尽了兴。

他难得滑一回，主要是市区场地不多，要跑好远的路，多在密云、怀柔，准备时间漫长，远不如这边便利。要不然他也不会抽这一点空，来过把瘾。

两人出来，乘着扶梯下楼。任飒忽然看到了苏莱雅，就在下面。细加辨认，确信是她，刚要喊，发现她身边跟着个男的，有三十多岁了，两个人说着话，进了一家店。下了扶梯，任飒扫了一眼，原来是卖绸缎服饰的。

什么人才会给女孩子买衣服？

任飒本就觉得自己和苏莱雅不在一个世界，苏莱雅不缺男人，现在得到确认，更是不为所动。

这样也好，省得白费力。就不告诉钱朵朵了吧。

任飒轻轻摇头，仿佛把什么给甩了出去，释然自在。哼起一首老歌——*You Raise Me Up*。这歌很励志,可以唱给上帝,也能唱给亲人、恋人、同学,一切帮过自己的人,从精神上迈出去,上升到一个新的境界。

外面更加阴潮了。湖上的风竟有了一点凉意,比空调适意、自然、清新。

钱朵朵却说饿了。

这才几个时辰!

吃夜宵去吧!

吃夜宵的地方在酒店的十八层。房间连通,规模不小。但是人不多,比较静。以西餐为主。面包、点心、果茶、咖啡、冷饮、啤酒。居然还有桂花酒,每人限领一盅。是用糯米酒、桂花汁调配的。任飒在老家时,常喝,当饮料喝。钱朵朵却是从未喝过,任飒就叫他尝尝。

浓酽的桂花香,让人没喝就醉了。一口抿下去,烫烫的,甘甜、醇厚、滋润、黏稠稠的。美味爽口。

钱朵朵呼了一口热气,相见恨晚。忙掏钱买了一坛,让烫好了送到座位上。再送三五瓶到他别墅。

他们去了里间,那里是高高的落地玻璃,白天可以望见太湖。

不远处一位女子,开着电脑,正写东西。面前一杯咖啡,却不怎么喝。专注的样子,看上去很美。

他们走近的脚步声,打断了她的思路,她抬头看了看。

短发,一张清瘦的脸,上宽下窄,颧骨有点高,乍一看像韩国男影星,眼睛似在看人,其实并无聚焦,仿佛心神不在这个世界。干净,棱角分明,越看越耐看。

年龄可不小,总有二十七八了。穿一件丝绸包边立领短袖长款蕾丝丹青旗袍连衣裙,显得很成熟,却又像个长不大的孩子。

"这里像是有马拉松赛。锡马出名。不过全国的马拉松一窝蜂,都在办。有的市每年办几次,每次都是几个黑人拿名次。这些人就像养在中国了,参加各个市的马拉松,找到了发财门路。"

钱朵朵见多识广,曾经当过火炬手,跑过马拉松,往后努努嘴,猜度那位女子的身份。

"你说那女的,跑马拉松的?但怎么穿旗袍?"

任飒正对那女子,钱朵朵则是背对着人家,不好太明显回头去看。他只凭刚才那几眼,就大体猜出了这个人的身份,很不简单。

谁知一席话,被那女子听见,她朝任飒这边看来,和他的目光撞上,带着幽静的时光,好似穿越到了民国。

任飒一下子不安了,脸上热烘烘的,如在烤火。毕竟他们在妄测人家,也属背后议人短长的长舌头。即便猜对了,谁又能舒服?

他低头避开。钱朵朵没看就知道显形了,笑道:"放松点,小子,你就这点出息!女人嘛,就需要男人关注!"

他放低声音,低到恰好任飒能听见。

"那位也许是演员呢?你别忘了,隔壁就是影视城。常年拍戏,住了不少演员。"

"那就悄悄拍几张照,回头让苏莱雅帮忙查……"

"可不敢!你还不如问问前台。"

"我会的!"钱朵朵没当回事,轻松笑笑,"我最喜欢演员了!我跟你说啊,苏莱雅你必须用心追,无论成不成,追了才有可能,不追就跑了,没你什么份儿了。你现在不差钱,没钱我给。你有的是时间,好好想点招数,对付女人不亚于商场竞争,优胜劣汰,特别残酷,也很有意思。懂吧?"

钱朵朵是过来人,真把任飒当了亲弟弟。

任飒对苏莱雅其实没多少感觉，反倒是对面的女人，让他过目不忘，总觉得她身上有种特殊的气质，说不清道不明，诱使他看了还想看，却是不敢明目张胆，生怕人家误会，当他是色狼。

这要是明星，他们的差距可就天上地下了！不能有任何非分之想，只当是美玉、奇葩、名画，远远观赏。

烫好的酒，倒在锡壶里，送了过来。

任飒和钱朵朵都用质地上佳的大玻璃杯倒酒，不亚于夜光杯。

酒水注满，黄亮亮的，介于暗琥珀色和金琥珀色之间。如果用紫砂杯，那就看不到这样的好景了。

任飒为了陪陪钱朵朵，不能不喝。

钱朵朵喝酒爽快，一杯一杯，大口大口来，一杯酒往往三四口就见底儿，浑身流汗，淋淋漓漓，身上不仅暖，而且热。钱朵朵的脸和脖子起了潮红，如同处子藏羞，就是皮肉老了点，皱皱巴巴，不忍细瞅。

这酒能有十几度，要是白酒，可不敢这么整。

唐代时，酒仙李白能饮，往往要喝一斗，大概也就相当于现在的两升，酒的度数不会高，就和他们喝的米酒差不多，喝上一两斤都难醉。

可是米酒的后劲儿大，不知不觉就高了。不上头，睡一觉就好。睡不着的人，睡前喝几两，很快就能入睡。

任飒边喝边给钱朵朵讲八卦，普及常识，钱朵朵分不清哪是真哪是假。两个人遗形忘性，一壶酒下去，不觉多了，脑袋昏沉。见那女子早就不在了，他们也下了楼，趁着还能走，没有糊涂，回了房间。

任飒头一次喝这么多酒，睡得很实很死，都不知道钱朵朵几点走的，等他醒过来，钱朵朵已在北京。钱朵朵叮嘱他尽快推进交代的事，他过几天来，起码要有眉目，不至于处处抓瞎。

任飒爬起来，冲洗掉夜间挥发的酒气，神清气爽，上楼吃早餐。

人不多。

任飒一手端盘子，一手拿红茶，发现靠玻璃窗的桌子都坐了人。他就爱在视野开阔的地方用餐，能够远眺太湖。

来到拐角处，靠玻璃窗的又是几张桌，唯独中间那张只有一名女子。他连忙过去，走近了才认出正是昨晚开电脑写东西的那位。

他顿时热血澎湃，就这儿了！没有犹豫，他鼓起勇气上前，笑问有没有人，其他地方都满了，打扰！

女子惊异地看看他，看看旁边空空的桌子，眼睛眨了眨，显然在暗示他不要撒谎，示意他坐旁边。她没认出他是谁，看着他坐下，她的脸色微微一沉，不那么舒服，心理上抵制，却不说话。怎么就这样厚脸皮呢？！她也没同意他坐啊！隔壁那么多空位子！

任飒已然喝了一口烫茶，噼里啪啦吃起盘子里的西兰花，像牛在嚼草。他的盘子里堆的都是素菜。大概晚上吃多了，喝酒时他们吃了不少烤肉，现在打个嗝，嗓子眼儿都像是中东地区的沙壤，直接冒油。

他极力压住那些油，红茶助着消化，素菜也在把酸油溶解。所以第一盘他吃得飞快。没和谁说话——实在也提不起底气。他担心打嗝，惹人嫌。

一杯茶下去，他又接了咖啡，感觉好多了，有了说话的需求和狗胆，便请教美女，如何把手机里的照片放大像素，他要做一份材料，用到图，像素却不够。他是看她写东西，猜她有办法，才提问的。

果然，美女好为人师，让他去找台电脑，打开图，在画图里找一找放大尺寸，里面有像素放大。很简单的呀。

她的声音悦耳，一口流利的北京话。

"你是老北京？"

人家不搭话。他又装出茫然的样子，说自己偏科，电脑上的东西，像文盲一样，能否请她帮忙帮到底，代劳一下，他给她发个大红包。心里想的却是，到时就发520元，一个不够，发两个。

图片从手机里随便找一张。帮这忙势必要加微信，传图，转到她电脑上，由她操作，那么他就顺利地拿到了她的联系方式，不动声色。

谁知人家似乎看出他的心思，不理他了，道了歉，起身走了。

任飒摇摇头，想不通，自己看着就那么像坏蛋、诈骗犯？

见美女就上，没安好心，倒是不假。喜欢一个人，没错吧？

他其实是个挑剔的人，不是什么美女都肯亲近。

难道是方式上不对？应该模仿古人，文文绉绉，上来先行自荐：鄙姓任，名飒——英姿飒爽的飒。年方二十有八（注：不是二八）。未曾婚配。家有茅屋四五间，良田二三顷（注：比亩大很多）。敢问姑娘是否待字闺中？如蒙不弃，能否与我结游，仿范蠡之偕西子，"泛五湖而去"？

交流很重要，人家对你没有任何了解，怎么判断你是不是淫棍，恶名远扬？

轻率了！早饭是双人餐，按着钱朵朵的意思，他应该喊上苏莱雅。竟把她忘了！

想起她身边还有其他男人，任飒就郁闷。

没想起来也是对的，钱朵朵乱点鸳鸯，听他的才是乱弹琴！

可是他派了任务。是不是约她一下呢？

约吧！跑掉一个，再约见一个。钱朵朵说了，对妹子是要主动的！苏莱雅即使有男人，也还是可以接触接触嘛。

直接拜托她帮忙，举办厨艺大赛。

他拍了两张照片，一张是餐厅内的，另一张是朝外拍的，远处可见太湖水，却望不见浪打浪。当即给苏莱雅发过去。问她吃早餐没有，他刚到餐厅。她要是没吃，就过来吧，说点生意上的事。他要请她学校的老师当评委。昨天太晚，早上又太早，他没好意思打扰，所以现在才留言。

酒店的早餐，一直到十点，苏莱雅此时来，都来得及。而他既然要跳槽，那对手头上的事，也就没有过去那份心了。最好可以拖下去，拖到他找到开办超市的场地，完美衔接。因此，不到最后时刻，他是不会过去送招标的补充资料的。今天刚好就可以空出来。

苏莱雅却杳无音信。

奇了怪了。昨天还挺好的。难道女人都是神算子？都不想和他接触？都知道他不能发达？何止是不发达，简直是穷鬼！

穷是可以感知的。怎么就没有认识到呢？

先打个电话吧，微信留言不一定在线！任飒说服自己。

苏莱雅很快挂断电话，回了短信："上课，请别骚扰！"

乖乖隆的咚！任飒呆了，被"骚扰"两个字刺着了眼睛，不能平静。

妈的，做好人不容易，做个坏家伙，看来也不简单啦！女人们防他是水泄不通。他早该认清身份，没有那条件，就别装阔。

她们是如何一眼识出他下三流的身份的？

钱朵朵一看就是上流，自己怎就露了底？

她这是在告诫他，今后也别找借口联系？

骚扰和打扰，性质上很不一样。

"骚扰"带了性侵的成分，极其恶劣，弄不好可以诉诸法律。但他仅仅打了个电话，那边接都没接，就给定性，这是何等的羞辱人呢！哪里出了问题？

任飒想破脑袋，都是不明状况。

无心用餐了。他本想多吃点，中午可以不吃，晚上再吃大餐，但现在他只想发泄一通。

他走出去，沿着翠心湖慢跑。跑得大口吐气，出了汗。

跑到街上，买了张电影票，去看了一部武打片。

他需要爆发。

看的时候，真想从位子上跳起来喊：揍他！狠狠地揍！

这钱自然花冤了，他完全可以待在酒店，看凤凰卫视的电影台，那些鬼故事，一部接一部，不要钱。

他没有，挤在一群人中间。

走出来，心里空空荡荡。

或许是来历不明，出生带来的困扰，让他不能耐受寂寞，需要躲于大众之中。

回到酒店，他仍是心灰意懒，退掉了别墅，去隔壁皇冠假日，订了个大床房，省下的钱全用来吃喝，把每天三顿饭的开销，打包放在住宿费中。

用完餐，他回了房间，倒头便睡。

电话把他吵醒了，谈的是工作上的事。再无睡意。

他出去扫码，骑了辆共享单车，在周边转悠，看了看街上和娱乐城的人流，又到几个大学校园绕了绕。感觉可以在地铁旁边弄个商铺，租和买都行。看看有没有愿意出手的。

很难啦，都有了主顾。生意好的，谁肯出让？不大好的，在没有找到别的可干的之前，也还在硬撑。

他又回来，站到了湖边。看见摇船的正在接客，但苏莱雅不在上面，换了个姑娘。

难道她真的有课？

他没有坐船，也未乘车，而是步行，绕着湖边的小道。

四处寂静，能听到树叶的沙沙声。此刻，他的心死寂寂的，毫无波澜，冷漠茫然，不知进退。

是继续给现在的公司干活儿，还是去创业？创业哪有那么简单，何况要倚仗他人！他有几斤几两？干好了没的说，要是干不好呢？多数是干不好的，成功的也是极少数人。

走出校园，至今闯荡好几年，一腔热血早已平息，他有清晰的定位和目标。没有钱朵朵，他会计划着小日子，踏踏实实走下去，不会像今天这样苦闷无望，即使他的计划，多半来说更虚幻，禁不住推敲，但现在不过是幻影提前破灭。

大概两个女人毁掉了他的心境。明明没有太大恶意，说不定还是好事情，却就是一团糟。

更过分的是妈妈，竟有那事……

这都是钱朵朵带给他的。

要不要划清界限？

钱朵朵带了目的，包藏"祸心"，那是任飒全家把命赌上去，都承受不住的。可不能全听他的！

但是必须和苏莱雅约起来！

黄昏时候，他给苏莱雅打了电话，她接了，让他面谈，急的话就来秀场旁边的黑牛烤肉料理店，正愁没人结账呢。说着她哈哈大笑，边上几个附和，惊叫。似乎有一群女生。

他感受到了她们的欢快。

女孩子真像是鬼天气，说变就变！

任飒到的时候，见苏莱雅确是和几个女生在一起的。早餐一张桌子上吃饭的女子竟也在，而且坐在主位。

天下何其小！差点认不出了。

她在这帮柔媚、靓丽的女生中间，并不突出，只是身上有大姐范，套了个背心，胸脯鼓胀，撑得快要绷开的样子。脖子左下方有颗美人痣，上面挂了一串彩金凤尾白黄绛三色金项链，指头上夹着根细长的金陵十二钗香烟。黄色的烟盒，被很随性地丢在面前，右手边还有个烟灰缸。

变化太大，让他刮目，他是看到她的颧骨才认出她来的。

她望着他，"呀呀"喊了两声，终于把他也想起来，龇龇牙，做了个难受的表情，抬抬指头，把烟灰磕进烟灰缸，算是打招呼。

他坐下首，在外面。

其他女生看到来了个买单的，长得白白胖胖——即使不怎么胖，看着也像是有点福气，放点血更利健康，纷纷高喊菜单子，嘻嘻哈哈加了两斤牛肉、十二根排骨、一壶米酒、一海碗桂花酒酿无馅小汤圆。

任飒再次吃惊，这帮姑娘真是又能吃又能喝，还水水的，妍秀风情，光彩照人！

美女多的地方，怎么都热闹，空气中蜜水奔流，馨香袭人。

苏莱雅待大家稍许安分，才逐一介绍。

原来他关注的那位叫肖华，不是演员，亦非跑步的，而是记者，也是住酒店认识了苏莱雅，请苏莱雅帮她攒了这个局。

她在调查大学毕业生就业和城市发展的相关性，尤其是女生在就业中遇到的问题。

众人七嘴八舌，说要看自己学的专业，在哪里容易找工作，不一定会留在上大学的城市，感情是有的。还要看哪个城市的熟人多，哪里有人推荐。有的离不开老家，有的就是不想回老家。

城市越发达，机会越多，想去的自然就多。受歧视没脾气。人家一般不说理由。你不清楚受没受歧视。另外，工作稳定与否，房价能否承受，前景怎样，环境、气候如何，都是要参考的。

任飒从旁侧击，有点岔离了话题，说你们的意思，找工作就和男女处朋友差不多，没办法太理性，对吧？主观上要努力争取，看好就动手，不要犹豫、挣扎，至于成不成，是另一回事……

这好像在表明心迹，告诉肖华，他早上的"努力"是对的，你拒绝，我没办法。

无人接他的话茬儿。因为男女处朋友这样的话题，带有隐私，谁都不想在记者面前谈。也听不出他话中有话，那话是有特定听众的，只觉这家伙在炫耀，他的女友多，经验丰富。不然哪会发这种感慨！露出了狐狸尾巴，真是个花太郎。

女生们不感冒。她们见多识广，小心着陌生男人。

对了，他是干吗的？

任飒都忘掉他是做什么来的了，仿佛真是个钱多的，专程过来买单的。

他被晾在一边。放开了吃，可以掩饰他的无助和窘态。

女生们继续谈论就业城市问题。

江南的城市，小桥流水，黛瓦粉墙，青砖铺道，烟雨蒙蒙，四季如画。在江南待过的人，再难看得上其他城市。之所以舍弃，那也是情非得已。真心舍不得。

一个要回西安的中学当教师的女生，竟哭起来。大家忙安慰。

一个说姐妹们最好都在不同的城市，这样去每个地方都有落脚点，放一个假去一个地方，转一圈都要好几年。咱班二十多个女生呀！

逗得人都笑了。

这帮姑娘很疯,哪想到将来生养孩子、伺候老人的艰辛,谋生之难。姐妹各自持家,谁有工夫再会。学生时光最为难得,一晃就错过了。好好珍惜眼前是真的。

任飒无意掺和,肖华只在抽烟。

他猛然发觉,女人讲话是杂乱无章的。他在这里隐了身,插不进话!

真不知没有男人控制场面的饭局,还叫不叫饭局。

苏莱雅意识到了什么,问肖华:"北京怎么样,比上海如何?"

肖华吐了口烟,洒脱地笑了,说:"看你做什么了。上海吧,时髦,洋气,好吃的多,也更讲究,更贵一些。发展潜力更大,龙头,可以带动整个长江流域起飞,周边全是好城市,一个个猛虎出世,锐不可当。北京呢,文化艺术、技术创新上现在更领先一些,毕竟是首都。媒体、大学、院所云集,各大公司也都削尖脑袋往里挤。它的经济其实是很发达的,机会也很多。不过周边的城市要逊色一些。缺水,缺资源。如果不是首都……"说到这里,肖华突然闭口。

这样的假设,毫无意义。

肖华朝任飒一噘嘴,说:"你来补充。"

大家都转眼看任飒,像是刚刚发现这桌上还有个男的。

任飒吃了一惊,他本已置身于外,以最松弛的状态在听,这时被点名,不禁狐疑:肖华怎么知道自己是北京的?他在哪里说过吗?苏莱雅说的?她偷听过他和钱朵朵的谈话?

略一迟疑,任飒缓缓开口:"我是苏州人,不是北京土著,但毕业后就留在北京了,很少回江南。我们从小就神往北京,无论它有多少不足,有一条就够了,它是帝都!上海叫魔都,对吧？还有什么雾都、鬼都、妖都、徽都、哏都、神都、霸都、废都……后面这些，都没有它值钱。"

任飒学这帮疯姑娘，信马由缰地瞎说。

没在北京生活过的人，想不出北京的愁与烦。各个地方都有值钱的一面，也有不值钱的一面，非要去抬杠，那就无聊了。

肖华听了，大跌眼镜——虽然她双目炯炯，从不戴眼镜，对他那是相当之失望，心里一巴掌拍死了他。加之早上他对她说过、做过的，她更以为这家伙智商不高，即使有点小聪明，也不在点上，是北京大爷式的夸夸其谈。可人家大爷好歹还能把芝麻粒大的碎事说得风趣活泼，有滋有味。他呢，全是些废话。打太极？又或聪明绝顶，让人摸不着底细？

他没有必要对她们这么不着调吧？

肉和菜陆续上齐，汤圆也端上来了。任飒连吃了两碗。

他是好久没吃这一口了。留着耳朵在听话。不时看一眼肖华，人家自点将以后，就再没看过他。

他又被疏离了起来。琢磨起肖华的脾性，对于她的点将，他诚心感激。是不是要上前敬个酒，顺便加个微信？

谁知肖华接了个电话，走出去，再没回来。她给苏莱雅发短信，说有事先退了，单已买过，认识大家很开心，随时联系。

这个局，委实是莫名其妙。

无意中，任飒又被伤着了。

明明他抓到机会了，她近在咫尺，这次肯定可以要到肖华的电话号码，现在却不可能了。

他感觉肖华大概在躲自己，不愿回来。否则怎么他才来，她就不告而别？你回来说一声也好啊！

人品不行，天公都不作美。

就在这一刻，他来了个一百八十度大转弯，定了心，要自己单干，创业，回归江南。

北大毕业的都可以当屠夫卖肉，他怎么就不能开迷你超市？

在北京的压力太大，等他毕业，房价已顶在天上，比江南贵了四五倍。两边的年薪却相差无几。

江南的山水、女子，则是如此风骚娇艳，为何要在北京，不回来呢？

任飒望着眼前几位姑娘，从她们身上感受到了芳华烂漫、生生不息的力量。

他大献殷勤，下次他请，在座的都来，他会每一位都请到，大家面对面加上微信。

不可再失机会了！他总算开窍，动手出击了。

女生们听到有人请，还是开心的，但也不是就此缴械，要把微信给他，也犹豫了半天。

既然苏莱雅不排斥，她们也便没有了拒绝的理由，纷纷加他。

任飒给每个人都发了朵玫瑰花，以表谢忱。

姑娘们却问红包呢，怎么不发红包！哄笑了好久才罢。

临到分手，任飒悄悄问苏莱雅回不回酒店，他来是请她帮忙，想办个厨师大赛，钱不成问题，就是缺专家、缺权威、缺评委、缺有力的召集人。她的老师，能否介绍给他。他要帮钱朵朵玉成好事。

苏莱雅问了几个问题，就明白怎么回事了，说她学的是管理，和厨师那行当不搭界。隔行如隔山。她的老师都是上大课的，她认识他们，他们不一定认识她。

"不如你们直接去江南大学，找食品学院的先生。"

他有点失落，但没觉得苏莱雅哪里错了。

换了他，揽这种差事，力不能及，也很为难。

他倒是不死心，又请她帮忙打听打听，江南大学附近哪里能租房，他要在这边办公司，想和人合租一个，他只要一个睡觉的房间，租一年到三年。

他规划好了，就在无锡落脚，三十岁前买房。无锡的房价在整个长三角最良心了。三年后，贷点款，他完全买得起。不要大，不要好，够住就行。

苏莱雅说："你不是苏州人吗，怎么来无锡创业？"

他尴尬了，说："自己能拿得出的启动金不多，无锡房租少，地段和风景适宜。风水宝地，积累第一桶金，才能扩大蔓延。"

而且这里有她，能和江南大学一道开发美食。这是没有说出来的后话。

优秀的女子，谁不惦记，即使她有了心上人，也是可以努力的。肖华既然不让他下手，那么眼前的就更该好好把握。

苏莱雅莞尔一笑，说她那个三个人共租的房子，蛮干净的，房子很新。有一个下月要去外地了，她们本想不再发广告，就两个人承担，他如果等得，那还是三个人租吧，到时他接上那位，每个月九百元。

任飒大喜，忙道："好的呀，帮大忙了！"

"丑话说在前头，那个房间不大，没装空调，热的话自己买风扇。"

任飒岂敢说不。

他对空调印象欠佳，大多数空调都有噪声，他宁可买一台小风扇，微风吹拂，没有任何感觉，又舒服又不影响睡眠，还省了电。

"这个月怎样解决？总不能天天住酒店吧？"

苏莱雅说："你不是要拜访我们学校老师吗？不如顺便去男生宿舍楼转转，找张床，将就一下，倒也经济。"

任飒想起来，还不能太急，得回趟北京，辞职的话，要打报告，办交接，差不多也得一个多月。

次日，他略略梳理了一下，把想法和近期的安排发微信告知钱朵朵。

钱朵朵很晚才回，用视频通话，说一直在关机开会。信得过他的话，还是兄弟俩一起干吧，他过几天来无锡。他让任飒先别走，就在这边等他，一起吃饭，深度沟通沟通。他后来确实犹豫过，餐馆、超市，现在哪个城市不是遍地开花，从小小的乡镇，到北京、香港、伦敦、巴黎、纽约，多一个不多，少一个不少，他们开这个，有必要吗？

任飒笑笑，反问世上的行业有多少"护城河"很高，寡头垄断，独一无二的，他们又不是科学家，不想拿诺贝尔奖，做实业、开公司，上路时谁不是重复别人？选哪一行，前面都是一堆一堆的同行。都要不重复，就只有不做了。

钱朵朵说："不是这意思。你看吧，大城市写字楼、办公大楼多吧，小城镇基本上看不见。我们这样的人办公司，起码是要进写字楼、办公楼的。"

任飒批评道："你那叫不接地气，小不下来。看看人家明星，很多副业就是开餐馆。每天来往的是现金，没有赊账，没有呆账，办会员卡的话，还可以预先收一笔。何乐而不为？即使不来店里吃饭、消费，美团上买，那也要线上支付，这边才炒菜、打包。在北京，我每天上下班都要路过一家茅台酒专卖店，很少看到有人光顾。三四千的茅台，不是一般人能消费得起的。可去年光棍节，茅台在网上大促销，那家参加了，结果怎么样？路过时看到货架空了，酒全打了包，一摞摞码在路口，包裹上贴着发货单，发往全国各地。一天就把积压一年的货都卖掉了。厉害吧？不要怀疑我们的消费力。"

他发愁的是选址、客流，单干的话，启动资金只能凑二三十万，工作多年，积蓄太少。先开餐馆的话，有难度，人力成本上吃不消。开个超市的话，够不够？干超市是累活儿，越是节假日越忙，难得休息。

但有些话，他还不能告诉钱朵朵。

任飒只是感谢了他，要不是受他激发，自己不可能停下来看看、想想，究竟想干什么、能干什么。总在走路，不看路，走着走着会迷失的。年轻的时候好拐弯，老了就没那份心气了。给人打工，在北京这样的一线城市，很难站住脚。

这两天任飒做了不少功课，感觉自己天生就是做买卖的料。

钱朵朵感慨了一番，说他其实不鼓励年轻人创业。创业能成功的，万里挑一，比中考、高考都难。他特意问过几位行家，做餐饮第一年就倒的，占七成。

任飒默然，幸好他先做的不是这个，有钱了倒可以尝试，便说银行卡和酒店的发票已经快递过去，请注意收一下。他确定不回北京了，父母在，不远游。他要留下来，照料双亲。

这就是不要钱朵朵的帮忙，也不要和他有进一步的关系。

足够狠，足够绝情。

钱朵朵不动声色，仍说要和任飒再吃顿饭，兄弟是前世的缘。任飒都和他的孩子差不多大了，有这样的小弟，怎么着也要宠着护着。自己发财了，家人却恓恓惶惶，他岂能不管？

他连对一起创业的合伙人都仗义，给机会，何况任飒，还有任飒身后的妈妈！这世上还有比这更亲的人吗？钱多了，就是个数字；妈妈、弟弟，却只有一个。那是他的根脉。

他真想说走就走，来任飒身边，把他抓紧，把妈妈抓紧。

任飒竭力想撇清关系，妈妈不可以受任何惊扰，只要看钱朵朵一眼，妈妈一定就能认出来。那样的话，她就会在不安中度过余生，爸爸也会受牵连。到时候局面就不可收拾了。

他绝不可以认哥哥。合作越少越好。

这也是他离开京城的一大理由。

想想好可笑，拿着那点薪酬，怎么敢在北京扑腾。还想找女友，到了街上，大概狗都不会理！

是要闯荡自己的一方天地了。

他遇见的那些女生，说起来并没有谁轻视他，其实都挺尊重他——只是她们更懂得保护自己。

一个买单请了客，一个答应合租房，其他的也是加了微信，给了他鼓励和动力。

这是在江南，在老家，那就不要妄自菲薄！

他要活出样子来，给妈妈幸福。有钱了，带她和爸爸周游世界！

他超越了过去的自己，从来没有这么坚忍不拔过。

他答应钱朵朵，下回来无锡，一起吃饭，再谈谈。兴许可以找到其他的路。

转过身，电脑里正在放西城男孩的 *You Raise Me Up*。

歌声悠扬，苍凉壮阔，激越震荡。

他一下子感到了恩惠和温暖，心头犁开层层涟漪，眼里涌出两行热泪。

依靠

任飒很快到了北京，他要把手上的事情扫尾，然后辞职。还要看看北京人是怎么开饭店、做超市的，位置和人流是什么关系，时兴什么，所选地方是否具有前瞻性。他走访多家，拍了些照片。

要是能采访一下就好了，问问遇到过什么问题，怎么解决的，有些什么吸引人的招数，需要哪些条件。

正在深究，钱朵朵仿佛长着千里眼，知道他回来了，打了电话，约他哪天有空来一趟公司吧，他不一定有时间和任飒谈什么，只是要他来感受感受，一起吃饭，有个直接印象。这好比相亲，第一次见面，不至于就拉手、亲嘴、滚床单，但是接触接触，还是很有必要的。

钱朵朵的公司在中关村中银大厦，那地方周围全是顶尖的高等学府，北大、清华、人大，寸土寸金。

任飒倒没有太多计划和安排，他现在进入倒计时了，上不上班、同事如何看，都变得不那么重要了，这感觉是前所未有的好。

过去的他，活得多么不易，只有他清楚！

除掉气候，其余他都已经适应了这边，哪怕是再难，也没有道一声苦，哭一声穷，装扮可怜。

北京有一千多万人像他一样，住在五环外，每天要杀进三环以里去上班，走一趟，路上都要一两个小时。

他住在有着亚洲第一大社区之称的天通苑。西有回龙观，东边是望京。这三个地方，都是超级大社区，住了不下一百六十万人，天通苑占一半。

每天早高峰，地铁外排队的成千上万，没有半小时，都到不了入口。

人的脑袋和大腿分了家——脑子还在做梦，大腿却在队列中，闭着眼睛，随同潮流往前推移。

地铁口那卖着鸡蛋煎饼的大婶呢？几点起的？

还有跑三轮的、拉黑车的、发广告的、拉二胡的、修车补胎的、修锁配钥匙的、磨剪子的、卖蟑螂药的，卷在风沙里，捏

37

着、数着三块五块的钞票，算计着分分秒秒，把眼睛望成黑溜溜的两个洞。

过去他熟视无睹，现在看见这些，反倒有了如鱼得水的亲切感。

时日无多，这天他八点半才进地铁，错开高峰期，直接去中银，拜访钱朵朵。

钱朵朵没有哪天是闲着的，但他上午在，说："你来做个嘉宾吧！"

到了地方，看着很像是保密局，要登记、刷卡，才能进门。进电梯后，还需要再刷卡。门卫一直把他送进去。

名义上，他是来出席钱朵朵操办的一个投资见面会的。

在电梯出口签了字，领取礼品，被带进会议室。

圆桌子，人不多，十几位，全有座位卡。任飒赫然发现自己的名字。

他第一次得到重视，并未觉得自己如何了得，但心里仍很温热，既感动又激动，装着很镇定的样子坐下，品起茶杯里的龙井，左右看看。

就数他年轻，活像是烂泥扶上了墙，失聪者戴上了耳麦，德不配位，装腔作势，怎么都不自然。

钱朵朵是陪着投资公司董事局主席最后现身的，到了就宣布开会，他主持。然后是总裁致辞，介绍了自家公司的前景。再请投资公司董事局的何主席发言。

何主席看好钱朵朵拿出来合作的项目，决定两方各投五个亿，成立专门的公司，把新项目做到世界一流、中国独家。

签字仪式就在圆桌的右侧，桌子早摆好了，铺着鲜红的绒布，参会的十几个人，一排站在后面，双方代表坐在椅子上。

散会后，钱朵朵和总裁带领何主席一行参观了工作区。这边主要做通信软件设计、营销。设备制造和实验室则在亦庄开发区。

任飒看不懂,跟在后面装相、充数。所到之处,所有人起立,鼓掌鞠躬,每一个都是高颜值、好气质,看得他出虚汗,总觉得自己没办法扮好角色,融不进那氛围。

自己算是哪根葱?

任飒任何时候都冷静。这是长期在市场里扑腾养成的习惯。

他一直是小人物,小人物做得太久,还没上道。

钱朵朵要陪何主席去亦庄,工作餐也在那边,东南五环外,任飒嫌那地方偏远,找不到了再跟的必要,便溜进厕所,磨蹭好久才出来。

钱朵朵自然不会等他,其他人更不会想起他,于是他顺顺利利和那帮人分道扬镳。

对于钱朵朵的事业,任飒现在有了表面的认识,感觉自己连做个南郭先生的资格都不够。

人家南郭先生不会吹竽,却知道竽怎样拿、怎么放,装起来能够以假乱真。任飒在一个新兴的行业面前,完全是菜鸟。对这些更没有兴趣,便主动把自己择出来。

钱朵朵吃饭的时候才发现任飒没来,打来电话,任飒正在吃快餐,没说几句,匆匆就挂了。

刚到单位楼下,任飒又接到苏莱雅的电话,说她同学提前腾出了房间,回学校去住,他可以搬过来了。任飒说他在北京,过几天就回。

打开办公电脑,意外收到一个群发邮件,好几天前就发过来了,是去年毕业分过来的研究生写的一封公开信,披露公司老总不懂装懂,只说空话和大话,无故辱骂部下,饭堂的饭菜从不去吃,却花了好几万元,在昆仑大厦办年卡,顿顿跑那里享受,开着公车，还要拿交通补助。

这位老总，任飒是知道的，有一点能力，但是个官迷，自负、暴躁。从集团调过来，等于是"下嫁"，自命钦差，能够力挽狂澜，让这个小微企业转死向生，但是隔了行，到这里都快半年了，满以为高举着尚方宝剑，自己就能玩转，想不到老虎吞天无从下口，至今进不了状态，脾气是越来越大，宝剑胡抡，弄得大家都躲着他。

大概他以为刚出校门的年轻人好欺负，没想碰见个二愣子，惹急了人家，一点丑事，全被脏水似的泼出来。

这两天公司满城风雨，群里面乌烟瘴气。

几个元老级的老混混，白天盼着牛打架，晚上希望火烧天，唱大戏但求人多，看热闹不嫌事大，说着刻毒话，给二愣子点赞，提供老总报销的一张张发票，又搜罗出老总的骂人语录，配上表情照，无孔不入、无微不至。

事情捅到了集团，昨天老总辞了职。走前，以霹雳手段将那个研究生辞退。

照理是神仙打架，小鬼遭殃。研究生就是那个小鬼，被人当了靶子，献身了，群里一片欢腾。

任飒浏览着，把来龙去脉搞清楚，有点动容，毕竟老总才来半年多，待他尚可。

他的老师和这人是同门师兄弟，得到照顾，给他调了部门，计划等任飒熟悉熟悉，把大多数客户都拿在手上后，就提拔重用。

任飒虽然不太在乎，但有人当你是自己人，想用你，不能不识抬举吧？

黄了。他并不心疼。是个要走的人了，还在乎这些？

不过哪里不对劲？是的，他出差的费用、补助怎么办？老总走了，谁给签字？

任飒这才意识到，自己也可能做了小鬼，急了，忙问财务，财务说，起码要等新领导来啊。

那可等不及。一两个月以后了。

他已经决定辞职，对这里"生无可恋"，不处理干净，怎么走？

报销这类事，不好拜托旁人。

怎么办？不能因为这个不走吧？

他的运道有点背，早知道就不出差了。

他把票据整理好，给了财务，什么时候能报，知会一声，他找人代办手续。转身给人事交了辞职报告。

这像是要和老总共进退，不求同年同月生，但求同年同月走。

赶巧了！

但他走得确实悲壮，要说一点不留恋，那不现实。

和一个地方告别，恰如成年人离婚，一日夫妻百日恩，还是很伤感、沉痛的，没有解脱之后的轻松感。任飒连个对象都还在天上飘，谈不上离婚、百日恩，北京也看不上他这号的，不过对于未知的将来，他现在是一片茫然。

老总的事感染到他的情绪。这么大的事，同事也没在电话里和他说过，他还那么用心地在外干活儿。这就是市场、社会，让他做什么都信心动摇。

给自己做老板，大概是条出路吧。

但他有什么，是一回事，能干成什么，又是一回事。

他所有的，并不乐观，积攒至今，卡里那点钱，能干什么？不和钱朵朵合作，他似乎很难走远。借助其他力量，基本是空想。谁会信他？谁会投他？

难道说，他今后离不开钱朵朵了？

走就赶紧、彻底地走吧。遇到什么再说！

这点钱，在北京的确什么都做不成，到无锡，却不一定。从低处开始，不要好高骛远。

他迅即回了无锡。不和北京说再见。

他体验了北方的苍凉之气，也卷带起梦想。

江南是柔和的，宽敞的大马路，绿树成荫，花草成河，骑着小车上学、上班，也就十多分钟，好有幸福感！

任飒一头扑了进去，他进的是美人窝。

他们合租的这一层，有三户人家，门和门离得不远，住的都是学妹和打工妹，有在海岸城的，有做银行前台的，有卖保险的，有当导游接待的，每家住了两三个妹子，晚上莺声燕语，暗香浮动，让他觉得是到了琼台、瑶池，连梦都黏合了，不必做了。

回来是对的，起码他看中了一位。那是苏莱雅的同学。

一周后他才知道，人家都订婚了，时不时去南京，和她的未婚夫共度周末。她那位在南京读博。

任飒不能不舍弃。这时已顾不上心疼，他忙得不可开交：办了当地的手机号，买了辆全封闭、做快递用的大空间货厢电动三轮车，又在文旅城边的社区外，租到一家门面，八十多平方米。

这是他考察得来的成果：超市一定要开在居民区，开在必经的路口，两公里内不要有别的超市。

这里的楼盘比较新，小半还空置，楼里的住家一半是租房，消费能力不会太高。

预算够了，超市是他一个人开的。想着妈妈将来肯定会来，她不能和钱朵朵碰面。如果钱朵朵执意上门去见妈妈，他会极力阻止。现在不过是掩耳盗铃，能拖几时是几时。顾不到那么多了。

从安居客找了装修队，资金有限，不敢照北京连锁超市的规格进行设计，只能简单装修。招牌却高，字大，老远可见"人人发超市蔬果生鲜店"。通上电，晚上也很显眼。

同时给超市办了各种证件。在京东上买了货架、货柜。

提前一周，给附近的小区保安，送了宣传单，请他们帮着发放。

他亲自进货，只招了一名女工，统一收银。鱼、肉区则是包给了别人，杀鱼、剁肉，需要专门的能手。

忙了半个多月，店就开张了。

外面摆放花篮。放了几箱鞭炮。弄了个扩音器，把自家的货物名称轮番播放，蔬菜、水果一律八五折，还卖虾蟹米面、酱醋茶酒、烧饼豆腐、饼干燕麦、饺子汤圆、酸奶零食……搞得轰轰烈烈。

生意也还说得过去。

流水正常后，他上架了锅碗瓢盆、化妆品，配了酒柜、烟柜，专卖高档烟酒。隔出一角，卖熟食。

每天的流水从三五千元，稳定到六七千元，除去成本、开支，每天能有五六百元的纯利。

消耗最大的还是烟酒、鱼肉、蔬菜和水果，他只能尽力备齐。

他能省就省，能欠则欠，总投资不过二十万元。这要在北京，是不可想象的，没有一两百万，都不能叫超市。哪怕是苏州，成本也要贵上一二十万，他根本开不起。

无锡真是个理想的创业之地。

攒上半年一年，他大概就能再开一家了。

谁知好景不长，店旁边除了中间那个最大的铺子尚未租出去，其他陆续有了人，纷纷开业了。他家超市隔壁是卖新鲜蔬菜的，当天拿，当天卖，规模小，没怎么装修，就一个粗黑的架子，菜都摆在架子和地上，带水带泥，卖得便宜。晚上七八点后半价甩卖。店员就夫妻俩。

最西边也开了个专卖水果的店，各式各样，从散装到果篮，品种比他的超市多了两三倍。也是个夫妻店。

水果店隔壁，开的是档次不高的餐馆，早晚还卖酱肉、包子等。旁边是药店，药店东边又开了个卖螃蟹、龙虾、生蚝、蛏子、扇贝、皮皮虾、石斑鱼等海货的。

他的门市虽然紧靠着社区东南门，但还是分流了不少人。利润只有原先的一半。

失算了，只能放慢脚步，不急着开第二家，而是多增品种，回头把鱼肉区拿回来，尽量找到养鱼、种菜的，直接上门订货、要货。

压力大了，辛苦了不少。

晚上九点打烊，除掉留下次日凌晨进货的钱以外，其余的整钱都要存银行。

这边的街头，晚上人少得可怜，银行的自动存款机，更是离得远，一个人走路，有点瘆得慌，前前后后看，明明担心被贼人盯上，搞得反像自己在做贼。几千块钱揣在身上，不存银行总觉浑身不安。

他跑过数次，就把存钱改到了次日的早上。零钱装进包，带回家，锁进柜子。第二天带过去。

熟识各位货家后，就成了那边定时送货，三天或一周结一次账。他的时间松动了不少。

他现在的忙碌，已经超过钱朵朵。

钱朵朵对他还是有点失望和不能接受的，没怎么和他联系。

再要通话，却发现他停了原先的号码。问苏莱雅，苏莱雅已经叛变，她明知任飒的电话号码，和任飒就住在一个屋檐下，却偏说："不知道啊，他没有联系过我啊，人家忙着发大财，哪儿能想到我啊！"说完嘻嘻地笑。

她和任飒上班不在一个点上，他没有节假日，早上五六点就出门。楼上女孩子虽多，但交流极少，这些女生，并不是省油的灯，见过世面，谁会留意一个和她们一样租房的、老大不小的男人。

早上的路不好走。江南的雾大，哪怕没有霾，雾还是厚重。十天有八天下雨。任飒待惯了北京，都不太适应这边阴雨绵绵的气候了。遇到的难处比预想的多多了。

譬如运输。他有了辆电动三轮车，性能不高，速度不快，他路上从不敢接电话。雾大的时候，更要慢。雨天路滑，他的车很飘，不容易把控，拐弯都怕侧翻。进的菜水淋淋的，一斤里能有二两水。

雨多影响卖菜。人遮得再严实，顶着雨，也还是会弄湿衣服和鞋的。一天下来，拿的菜不能全卖出去，第二天就不新鲜了，有的会烂，有的会黄，有的要打折才能卖。

开始倒掉过不少，后来舍不得，任飒就把发黄不能卖的，打包带走。

叶子菜打理干净，冲洗过后，烧上水，放点粉丝、丸子，煮一锅，跟北京的火锅差不了多少。

微信里问问谁还没睡，肚子饿不饿，捞上两三碗，就可以一起吃喝了。

苏莱雅很容易就被勾引了出来。

她都是上午九十点钟去酒店，晚上十一点以后回来睡，地铁来回，很便利。和任飒有了交集。

任飒每天的安排就是，叶子菜、鱼、肉进货回来，换收银员吃早饭，然后到银行存钱，回家补觉，中午快十二点，再到超市，喊两个外卖，和收银员轮流吃饭。看看什么卖得快，下午跑市场，进货。

开了官网的，则从网上买，尤其是促销的时候，能够多进点。像茅台、酒鬼、舍得、五粮液、女儿红、花生油、镇江醋、美的风扇、苏泊尔锅，他囤了一些，送到租住的房里，把那边当库房，床头床下，到处都是。苏莱雅可就来了兴趣，问了些话，让任飒带她过去看看。

她像个女主人似的，发现任飒的超市还不小，货品较全，位置还好，人气也差强人意，能够做下去，不至于倒闭。就是装修简单了点，光线不够，朝南的墙应该都打掉，装上玻璃，架子上摆水果，标价签，站在外面就能看到，吸引眼球。那可是无形广告。

任飒说："早知道你来给我参谋啊！要不我们另找地方，合开一家店，照你说的装修？我一个人，钱不够。"

苏莱雅还没赚过什么钱，却是心活了。能赚一个是一个，合开超市，也是不错的主意。她并未确定将来就做酒店，其他地方生钱，为什么非做酒店不可？

酒店是超大投资，没有上亿元的资金，开不起来。

超市之类，她问了问，投资可以承受。也不算脑热，有任飒成功开店在前，该摸索的都摸索了，该交的费用也都交了，现在复制一下，就能坐享其成。投入十万，一两年回本，往后都是利润，那可太划算了！

她骨碌着眼，决定出十万。让任飒找个好地段，盘下来。

任飒合计了合计，不再添置货品，手上挤一挤，可以勉强凑出来五六万，足够再开一家超市。优势在于进货一体化，成本降低。

当然，两家店别离太远。

好在这边老的小区很少，以新开发的小区为多。他转了转，第十天，发现金湖路路边，有个高档小区，院外有家铺子出租，旁边一排都在卖房子，南北向，朝西。店面不大，也就第一家的一半。问了价，租金便宜。

关键是周边全是成熟的小区，买东西要开车走老远，十多年了，住家满满，购物却很不方便。

任飒觉得这是块黄金宝地，比第一家更有潜力，二话没说，就定了。

然后带苏莱雅过来，俨然一对情侣。人家当他们是老板、老板娘。

苏莱雅设想的是开一家精致、敞亮的超市。爽快掏钱。让装修工把原先的窗户砸掉，往周边扩了扩，装上一块整体的落地玻璃。铺了地砖，货架贴墙，七层、八层到顶，中间三排架子也快到顶了。

窗前那排摆满水果，榴梿、香蕉、苹果、橙子、葡萄、青柠、樱桃、香梨、水蜜桃、猕猴桃，琳琅满目，美不胜收。

开张第一天，老天帮忙，天空水蓝到底，没有任何杂色，阳光晒着很爽快，人流不断，挤进店里，挑花了眼。

收银员站了一天，基本上就没停过手。

晚饭前是人流高峰期，水果、蔬菜卖得断了货，紧急从第一家店调来一批。苏莱雅则请假，全天待在这里，忙得人仰马翻。

打烊后算了算，流水竟有三万多块。两个人大喜过望，因为任飒说第一家店最高的时候不到两万。

这里是充分利用了空间，摆的货达到第一家店的百分之七八十，而流水达到那边的两倍多，正常下来，会是多么惊人！

任飒便说苏莱雅是财神,没有她,他不会找到这家店,没有她的投资,他不会这么快能开第二家。

两个人上了电动三轮车,去了一家"蒸新鲜"餐馆吃夜宵,专为犒劳庆祝。

天寒地冻,风呼呼的,带了骨刺与刀芒。苏莱雅都有点手肿了,任飒忙叫把火打开,点了青壳溪蟹、龙虾、鲟鱼,在大锅上蒸,底下熬粥。

鱼鲜蒸出的汤汁,滴到了粥里。这叫作肥水不流外人田。

吃海鲜喝粥,热热的,暖人心胃,驱散了一天的疲倦和寒意,别提多惬意。

脑子里想起钱朵朵的话,这是合并开伙的架势。走着走着,两个人水到渠成,就能过到一起。

他相信好日子不会远,即使他们彼此都没有强烈的吸引力,也说不上来没来过电。

苏莱雅穿着翻领的羊绒衫,鲜艳的红色,如同火狐狸。刚去过洗手间,嘴唇上的口红,大概是重新描过,特别亮,灯下看着妖气妩媚、活力四射。

她手上都是蟹黄,嘴也没停,说超市做个调查表吧,让客户自由写,最想在他们超市买到什么,超市缺的,或者数量、质量上不够的。再找她的老师,来做讲座,讲讲人为什么要常吃水果和鱼,水果和鱼都有哪些好处。老人家一定爱听。珍惜生命!

任飒眼前一亮,真是高招!他怎么没想到呢。

可以放在第一家店,那里大些。外面加喇叭,现场直播。但冬天太冷,明年五六月,露天演说,效果更佳。超额的利润,奖励给苏莱雅。

苏莱雅大气,说利润平分吧,到时两个店都发告示,可以先搞个小型讲座,定下是哪天。周末下午三点,似乎就不错。

她还说，钱朵朵找过她了，想办厨艺大赛。但她没有开餐馆，办厨艺大赛的话，对他们没有长远的好处。等有钱了，可以考虑开家餐馆。

任飒早有计划，小本买卖，步子不能太快，人的精力有限，两三家超市还能照应，再做旁的营生，超负荷转动，那就是吐血吐到死，要钱不要命了。

他已经过了想法太多实现不了的年龄。

不过，苏莱雅这番话却是有胆有识有谋，再次让他另眼相看。

没想到一个悄无声息的女生，做起生意来，和她烧的饭菜一样，门门精。别人只看一步，她看的是三步、五步。这要是干不好，那就天理难容了！

她注定是福星，难怪钱朵朵那么看好她，大概看中了她的这些潜质。他怎么就没看出来呢？钱朵朵有特异功能？

并且，苏莱雅说的要开餐馆，好像是她独立开，没想带着任飒。难道她看到了他的极限？

他都看不清自己，她能看清？

他没有开饭店的经验，也缺资金，她要和钱朵朵合作？钱朵朵给了她承诺？

是的！这女生不简单，她的合作完全是生意，不带情感。

自己还曾做过美梦，真是"落花已作风前舞，流水依旧只东去"。

一个全部身家不过二十多万的人，刚刚起步，有什么能吸引人家姑娘？她随便出出手，都比他强！

他俩至多就是合作共赢的关系。

他想到了肖华，拐着弯问苏莱雅："做讲演的时候，能不能在《江南晚报》上宣传一下我们店，找个巧妙的切口？你不是认识记者嘛。"

苏莱雅拿湿餐巾纸擦干净手,拍手笑了,说:"你不说,我都想不起来!肖华姐不是在做毕业生就业调查吗?你是毕业没几年,我才毕业,我们办了两家超市,该是有的写了!"

说着,她拿起手机和肖华视频聊天。

热气笼罩她兴奋、潮红的脸,无限娇美,任飒就觉得她身上有一股让他恐慌的力量,一种说不出的奔放劲。

他注意到她的眼神,焕发的时候,里面像埋着火星子,但在平静时,却很内敛、淡漠、冷寒,让人近身不得。

最初见到的她的甜美,原来是一种掩饰,或者说是表演之时扮出来的。

从她和肖华聊天时的演技来看,任飒对苏莱雅有了更为全面的认知。

苏莱雅语气极软,酥到了骨头的嗲,像在对着自己的姐姐撒娇。

任飒想着,这要对自己这么说话,他可吃不消,一定臣服,让干嘛干嘛。

而肖华免疫。她是在北京土生土长,独生女,二代移民,母亲是温州人,父亲是南京人。苏莱雅是温州的,这就成了老乡,认了干姐妹。

肖华还是肯帮她,约了大概春节前过来,让她别急着回老家过年。

肖华是个风风火火的人物,有着北京人的豪气、爷们儿精神。问苏莱雅吃的啥,说这餐馆看着真不错啊。

苏莱雅配合着,站起来,把视频移开,准备去拍锅盖。

任飒忙伸右手揭开,不料蒸锅上有个气孔,蒸汽一下冲到了他腕子下,好似锥子猛然刺入,他"啊呀"高叫,拿不住,丢开锅盖,那盖子"哐当"一声,落在地板上。

"啊——没事吧?"苏莱雅捂住手机,关切地问。

"嗯……没……没事。"

任飒竭力镇定,压制那股火辣辣的痛。肖华正在那头,他不要她误会自己,也不想让她看见他的丑态,就没去看受伤的部位。

苏莱雅移开手,没去拍他抓锅盖、失手的镜头。

她以为他只是烫到了手指,并无大碍,便把镜头对准了锅上。

那上面蒸的是大龙虾,龙虾剪开了,头是头,身是身,肢脚壮实,露出一截截白嫩的肉来,粗细不一。壳子里积了红红的汤汁,吊人胃口。

肖华不禁咽了几下口水,说:"你这死丫头,这么好吃的东西,怎没带姐吃过?"

"下回下回!就是要你记得我这里的好呀。要都吃够了,你就不来了!"说着大笑起来,把镜头偏向桌子上别的美食,慢慢横扫过去。

这个点,人已不多,她很快移回手机。

任飒已喊了专门给他们服务的女子过来,处理一下锅,然后内急似的跑到了厕所,拿凉水冲洗手腕。

腕子起泡红肿了,难怪火辣辣地痛,可不是开玩笑。

他摸出钥匙链,上面挂了把指甲刀。他将刀刃轻轻摁上去,咬紧牙关,手指一用力,泡里的水竟流了出来。

好了!

他"嗞"的一声吸口气,收了指甲刀,伸腕继续拿水冲。等到感觉好一点,才出来,取了一壶醋,倒在伤口上。疼痛又渗进了骨头。他又去水龙头那儿冲,疼痛减弱。如此连续数次,用手纸擦净，才回去。

锅里的龙虾挑在盘子里，服务生正叉着蒸屉，拿勺子在锅里搅拌。撒了些葱叶、香菜、生姜米进去，在锅里沸了沸，见任飒来了，忙舀出两碗。

苏莱雅还在一边拍摄，勾动肖华的馋虫。

肖华大喊："饿了，饿了，不看了，不看了！气人！等着我！"说着就挂了。

这时她值班，还在机房，定版面，深夜一点要发给印厂，赶明天七八点的早市，上班的人能够在报亭买到。

晨昏颠倒，饥肠辘辘，让她心里很不爽。但苏莱雅一番调戏，却使她开心。临时换上的稿子，读来也痛快。

加插的是一篇突然得了国际大奖的科学家的报道。

这位科学家，名不见经传，连院士都不是，还是位八十多岁的老奶奶，从未受到过关注，事迹难寻。肖华找了许多人，才找到老奶奶一位恩师的女儿，写了老奶奶如何敬重恩师、执着科研的事迹。

恩师尚在，已届期颐之年，口头禅就是"上帝太忙，把我忘了"。老奶奶感染了这股乐天气息，不计名利，不加钻营，研究成果发表在英国《自然》杂志上，默默无闻。十八九年过去，竟意外获殊荣。

肖华像是有了全世界妇女得解放一般的爽气，将这篇报道推荐给主编，请主编加了编者按，独一家，头版头条推出。

这要是回到 20 世纪 80 年代，那肯定轰动全国，放到现在，也就那么回事了。

读者的口刁了，很难关注这些身边的"傻子"了。倒是被几家综合刊物转载，当成了散文。

苏莱雅自然不知道，她的视频及时高效，加深了她和肖华的姐妹情谊。她只当是交易，需要人家帮忙，那边答应了，她也就达到了目的。

自始至终，她没让任飒出现在镜头里，是担心肖华对任飒无好感。她曾留意，那次肖华的不辞而别，多半因为他，不知他哪里得罪她了。

钱朵朵手眼通天，这时也给任飒来了电话，问他是不是又开了超市，祝贺啊，这是跑步赚钱的速度，难怪不要他帮忙。他下周来无锡，看看他的两家店。听他这边闹腾，问是不是忙得吃饭的时间都没有了，现在才吃。

任飒自然说确实小忙，别说吃饭，睡觉都奢侈，恨不得没有黑夜，都是白天，那样也用不着天天爬起来，披星戴月去进货。

对于钱朵朵的打扰，他也没办法拒绝，毕竟是他哥哥，一心想帮他成长，别的人谁肯这么无私？

钱朵朵让他别太累，得不偿失。又问，拿下苏莱雅没有？

任飒吓了一跳，起来，一下子碰到了烫伤的地方，不禁神色微变，皱皱眉，快步走出去，不敢朝苏莱雅看，担心她听到。

他们拉拉杂杂说了一通，无非是生意上的事，招的人手够不够，如何协调两家店的关系，每天的流水、利润等。钱朵朵作为事业大成之士，有教导、提醒的资格。

任飒担心把苏莱雅晾在一边太久，赶紧结束了谈话。

两个人吃得浑身热乎乎，出来。做服务的一个个鞠躬送行，连称："先生慢走，太太慢走！欢迎再来！"

苏莱雅闹了个大红脸。

事实上，能陪任飒过来吃饭，就要冒这个风险。

她干脆挽住他的左臂，问他怎么过节，回老家吗。任飒说没确定，肯定回，这么近。但他想在节前，走访一下过去在这边的几个客户，都是单位里能够当家的，看看他们的厨房要不要送菜。需要的话，可以给他们配送。

单位的厨房，吃的人多，量大，固定，哪怕谈成几家，那等于是团购，不亚于新开一家店，却没有成本，差价就是利润。

说起来还要感谢苏莱雅，启发了他。自己的资源，以为不在一个行业，就是该废弃的，没想还能找到合作点。

他之前对这些人投资不少，现在上门找他们帮忙，估计是能谈成几家的。

苏莱雅对于任飒的计划由衷感佩。这种天生的资源，别人比不了。

她之所以在高档酒店当接待，也是想拿到一些核心客户的资料，走进他们的世界，将来办会议、搞活动、做交流，能够直达目标。她在当地的资源，比任飒只多不少。

上了车，右手仍疼，不大自然。任飒尽量少动，配合着左手。

电动三轮车的密封性不好，车内阴冷，能把人冻僵。

任飒备了暖风机，启动后，热风扑面，就像受了天使点化，人重新活过来，世界一派温馨。

感受着融融暖意，借着恭送的吉言，任飒想要得寸进尺了，直率地问苏莱雅有没有男友，干啥的。苏莱雅静静地笑，说："有的呀，在日本留学，家住江北边，扬州附近。"

"什么时候毕业？回来吗？"任飒自觉当起她的蓝颜知己，关切地问。

从那天看见她身边的男人后，他其实对她就没有太多非分之想了。

"还要两年。他估计会在上海工作吧。"

"所以你在无锡，离他老家不远，到上海也近，回温州也还便捷……"

"什么都叫你说了。大概是吧。"苏莱雅笑笑,一副与世无争的样子。

任飒却看不见她的笑容,他的电动三轮车只能坐两个人,并不宽裕,老要盯着前面的路,不能像开小车那么自如,一只手还近乎残疾。他便谈起开心的事,畅想未来,说节前要能谈成几家厨房,配菜送货的话,就得贷款买辆面包车了。

苏莱雅很支持他贷款换车,她是第一次坐这种浑身咔啦啦作响的玩意儿,好奇地东张西望,屁股一直在颠,脑子都快晕了。这要是再没有暖风机,打死也不要坐,因为在没有被打死之前,肯定被冻死了。

经过一座石桥,路面在整修,坑坑洼洼,车子颠得更厉害了。苏莱雅不时惊呼,大惊小怪。

来到平坦处,车子稳了。任飒在一个小区前停下车。他知道这里有家药店,说:"你等会儿,我去方便一下。"其实是买药。

苏莱雅也不好跟着他,这里会有厕所?难道马路边解决?

想什么呢!

苏莱雅都害臊了。看他跑到了亮处,没有找昏暗地方。

估计有厕所。这人还有点公德。

但她一个人坐在这种车子里,瞎琢磨,有多可怕呀。她从来没有这么晚还独自待在外面过,不由得抱住了双臂,感到孤单无靠。

怕什么来什么,但听"咣"的一声,车子一晃,轮子冲向马路牙子,"咔"地顶住了。

"咔哧",暖风机耷拉下来,差点砸到苏莱雅的脑袋。

苏莱雅吓得半死,随车身往前猛磕,及时横出胳膊,避开暖风机,撑住车顶,脚踏在车门底部。

苏莱雅练过柔道,神经本就绷得很紧,车顶又低,所以异动后即刻反应，几乎都不要经过大脑。

后面传来大骂声："他妈的这里能停车吗?！"

怒气冲冲。

苏莱雅一把拉开门，捂住胳膊，钻出去，朝着任飒那边跑，尖声喊叫。

任飒已经到了药店门前，店门关着，他试着敲门、拍门，里面灯亮，睡的人醒了。

忽听喊叫。

苏莱雅？

糟了，出事了！

任飒撒腿就往回跑。看到了苏莱雅，头发散开，慌里慌张。

他大喊道："怎么啦？别怕！"

苏莱雅一头扎过来，她的后面却没人。

苏莱雅狼狈不堪，说话都不那么利落了，胳膊也酸胀，朝着三轮车指去："那边……"

任飒赶紧拉着她，跑向车子。

三轮车的门大敞，歪在路边。

撞车的怎可能还在？

人平安就好！

他们绕车转了转，车子看着没什么大问题。

苏莱雅回忆，是辆轻骑，骑车的戴头盔，歪歪斜斜，一定喝多了。她怎么能应付得了这种场面，只好跑啊！

任飒问她要不要去医院，苏莱雅摇头。

"回吧。"

任飒哪儿还顾得上买药，一起上了车。

暖风机不再启动了，坏了。这下苏莱雅应该打死都不坐了吧？老天爷在考验她的意志呢！但她没和老天爷作对，再冷也要坐。

任飒悔恨透了。为什么不直接回去啊！这深更半夜的，没事找事！

坐这样的车，苏莱雅大概是大姑娘乘轿子——头一次，也不会有第二次了。他没能用心伺候，丢下她一个人！

往后她再坐，都会有心理障碍！

暖风机在头顶上晃荡，不知能不能修！

唉，任飒无语，不敢再想了。

乐极生悲，低调为好！

至于手腕子，有那么娇气吗？感染就感染呗。

从这件事上，他又发现：人非钢铁，发热感冒出意外，不能避免，如果有一天他动不了了，谁帮着进货？要不要招一个？

创业难，不该省的，也不能斤斤计较。

苏莱雅则是既来之则安之，祸从口出——她认为这个祸是她那套打死、冻死论惹来的，有点自作自受，带了体罚的性质。

她越来越相信命了，带了诅咒的话，再不敢乱乌鸦嘴。

接下来，任飒真正惹到了"鬼"。

第一家店那边最大的商铺，迎来了下家，任飒本以为会开一家餐馆，那地方也最适合开餐馆，谁料却是家上市公司——华美超市，大牌连锁店，全国开了上百家。

其他店都是一层，唯独华美是两层。挂出牌子后，任飒可就傻眼了。

它怎么开在这里呢？巴掌大个地方，一下子开了这么多卖菜卖肉的，再来个巨无霸，还怎么做生意？

你要来早点来啊，早知你来，我怎么会选这里？

大鱼吃小鱼。没想活生生的事例，落在自己身上！

没有技术含量，只要投钱，就能做，比的就是谁拥有更多钞票。

　　任飒体会到了门槛的价值。要做别人有钱都做不了的事。

　　但现在不是总结教训的时候，对于这种竞争，他找不到规避之法，位置上的优势，恐怕不那么值钱。

　　华美开业时，放出风声，他们抢在春节前开张，二十四小时营业，就是要把那些卖假货、赝品和杂牌货的小店挤垮，让不良商人活不下去。

　　口气好大！

　　凭什么你说我卖的不是真家伙，我搭上全部身家，才开家店，指望吃饭，你说挤垮就挤垮？

　　背后都是别人的泪啊！

　　任飒只能跟着，同样的东西，华美卖多少，他卖多少。华美五折，他五折。华美特价，他特价。

　　华美没钱，可以发股票，到市场上圈，他行吗？

　　华美规模化进货，同样的东西，它八块拿到，这边九块、十块还不一定能给。

　　华美菜上卖便宜了，精品海鲜可以提价，礼品盒装可以高价，高档化妆品可以自定价，总能够找回来。

　　跟了几天，任飒就不跟了。亏本卖，只想保住客户，效果却不好。总不能开着店不赚钱倒赔吧？现在每天的利润，都不足一百了。还能熬吗？

　　华美就是让他们活不下去，自行倒闭后，它独家，那时想怎么卖就怎么卖。这是阴谋，也是阳谋。

　　客户只顾眼前得利，哪儿会想后果！后果是要任飒这种武大郎式的矮个子来担待的。没办法了，再这么下去很快会入不敷出。转手吧，这才多久啊！

　　春节哪里也不去，继续营业，现在转手太亏，节后吧。

他又走访了老客户。有三家真帮忙，约单位管厨房的人和他见面，但只有一家愿意到期给他订单。

没有落到纸上，不算数。花费这么多精力、口舌，也就有一家给了希望，让他倍感艰难。

还是收心，把第二家超市做好吧。有这工夫，不如看看别处，能不能再开一家。

日子就在磕磕绊绊中过去，春节很快到了，别人早走了，一起租房的，只剩下他。

苏莱雅回去过节前，问过他，是不是关店，春节人都走了，开着估计也没多少生意。任飒没答应，让她安心走，开心过年。他一直在做准备，要靠春节翻翻身。

蔬菜、鱼、肉都需新鲜，其他的却可以多进，留着春节期间大卖。

他把进的货都拉到睡觉的地方，加的都是烟酒、饮料等快销品。

他没给第一家店的收银员放假，请人家帮他撑几天，初五再给假。初五的时候，第二家店的收银员回来，他可以顶到第一家店。

到了处处需要节支的时候，铺子一天不能闲。

大年三十，他一个人在第二家店忙活，下午五点收市。又去第一家店看了看，就坐地铁到了无锡站，回苏州。

出了苏州车站，却打不到车了。磨磨蹭蹭，六点半到家，赶上和父母一起放鞭炮，吃年夜饭。

说好大年初一他就回，超市门上特意贴了告示，初一不休息，上午十点后照常营业。

开了店，日子都过不好了。这要在苏州，父母还能帮忙照看，那么远，他们没办法去啊。去了，也没地方住啊。

父母给他相了门亲，等着他回来，去看人家姑娘呢，答应了大年初五在一起吃饭。据说姑娘是一枝花，在园区的五星级酒店做财务。

任飒哭笑不得，想起苏莱雅。他算是和酒店结缘了！

现在的姑娘，眼界可不一般。他没有心情，最缺的是时间。

正独自苦闷，钱朵朵添乱，来了电话，任飒忙回了房，关上门，问了好。

钱朵朵说："不好意思啊，年前本想安排时间聚聚的，太忙了，对你缺少关心。生意怎么样？"

任飒犹豫，要不要说实话，想想还是算了，就说："还行吧，谋个饭碗。"

"你和苏莱雅怎么回事？毫无进展啊！"

"嗯？"任飒一愣，反而笑了，"她不是我的菜。她有了。"

到现在，任飒还没顾上给苏莱雅打电话，不知她到家没有。

"哦。你这个呆瓜，她有了又不在身边，你就这么没自信？"

"不说她了。和我没关系。你有事？"

"嗯。我这边家人都去夏威夷了，我一个人在上海。你过来？"

"大老总啊，饱汉不知饿汉饥。我明天上午十点还要上班，早上七八点就回无锡。"

"那我过去吧。你帮我还订上次那家酒店。"

"找我不如找苏莱雅。你也别来了，我得上班！"

任飒很是无奈，叹了口气。想起开店就窝火。

华美超市贴有告示，人家三十晚上六点才关门，初一早上九点就照常了。这是要把人朝死里坑的节奏，不把他们全灭，不会罢手。

这要是被钱朵朵看见，一定也受不了。当然，他是富豪，不在乎这点小钱。对任飒来说，却是把压箱底的钱都押在上面了，输不起。

联想到自己和钱朵朵的关系，不能这么拖拖拉拉，也该有个了断了，任飒便加重了语气，说道："老大哥，我还是要请你体谅我们，不要再打扰我们了。出了事，就是大事，人命关天，无法挽回。你只图自己痛快，可不行。"

"见面聊吧。"钱朵朵看似不死心。

"过几天吧。我这两天忙。"任飒用"拖"字诀来敷衍。

情况也确实如此。他这么艰难撑着小生意，哪儿还有社交的闲情逸致。

钱朵朵可是有空了，每年的这个时间都在国外过年，今年特别，他选择单过，是要避开其他人，见见老娘。

他这是先斩后奏来了？太不像话了。顾及别人感受了吗？任飒都快气疯了。但换位想想，迫切地想要喊声妈妈、看看妈妈，难道有错吗？

一个人，至今没看到亲生的妈，是不是很可怜？这人还那么富有。

当然，任飒不知道自己的妈妈，是不是那位的妈妈，无法去核实，也便挂了起来。

别人守岁，任飒很早就睡了。

子夜的烟火、鞭炮声，不绝于耳，但他却鼾声不止。睡眠之好，让人羡慕。他太困，太缺睡眠！

大年初一，任飒早早起来，妈妈已煮好汤圆，蒸了青菜肉包子。

包子大，一个顶仨，爱吃。他吃了三个，就饱了。又多吃了两个，肚子撑得小疼。

满足啊！他揉了揉实实在在的大肚子，像个弥勒佛了！

| 婚姻合伙人

这些吃食，对于上了年纪的人来说，全是亲手做。从和面、发面、剁肉、切菜、拌馅，到擀面皮子、包包子、上蒸屉、点红。

老两口在家没事，为过年包了上百个大包子，摆在阳台上晒干，就是想着儿子春节能在家多待几天，吃饱吃好，剩余的也是要给儿子带走的。

他们都是奔七十的人了，照顾好自己，就是对儿子最大的支持。根本没想过儿子生意做大，明年能抱个金山银山回来，一家人团聚，才是他们想要的。可是儿子待不住啊。

出门前，妈妈给他一个大袋子，里面是几十个包子，要他带回无锡，到了住处就放冰箱里，几个放上面，这两天吃，吃不了的放下面，冻起来。

他不能不带，还要装出高兴的样子，让带多少就带多少。

这不仅是包子，还裹着二老的爱。

他背包里放了些，手上拎了些，倒也不沉。

辞别出门，扫码骑上共享单车，去坐地铁。很快上了高铁。

苏州、无锡一刻钟即到，几乎同城化了，但对他爸妈来说，老观念上还是两地，要他们早出晚归，过来看儿子，看看儿子开店的地方，还是很不方便。

他这个做儿子的，没出息，在北京立不住，去上海无本钱，回苏州不太好意思，待在南京有点远，无锡刚刚好。

有钱了买辆车，随时能回家。

他这些天一直在琢磨，第一家店是不是要转手，卖别的成吗？

既然卖得最好的是烟酒，那就专卖烟酒吧！

他像是发现了新大陆，顿时灵光一闪，整个人都意气风发了，真想引吭高歌。

街市空荡荡的。车站、火车、地铁，也是冷冷清清。只有随处能见的对联、灯笼，可以看出是在过年。

但各大景点，人满为患。当地、外地的人，从四面八方拥来，车子排成了长龙，人们冻坏了手，冻红了脸，却是热情不减。

任飒毫无游兴，放下包，带了两箱烟酒，开上他的小电动三轮车，就去了店里。

先看第二家，生意清淡。

又去第一家。隔壁超市早已开门，人和平常不能比。春节档的东西全贵，该买的年货，早就买了，现在买，不过是补漏儿。

任飒卸下烟酒，拆包上架，很快又把门边的两个架子腾出来，把酒挪到了外面。再腾出一个卖水果的架子，和卖烟的柜子位置对调。

他决定试一试，突出烟酒，看烟酒的销量如何。

他估计，这两样春节期间是顶好出手的，谁家都不会准备太多，旁边又没有卖的，他可以在差异化上取得优势。

尤其那些中老年男人，可以不吃肉，可以没女人，却离不开烟和酒。节日时，人情最重，更是脱不开烟酒。

他撕开两只纸箱子，摊平，取了毛笔，挥笔写下两句广告：

茅台　洋河　酒鬼酒　特卖

中华　玉溪　南京烟　大甩

边空加注：假一赔十。

广告被他用透明胶带，贴到了外墙上，过往行人都能看见。

特卖却不是特价卖，而是比往常重视。大甩亦非倒贴、赔本，不过是准备了不少，要什么有什么。

人家要是误会骂娘，他也能解释。所谓火腿肠里没有火，老婆饼里没老婆，虎皮青椒缺老虎，蚂蚁上树无蚂蚁也无树，夫妻肺片不见夫妻不见肺。他做的是合法生意，不打虚假广告，实打实推销酒和烟。节后他的超市不卖百货了。感谢友好捧场！

两句广告见效，给了清晰的定位，即使去了华美超市的，也要进来看看，买条烟，拿瓶酒，节日更多了喜庆味。

那些爱在网上淘东西的，春节都没办法了，物流停了，而且网上不许卖香烟，烟民大国，需求超乎想象，任飒备的烟多，每天卖几十条。这是他想要打的翻身仗。

酒便跟着沾光，也能卖不少。

五天，他就卖断了烟，酒同样不多了。广告还在墙上，每次都要打招呼，对不起，刚脱销，请留个电话，到货送过去。

正月十五过后，第一家超市正式改名，成了"烟酒茶专卖店"，"人人发超市"几个字缩小保留，换掉了后面的"蔬果生鲜店"。

烟不占地方，一个柜子就可以摆开。主要是酒，中外都有，红的、黄的、白的，还有各种养生酒，像花果米酒。

茶叶主要是江南名茶。绿茶有碧螺春、黄金芽、阳羡雪芽、西湖龙井；白茶有白牡丹、贡眉、寿眉；红茶有阳羡金毫、金骏眉、银骏眉；乌龙茶有阳羡青茶、大红袍……

酒是从苏州、绍兴的厂子直接进货，茶叶主要产地是无锡的宜兴、苏州的洞庭山，和家门口差不多。

他也定期给过去的一些大客户送送货，利润颇丰。

危险期安然度过，虚惊一场。但如果不是及时更张，那最终还是要倒的。真是一点不能大意！

节后，苏莱雅却消失了，不知去没去日本找她的男友。这里她可是投了资的，怎能不见了呢？

钱朵朵也像是离开了他的世界，很少联系。

摊牌

冬去春来，任飒的店起死回生，流水逐步稳定。

他不准备扩张了，有了钱计划买房子，太湖边、蠡湖边都想买。一直在关注，但是好房子贵啊，便宜的又瞧不上。

他赚够首付的钱尚需时日。他不急不躁，对未来满怀信心。

合租楼上的女生，现在都知道了他的身份，一个人开了两家店，前途无量，纷纷示好。任飒装着不明白，除却巫山不是云，有时候还蛮想念肖华的，有时候念叨苏莱雅。可是江南大学的女子班，各有各的归宿，和他早无交情，想要找苏莱雅、肖华，都挺难的。

五一节，钱朵朵不约而至，说是来看看任飒，也快一年了，他不太放心。住的仍是文华酒店，他在那里办了卡，不要别人代劳了。

钱朵朵走马观花，看了任飒的两家店，每家都有两个收银员，轮流吃饭，轮流休息。

任飒的三轮车已换成面包车。

他的计划里是不想买车的，房价往上涨，车价朝下落，他宁可买房子，也不会买车。可是做生意不能赌气，没有车寸步难行，计划不得不变。

钱朵朵来，任飒开车接送，倒是方便。

晚饭是钱朵朵请客，照样在酒店的别墅里。苏莱雅意外现身，一脸的羞涩，身体却是更见风韵。她也不问问生意，关心一下店，而是上下忙碌。

任飒偷空问钱朵朵是怎么回事，他原以为苏莱雅去了国外。

钱朵朵笑笑，说他离婚了，前妻和孩子不愿回国，他只得随她们去了。这不，苏莱雅知道了，决定过来照顾他。

| 婚姻合伙人

"什么意思？你这话太隐晦了，有点高深莫测。你追的她？她答应了？"

任飒无比惊奇，话里透了担心。

这下自己彻底泡汤了！

印象里苏莱雅还是比较清纯的。

没想钱朵朵点点头，说："不管谁追谁吧，反正她愿意跟着我。"

"但她有男朋友的啊，在日本。"任飒克制着自私的情绪，忧虑起来。

这两位年龄悬殊太大，那边的小伙子，如果心有不甘的话，将来会引发战争。

为女人冲冠一怒，历史上并不鲜见。

钱朵朵不以为意，说："你真是书呆子！当初我要你拿下她，是因为这个，你才放弃的？什么年代了，小弟！过去人那么少，整个社会也才几百万、上千万人，还那样闭塞不通，都靠两条腿，能跑多大的圈圈？一辈子见的人，不会超过三五万，很难碰到上相的。出一个美人，也不容易。那是基数和概率太小的缘故。现在可是十几、几十亿人！飞机、火车、汽车、校园、职场、酒吧，各种美容、整容，衣着打扮，给了你多少机会！谁和谁能说是命定？你嫂子，我前妻，我们孩子都有了，还不是分手，各过各的。你不要墨守成规。人得机灵，生意上也是这样，才能做好、做大。"

"你们……什么时候在一起的？"

任飒还是忍不住好奇，觉得苏莱雅的突然消失和钱朵朵有关。否则他和她住在一个屋檐下，日久生情，也不是没可能。况且，他们还是合伙人。刚刚有点浪漫的感觉。

说到底，钱朵朵不够意思，表面一套，背后一套，中道抢了他的人，打劫了他这个小弟——人面兽心啦！

他就没考虑过钱朵朵，春节时一个人在上海过年，有多无聊。召了苏莱雅过来，一起逛迪士尼，又去三亚，然后一起回北京。

钱朵朵投资肖华的媒体，创办了新媒体美食版，由苏莱雅当主编和主播，筹备美食大赛。这次来无锡，是要和江南大学的教授谈合作的。

任飒频频点头，表示理解了、明白了。

韩剧《来自星星的你》里，一个四百岁的老祖宗和二十多岁的大明星勾搭，永坠爱河。钱朵朵和苏莱雅，这才哪儿到哪儿？

任飒喝了点酒，回不去了，就住二楼。

一夜无梦，说明没有女人，他仍可坚强，还胜任当和尚。

苏莱雅和钱朵朵，却叮叮咚咚，怼了几小时。

因为苏莱雅告诫过钱朵朵，先别把熟人带来，撞上她，她说不清。任飒是他弟弟不假，但一切来之太快，她还要酝酿，没准备好呢。钱朵朵什么意思？留他过夜，要做什么？示威？要挟？勒索？下蒙汗药？

钱朵朵现在是有点钱了，但考虑过将来吗？

过去的万元户都是奇迹，能上新闻，哪儿想三四十年后，月薪普遍上了万，家有一千万都是穷人，不够在北京、上海买套房。

钱朵朵也就几个"小目标"，三四十年后值多少？他和他的孩子、孩子的孩子，要活多少个三四十年，没有危机感吗？

过日子要精打细算。

她不要住酒店，奢靡、腐化！她还年轻。

有钱不如省下来买房！无锡一套，杭州一套，最好北京、南京、上海、苏州、青岛、深圳、温州、三亚，各来一套。

限购吗？那就买不限购的公寓。

或者每个城市开公司，不做什么，买买东西，交够税，满足条件就买房。

明天去蠡湖、西湖边，各来一套！

苏莱雅的谈话是激烈的，层层递进的。从笼而统之，到有了具体的对象。

钱朵朵脑洞大开，做什么生意，都不如买房，能抵抗通胀，便答应明天去看房。先在无锡、苏州、杭州买几套。只买CBD（中央商务区），不住的话，出租起来方便。

任飒照常恢复了忙碌，并没有关注钱朵朵和苏莱雅做什么去了。

钱朵朵偶尔来电话，仍是想说通他，兄弟俩合作，扩大连锁店的规模，把餐馆开起来，再做些养生项目。

任飒不想沾，道了谢。

当务之急要攒钱买房，处一个谈得来的女友，虽然眼前两者都还看不到影子，但想一想总可以吧？万一冒泡呢。

他也想到过苏莱雅，这里毕竟还有她的股份，她怎能不闻不问呢？但一切都好像变了，苏莱雅也在疏远他，他总不能觍着脸硬贴吧。

大概她还是不好意思吧？她图钱朵朵什么，不是很明显吗？

有一个钱朵朵，她哪儿还想得起、瞧得上这边的小买卖。

无论如何，任飒并不轻视她，也不看贱她，心目中她还是那个简单、豁达的女生。

越是沉入社会，越觉得它的霸气辛辣。面对它，谁都要低头，赚够资本。立足也好，成才也罢，都是为了不被它绞得粉身碎骨，有个稍许完好的样子。

他现在所租的房子比起北京的天通苑，强过太多了，但也只是睡觉的地方。

没有节假日，从睁眼到闭眼，每天满满的工作。外部的压力却不见了。

为自己干活，用不着挤，用不着争，用不着抢，心情舒畅。

半年过去，冬天又来了，他能动用的现金有三四十万。一套一百平方米的房子，蠡湖边都要三四百万，是再攒半年，等等再买，一次性到位，还是先买个二手的对付？

犹豫期间，有天午间，任飒回到他的出租房，想眯一会儿。

"哗啦"，开了门，不想里面有动静，苏莱雅房间锁了好久的门敞开着，热浪滚滚。

"谁呀？"

房子里的空调全开了，得费多少电！

任飒感觉里面不是苏莱雅，要么换了新人，要么就是她委派过来取行李的，她要和这里告别了。但开着空调做什么？即使是冬天，也没到最冷的时候啊！

闪身而出的，却是苏莱雅本人。

她比过去白了，胖了点，脸上的肉起来了，那张嘴就显得小了。神色里多了股风霜之气，中和掉原先的甜气，样子更显成熟、精致。

她穿着薄亮银色缀花吊带睡裙。胸脯圆而满，两根一字锁骨突出，妥妥的美人肩。

这个小妖怪，为这开了空调！

不过这身打扮，他过去从未见过，让人不由得心动，胸口热烫。

"回来啦！"苏莱雅像个小娘子，笑开了。她的笑依然很甜。

"你是……以后回来住了吗？朵朵呢？"

——他们分手了？这么快！

任飒来不及变动他的情绪，想着一套，问的则是最想知道的问题。

在他印象中，钱朵朵和自己有一个多月没联系了。

他俩不会有事吧？

苏莱雅看任飒换了鞋，便给他拿了一瓶脉动。

两个人有好几个月没见，同到客厅坐下。

苏莱雅说，她回来住几天。这边有人气。她平常一个人，都快要不会说话了。

那就是没分手！任飒松了口气。

不论怎么说，他还是默默接受了钱朵朵，当他是亲哥。苏莱雅，也便成了他的亲嫂嫂。

"朵朵呢？"

任飒的问话不能委婉了，他关心钱朵朵的下落，怎么没有跟过来。

苏莱雅平静地说："我也联系不上他了。"

"什么？"任飒惊讶地张开嘴，几乎要跳起来，"电话都打不通吗？"

他随即拨出去，钱朵朵却关了机。

"估计出国了吧，或者闭门在开会。"任飒疑道，有点安慰苏莱雅的意思，也是在说服他自己。

"我感觉他跑路了。"

苏莱雅一本正经的样子，让人猜不透她想说什么。

"他的公司做得那么大，业务很广，有必要跑路吗？"

"不。他有三四十天毫无消息了。我和肖华姐都确认过，他的公司难以为继，现在是人心惶惶。借了不少钱。"

"啊！你们……有没有受到影响？听说他投资过肖华的媒体……"

"那就是闹着玩。是他个人投资,和公司无关!"

任飒无法想象,一连串的快速闪现,这之间应该有逻辑关联,他却是一点都捕捉不到。

一切超出了他的理解,就像是黑洞、宇宙爆炸,再圆满的说法,也叫人难以置信。

"那你一切好吧?"

这个问题好像还算简单,不难回答。如果苏莱雅要他帮忙,他一定会义不容辞。

为了钱朵朵,他也该两肋插刀。毕竟他们是兄弟,他不会越雷池半步,他敬重眼前的女人。

"他是你哥。过去和我交过底。刚好这里就我俩,我回来是要找你聊聊的。"

任飒默然点头,示意她说下去。

"他那些合伙人,都不是良善之辈,瞒着他转走了好多钱。他不能动,一动就什么都没了,只得和外面一个姓何的人合作,套出五个亿。他父亲6月初去世,他再无惦记,开始落实计划,那就是拿着钱玩消失,逼几个合伙人把多拿的全部吐出来。他担心有变故,一旦出去,就再也不能回来了,想给你这边安排好。过去他找过你多次,但你不为所动。逼得他找到我,请我帮忙。以我和你的名义来做餐饮、买公寓……"

"你和我?!"任飒再次震惊。苏莱雅不像在说故事。但她和钱朵朵才是一对啊!

"嗯!他有许多现金,放在北京郊区的别墅里。那天他装了十个背包,搬上车,开车出发,开到雾灵山乡下,换了一辆车,上了盘山路。我很早就在雾灵山酒店等他。他快到了,拿一个私密手机和我说话。我出来坐上他的车,他中途下去了,让我自己一直开下去,到天津,把车子停到露天停车场,每次带上一个包，打车去天津的银行，在我卡里存钱。我办了中行、工行、交行、招行、建行、农行……一共是十张卡，看到哪家就去哪家存。然后就是开餐馆、买房。先署我的名字。我承诺要赠予你和你妈……"

"啊？这……"听着真像天方夜谭，任飒无法想象，"你和他，究竟什么关系？他真的离婚了，我是说和他的前妻？"

"合伙人关系。就像你与我开店一样。我和你，不还住在一个房子里吗？不是经常在一个锅里吃饭吗？你保护我，照顾我，我也为你操过心，你说我和你什么关系？"

苏莱雅说着说着，绕了回来，任飒好像懂了，之后却是越来越糊涂。

他想起那次参加钱朵朵公司的活动时见到的何主席，恍悟道："你是说，他早在谋划、布子下棋？你只是单纯在帮他，其他都是为了掩人耳目？"

"你这么说也可以吧。不过，他要我别问那么多，知道太多不安全，将来自会明白。他给我的，都是合法收入，让我放心大胆用。让钱流转起来，那才叫钱。我停止筹办美食大赛，需要雪藏一段时间，让谁都不关注。我这里有职业的经理人打理。有事我和他都在文华酒店密谈。我们什么话都说，敞开说，毫不客气。饭店的利润也是平分。买的公寓，租了出去，租金一半给我。存在银行里的钱，利息全归我。所以我活得还不赖。"

有人敲门了，是苏莱雅喊的外卖。要了五六样菜。

任飒帮着打开，洗了碗筷，陪她吃饭。又开了一瓶香槟，给苏莱雅接风。

苏莱雅喝了几口，脸就红了。

"你哥对你蛮好的，小傻瓜，他让我和你处朋友……"

苏莱雅露出妩媚秀色，仿佛下了很大的决心，坦白道。

任飒吓了一跳。这脑子又不够用了。

想当初,上考场,语文的阅读理解多偏多难啊,他都没这么费神。

他想问问,又怕误会苏莱雅。

难道他俩还不是朋友?"朋友"是特指?

"那你怎么说的?答应了?"迟钝过去,任飒想到了装傻,追着问道。

"我和他开玩笑,说自己名花有主啦。说你好歹也是个大老板了,找媳妇生娃,无须他人操心……哈哈哈!"

苏莱雅再次显出她的顽皮来,差点把嘴里的东西笑喷了,忙去洗手间。

任飒有点失意,这丫头依然没有接受自己啊!

苏莱雅得意地回来,继续说:"不过,我又推荐了肖华。肖华那丫头吧,真不错,还没处朋友,外冷内热,粗犷——粗犷是表,细腻为里,外强中干,色厉内荏!嘻……你对她有感觉的吧?和你配吧?你不要被她吓住,才能像你哥习惯性所说的——'拿下'!"

苏莱雅食指连动,把最后两个字在桌子上写了一遍,手势飘逸,越来越放浪即兴的模样,满脸都是笑意,酡红如霞,憨态可人。

任飒真是没了脾气,却又被她感动。她的招数不过是借题发挥,任飒对她竟是莫名地喜欢。毕竟肖华和他分离太久,他都有点想不起来了。

不是自己的、失之交臂的,他拿得起放得下。

他有自知之明,对肖华,是不敢想入非非的。

苏莱雅却在勉励他,故意逗他。

肖华和他,即使有望,但一南一北,劳燕分飞。这年头,正常的人都受不了。能有什么结果？他连苏州的姑娘，都没时间谈，何况北京！

反倒是眼前的可以抓住，只要苏莱雅和钱朵朵，真只是生意上的搭档，那她再怎么爱日本那位心上人，也同样会因着距离，而稀释感情。他近水楼台，不在她的恐吓面前止步，迎难而上，足可"拿下"。他们的合作，也就能合并了。

他甚至感到，苏莱雅是在考验他，故意把他引上邪路。

"我觉得，钱朵朵那厮，眼光尖毒，很会识人用人，怪招迭出。这一套套的局，布下来，天网恢恢，疏而不漏。我俩也都是里面的鱼，看似微不足道，却比较关键。尤其是你，多么柔弱的姑娘，谁能想到竟起了如此大的作用！奇思妙想，不足以形容。好叫我叹为观止！"

任飒想透了，举杯敬起苏莱雅。

看来他入门、上道了，没有为苏莱雅的计策所动，直接把握本质，不动不摇。

"他还是你哥吗？"苏莱雅佯装生气。

她第一次听他这么"骂"钱朵朵，有点意外。后面却是一套套赞语，好像和自己密不可分，又叫她害臊。

"你怎么评价朵朵？"任飒故意露出醉意，晃晃脑袋。

"我从来没有见过这么聪明、有心机的人，执行力超强。对他看好的人，总是愿意帮助、提携，不计名利。只要效果好、达到目的就行。但他有时候很孤单、伤感。他是一个灵魂上极其有深度和层次感的人。他对你，没得说！"

任飒怎么也想不到，苏莱雅会说出这番话，并且是在酒精充盈的晕眩状态下说出来的。这个女孩子，怎么能有如此超凡的感知力与智慧呢？

"你觉得，他这一关过得去吗？"

这才是要紧的。

"当然。他不做没有把握的事。而且他在尺度的把握上,炉火纯青。你不必担心他,做好自己就可以了。"

"那你想想,"任飒和苏莱雅又碰了杯,吃了口菜,进入正题,"钱朵朵为何要把你和我绑在一起?你不觉得他希望我们有点什么吗?"

"我明白啊,可我有了啊。"苏莱雅脸色更红,却是分外冷静。

"我曾经想去追一个女生,但后来不在一个城市,就放弃了。那位恐怕连我喜不喜欢她,都不知道,而我现在也想不起来她是什么样子了。所以,朵朵让我俩在一起,我看行。百分之百、千分之千、万分之万的行!我发现自己不知从什么时候开始,喜欢你了……"

任飒厚起脸皮,同时也就把肖华彻底丢下了。

"肖华呢?"苏莱雅笑了,搁下筷子,拿起杯子。

这家伙说起肉麻话来,不卷舌头,不用脑,百分之百、千分之千、万分之万,数字上好像是越来越大,其实不都一个意思吗?你还能说些什么肉麻话吗?

反正,他说什么,她都不意外,能够扛住,绝不缴械投降。

"你和朵朵合伙做事,我不反对。朵朵想通过你,对我有所馈赠,我不接受。他是他,我是我。但是,他没有放心的人,我俩是他放心的人,也就是两个棋子、两个据点、两个依靠,那么我们就有义务帮他。尤其是我,有这个义务。况且他现在处于微妙的境地,要和那些人摊牌,我们更不能退缩,要给他实实在在的支援。不过,你本是置身事外的人啊,我要替他感激你的牺牲和付出!你的赤诚、大勇,是我做不到的!高山仰止,心向往之!你无处不在的魅力,打动了我!放手那位,接受我吧,我会生生世世对你好！"

任飒没解她的惑，而是超常发挥，这番话仿佛是神语，让苏莱雅突然心慌起来，不知所措。

她坚强吗？能扛吗？

当初她为何要与钱朵朵合作？又为何要和任飒合作？是这兄弟俩欠她的，还是她欠了他俩的？

她放下酒杯，想起钱朵朵找她合作前指示的明路。他问她会不会只是人家的备胎？男友在日本，这么等下去不是办法。要么去日本陪读，要么就算了。女人也要有自己的事业，否则和男的，没有平等相处的筹码。即使结婚了，也要矮一头。当务之急是要做出成绩。别在酒店里耗了，一定要务实。

苏莱雅想了几天，感谢了钱朵朵的点拨，她愿意合作。

她不是因为他有钱才要合作，正如她不因为任飒没多少钱就不要合作一样。她看好的是平台、机会、基数和积累，自己的能力得以发挥。

至于钱朵朵撮合自己和任飒，那也是带着美好的心愿和祝福的，选不选，受不受，在自己。

她反复犹豫过，她和任飒先有合作，如果钱朵朵不是任飒事实上的哥哥，任飒能比她日本的男友好吗？

当然有一点，钱朵朵说到了苏莱雅的心坎里，那就是要抓能抓住的、看得见的，抓不住、看不见的，尽早放开。

这就不需要踌躇、彷徨了！

可是，一旦她真的选择了任飒，意味着钱朵朵通过她，投资给任飒等家人的资产，也成了她的——任飒是他弟弟，任飒的就是她的。任飒再怎么想要切割，也是不能分清的。这样合适吗？她不是看中了人家的钱吧？

她想到这里，很快也否了。

任飒够自立，够勤奋，没要别人一分钱，就开了两家超市。身上有着奋发的冲劲，经营上还做过调整，那说明他头脑活泛，为人也不错。

她把他创业的故事说给肖华听，肖华大加赞许。只是肖华不知道故事的主人公，会是自己看走眼的那一位。

苏莱雅本能地感觉到肖华和任飒之间发生过什么，任飒不肯交代，但她从他表露的傻样来看，大概他追过肖华，肖华没搭理。现在才来向自己表白，哼，没那么容易！

苏莱雅想到肖华当时的举动，便有样学样，没被任飒肉麻的话感染，就像没听见，她打了个电话，说着说着就回了房间，关上门。

她在和肖华说话。问她哪天来。说了多少次了，怎么老是说话不算话。来了就住她这里吧，也别订酒店了。有那钱，请客好了。

两个人就这样嘻嘻哈哈，谈妥了事。

放下电话，头脑晕晕的。喝多了，酒精在反应。

躺在床上，刚要合眼，又是"嘀"的一声，来了短信，发在她一个专用号码上。

电话号码很陌生，落款却是"朵朵"。

哦，终于来了消息！

钱朵朵要她进他们共用的商务信箱，密码只有他俩知道。

她进去，点开。钱朵朵说自己在一个海岛上晒太阳。一切都好。他的动作有了效果，那帮人跑晚了，被盯上了，只好把多拿的钱往外吐。等他们吐完，他会回来，就当什么都没有发生。他对那些合伙人、哥们儿，也就做到了仁至义尽，没让他们翻船。

这一招叫釜底抽薪，或者叫背水一战、置之死地而后生。

回来庆贺吧。把他那个不上道的弟弟，一定带好、管好。

这个老家伙、老狐狸，就这么不看好自己的弟弟，放心她这个刚出校门的人？

也许是担心他弟弟三心二意、心猿意马，对不住她吧？但他的心尚未归她，又如何勒住这匹马？

那就通过带，进行管，通过管，让他知其归？

好吧。一切从你了！

苏莱雅昏沉沉睡过去，如同老款的砂糖，化进了水里，色味留给有心人，自己却消隐得无踪无痕。

（原载于《小说月报》2021年第2期，《小说选刊》2021年第4期转载）

婚姻合伙人

苏尔守和孟小星，联手炒房、做生意。为方便，二人又决定来一个合伙婚姻，领了结婚证，苏尔守却几乎连孟小星的睡屋，都没有进去过。十年下来，生意做到了极限，几辈子的花用都赚到了，是时候见好就收了。

他开着车，直接去了孟小星的别墅，想和她道别，交代后事。

他是有些日子没来这里了。

别墅庭院，流水潺潺，廊桥相连，曲径通幽。种着花草树木，树上高高下下，挂着几只鸟笼子，八哥、画眉，还有红褐色的百灵鸟，飞高落低，活泼爱动，伴着欣快的哨音。

院子里还有喷水池，定时洒水，淋树浇花。有名贵的菊花、牡丹、芍药、玫瑰、樱花，也有石榴、文竹和金橘。四季飘香。

孟小星的小姑，正半躺半坐在树下晃椅上，举着手机，面露微笑。手机里不时传出"嘀"的一响，似乎在微信聊天，没听见苏尔守的喊声。

自打女儿尚欣出了国，孟小星就在别墅边租了一套两居室，把唯一走得近的小姑一家接来，帮着打理家务。

小姑精明能干，买菜、烧饭、打扫、缴费，迎来送往，撑起半个家。

她年龄上和孟小星相仿，儿子初中毕业后，一度想给苏尔守开车，但这小子浑，总喜欢动粗，打架和碰擦，弄得谁都不敢要，就只能搞搞外勤了，当妈的操碎了心。

只要主人不在，小姑就能自找乐子，近期迷上了不花钱的微信、抖音。

视频里展现的，是个十足的富太太形象，羡煞大批大批的粉丝。

她想不到苏尔守这时会来，到了她身边喊她，她撂开手，爬起来，笑道："尔守啊，我的小姑爷，今天什么风啊？你可太不像话了！"

苏尔守说："小姑，你这是越来越青春啦！把手机都耍得和年轻人一样滴溜溜。你那宝贝侄女呢？"

小姑还在笑，想了想："哎——好像……我今天好像没看见。会不会在楼上？"

二人到了客厅，孟小星的助理欢欢，正站在门后落地镜前补妆，十根长指甲鲜红如血。听见脚步声，扭过头，甜甜一笑，喊苏尔守"总裁"，朝着小姑挤起了眼睛。

小姑会意，悄悄跑了。欢欢有心无心，挡住苏尔守，请他到房子里看一样稀罕物件。苏尔守觉得怪异，不免生疑，问她是什么。

欢欢说："你去看一下不就知道了？"

苏尔守说："既然看一下就知道，那还稀罕？"说着他转过去。

孟小星的保姆下楼来了，助理远远地朝着保姆打起手势，示意她赶紧通报孟小星。

她来不及做完小动作，匆匆一跳，恰好堵在苏尔守面前，笑得灿烂如花，眉毛在飞："总裁，咱房里真有个搞怪的肉家伙呢，有人说是娃娃鱼，你去参观参观吧……"

她一边说，一边张望，想知道保姆看清自己的手势没有。哪知道保姆提着一条男人的大裤衩子和软拖鞋，没注意下边来了人。

等看见苏尔守,她不禁大惊失色,手上的裤衩和拖鞋落在地上,她拾也不是,不拾也不是,最后忐忐忑忑立着,弯弯身喊道:"老爷!"

她扭过头,朝着楼上孟小星所在的卧室方位张望。

苏尔守说不出哪里有问题,浑身不自在。孟小星那边似乎出了什么状况。

有了相好?自己和她并不曾办过离婚手续啊?

早先,他们有过不成文约定,可以各自在外找情人,但不要把情人带回来,会影响形象,对生意构成潜在的威胁。

为能掩人耳目,以往苏尔守和孟小星,每个月都有三五天住在同一层楼上。尚欣留学后,苏尔守根本就不来了。

她有什么相好,他自会包容。底下这些人未必知道他俩的隐私,自然要护着女主人,把他当作外来者,设法阻止他,不放他上楼。

他今天却一定要上去。尚欣就快回国,他等不及那孩子到家。他猜到了她的心思。她有点可怕,他要在她回国前彻底离开这个城市,不给她机会。

孟小星的手机这些天都关着。他不在意她的私生活,哪怕此刻她就和相好的躺在床上,都和他无关。

名义上自然有,在他人眼里,不仅有,而且具备排他性。他只能硬生生闯了。

不必理会这些人。闯过去同样要策略。

那厅的角落里,是一口扁长形鱼缸。铺的是怡保康软木地板。边上散列的架子、桌子上,陈设了彩石、木雕、象牙、铜炉。嵌入墙内的一排柜子里,中间敞口的最大,请了菩萨与观音铜像,金灿灿的,都有锅盖儿那么大。前面的台子上,供着苹果和樱桃。果子后摆香炉，重要的时节主人会净手上香。

今天不是什么重要时日，苏尔守却点了三炷香，看着淡淡的烟冉冉升起，他转过身，直接问保姆："星姐在干吗？"

保姆说："在楼上。还没起床。你等着，我上去喊。"

说完她转身就跑，慌忙间撞翻了椅子，椅子倒在一个架子上，架子翻了，将上面的花盆摔了下来，一片狼藉。

保姆顾不得收拾，逃亡似的跑起来。苏尔守喊住她，不让她惊动孟小星。

他来到客厅，坐在沙发上。欢欢进来，话语不断。保姆稍加收拾后，诚惶诚恐，也站过来。他笑道："外头太热，有冰激凌吗？你去冰柜里拿一桶哈根达斯。"

他开心地笑着，解开两颗纽扣，觉得太随便，又扣上一颗，单留了最上面的。有热气在蒸发，从肩窝间飘出胸部腾腾的乳香。

保姆送来一桶冰激凌，他接过来，半趴着，夸张地埋下脑袋，呼着凉气，舔起来。再狠挖一勺子，抬头扭脸，额头上、鼻尖上、嘴唇上、牙齿上早已是绛紫色。把欢欢和保姆逗得笑起来，他不以为意，呼一口气，长长的舌头在唇边上刮了一圈，站起来，信手将冰激凌桶交给欢欢，说："舒服多了。我上去看看。"

他不经意地抚抚平头，转出厅门，来到楼梯口，往楼上走。那两位急急跟上。

苏尔守困惑地转过身，拦住她们，低声问："星姐是我太太，我看自己女人，你们也跟着？"

欢欢开玩笑似的说："你去哪，我们去哪。"

苏尔守突然想胡闹一番，和她们做游戏、捉迷藏了，他塌下肩，捏着拳，舞动手臂，前后摇晃比画，抖腿说："我守贞操大半年,这样,你们也跟着?"

他那动作就像在做运动,故意拿自己和孟小星的亲密说事,好叫她们知难而退。他以为对方明白了自己的意图,轻轻一笑,丢开她们想上去。两个女人微一错愕,彼此对望,点点头,再次追来,噔噔噔飞跑。

苏尔守显然来了气,停在半层的平台,变脸回头,看一眼欢欢,看一眼保姆,音量放高:"我的话,你,还有你,没听见?"

两位迟疑不前,迷茫的样子。

欢欢摇摇头:"不明白。"

保姆仰头反问:"啥叫'守神操'?老爷锻炼身体呢?我们不听话,你就想打我们?"

苏尔守哭笑不得,指着她骂道:"我让你多看新闻,多识几个字,你就是不听。这也要解释?!"

"什么意思?"她更糊涂了,傻呵呵问。

"就是当和尚嘛。"

保姆大惊:"谁当和尚?当家的——老爷,你当了和尚?"

苏尔守的脸唰地红了,红到了耳根子。上上下下打量保姆。她那样坦诚,露出齐整光明的笑,看来是真的不懂。

欢欢捏着冰激凌桶,发出的响声盖过了苏尔守的说话声,不曾听清他说什么,保姆的话却是听到了,便耐性十足地笑着,歪过脑袋,和保姆嘀咕几句。保姆急了,等不到苏尔守想清楚,就在下头问:"老爷,你真的出家啦?太太知道吗?"

苏尔守有点语无伦次了,连他都搞不清自己说了什么,低下头,下面是两只呆头鹅。他不由得迸出一句话:"和笨蛋说话,得说笨蛋话!"

苏尔守晃晃脑袋,开起玩笑:"我闲得蛋疼了,行吧?我不想守活寡了,想和太太过一过夫妻生活⋯⋯"

"夫妻生活,守活寡——"

欢欢喃喃有词,从迷茫而恍然,满脸通红,如一片火绸子,都快抖刮起来了。

保姆也领悟了,挠头,嘿嘿嘿笑起来,朝下退一步,大手像泼水似的抬着说:"你去吧。我在下头把着,保证苍蝇过来都不让它飞过去……"

欢欢古怪地盯着保姆,保姆的脸上有了光。她却来了气,伸手拉着保姆的胳膊晃起来,把她推下了一个台阶:"什么呀?"

又快步跑上去,左手端着冰激凌,右手平推,像一个拿着对讲机执法的警官,尖声制止苏尔守的莽撞:"不行!不许你强奸星姐!"

苏尔守哪想到她有如此动静?他是来办正经大事的,却被她们逼成个就要去"强奸"自己太太的罪犯,他脸上的羞红和若有若无的甜蜜希望,稀里哗啦甩下去。

他自己都难为情了,清清嗓子,汗珠滚滚而下,面对她的凛然正气的脸,一下子像个无赖,哀告似的说:"她是我太太,怎么就成强奸了呢?"

保姆适才受到欢欢的推搡,心里很不爽,现在好不容易来了时机,可以巴结苏尔守,便倚老卖老,笑道:"老爷,你绕来绕去的,欢欢还是个纯洁的姑娘,哪里明白……"

这话带着明显的歧视意味,刺激了欢欢,她立起横眉,打断她的话,呵斥:"老妖精,你给我滚一边去!哪轮到你来侮辱、教训姑奶奶!你才是'纯洁的姑娘'!你全家是'纯洁的姑娘'!星姐怎么交代的?她身子不好,想一个人待着!"

"啊!"苏尔守听不下去了,"星姐不舒服?我去看看……"

他刚要跑,小姑却不知何时出现在楼梯上,挡住他的去路,一掌抵在他肚子上,微笑道:"乖女婿,你先别上去,她吃药刚躺下。"

欢欢也来帮着堵，苏尔守越发相信了自己的直觉，孟小星出事了。

他没心思站在这里说废话，趁着欢欢尚未立稳，飞身闪过去，手指一掸，碰翻了欢欢手上的冰激凌，冰激凌飞下楼梯，欢欢"啊哟哟"一路追去。

苏尔守丢下一句很有分量的话："你们都别上来！"他快步登楼，呼呼喘气，来到卧室门前。稍许平静后，拿钥匙轻轻一拧，推开门钻了进去。

有人在唱歌。大房间也变了样。

外间窗纱沉垂。有两张皮沙发，旁边是一张大床。靠床的里侧，新隔了一个套房，三面墙都是毛玻璃。床前空地上，斜斜儿排开一组落地折叠双面苏绣海南黄花梨屏风，恰好挡住床头和玻璃房的小门。

玻璃墙上，好像贴了一层纸，有光线从那边穿过，纸与玻璃都透明了。歌声就是从那里传来的。

女主人也在玻璃房中，因为里面有活动的人影。

他轻轻走过去，听清了歌词，正是去年孟小星从一个诗人手上买来的，《我很喜欢钱》，请人谱了曲，由女歌手演唱录音。

这歌词他当时看过，曾被逗笑，所以印象颇深。不想配乐唱出来，倒是耐听。

词道：

　　点上一炷香，钞票家里养。金融如果出危机，我有黄金、美金和英镑。

　　珍惜好年光，梦去说黄粱。拥抱这万千福气，心香心暖心不慌。

苏尔守听着，还是挺震惊的。

谁都喜欢钱，谁都离不开钱，但很少有像星姐这么着迷，把爱好谱成歌，唱出来的吧？

他想听听还有什么歌，便心神不定地坐到沙发上，把手机调到静音振动，几乎被莫名的哀伤击穿，刺进了沙发。

一曲唱完，就不再唱了，渐渐地也没有了晃动的人影子，星姐并不出来。

他埋下脑袋，陷入极度的苦痛中，可怜着她，也可怜自己。

他俩什么都不是，做伴的、可信的，如今只有钱了。

当年为财务自由拼命，绝不会想到，会是这样的下场。

这十年真该好好儿反省！

明天去离婚，两个人就都解脱了！

房间里温度不低，阳光斜照到了他的脚下，她仍未出来。

他点上一根雪茄，抽着抽着，雪茄熄了，大脑晕晕的，他头一歪，竟是沉沉入梦。

一觉醒来，没看见孟小星，苏尔守站起来，伸了伸懒腰，要看看她是不是还在玻璃房里。

缓缓推门，他不禁愣住了——仿佛来到一个童话世界，无数只眼睛和窗口，一齐盯着他——华盛顿、杰克逊、富兰克林、莎士比亚、瓦特、狄更斯，英气逼人；射线、蛋壳、桥洞、小路、尖顶、建筑、街市，洁白明亮。

眼前的小屋，贴满了钞票，一边是美元，一边是英镑，一边是欧元，一边是港币。每张都那么新，有一股木樨的清香。

房子中间，垂下一只吊灯，灯光晶莹，星姐就卧在灯下，背朝外，她呼吸平匀，睡得又香又沉。

她不仅是唱出来了，而且是真的做到了！

难怪她总出国，原来换了这么多外币回来！有这些钱，那就什么都不怕了。

　　如此没有安全感，不肯相信外面的世界，连钱都不全放在银行，而是换出许多，偷偷摆在家中。其他人知道，却不一定能进来。帮她共守着这个秘密。

　　她刚才抑制不住地开心，挂上这么多钱，听着音乐，欣赏它们，眼里、耳里、心里感受着钱所传递、迸发的能量，仿佛充电，脑里就只有钱，猛力去赚钱了。

　　或者她担心毛玻璃不安全，干脆用纸币贴满，要把这房子装满钞票！

　　过去，他们曾有交流，她问他如何保值，抗衡金融危机，他告诉她一些办法，自己都忘了，反被她落为行动，怎能不意外？

　　他慢慢退出来，回到了沙发上。感觉不能再等了，便找出笔和纸，写了个便条：

　　　　我们的合伙，到这里歇手，好吧？把机会留给别人。
　　　　这两天我就走，回老家找个女人结婚，轻易不再回来。你呢，也去物色一个厚道男人，成家过日子吧。不能只嫁给钞票！
　　　　我们年龄越来越大，你一个人过得很苦，很了不起！欣欣大了，能够自立了，不需你操心了，再操心也操不过来。你可以只为自己而活了。
　　　　世界那么美好，要相信这个世界！
　　　　这些年我们太努力了，不顾一切。这是不对的。现在缘分已尽，好合好散。
　　　　就当你和我从来没认识过，各自拥有了一笔丰厚的财富，从零开始。
　　　　我让律师处理一下遗留问题，属于我们名下的共同资产，我一份，你一份，欣欣一份，作为她的嫁妆。

这么久我没来看你们，就是在清理资产，备忘和离婚协议，回头我请律师交给你。

我过来是向你道别，你却在睡，就不叫醒你了。

祝你和欣欣，一生幸福！

写完，苏尔守坚定地站起来，往外走。

想着外面还有星姐的姑姑、助理和保姆，他尽力让脸上的神色放轻松，浮现出做成流氓后的满足的微笑。

那笑若有若无，仿佛是从心腔里撕开的，有着深深的裂痕。

（原载于《长江丛刊》2016年第6期）

美人汤

相会

俞勤勤不是头一次来日本，她没想到这一次的非常之旅，会彻底改变自己的命运。

头一次来还在上大学，二年级暑假，她和妈妈游览新加坡、韩国，兴味尚好，从首尔直飞东京。闲逛浅草寺。求签，抽得上上签，喜不自胜，想要臭美臭美，便穿和服拍照。孰料笨手笨脚，怎么都穿不好。

请了舞伎帮忙，用长带、宽带，一根根、一道道、一重重，在身上盘绕、捆缚、勒绑，如同过去的中国女人裹大脚，裹成三寸小金莲，走起路船儿般摇摇晃晃，随时要侧翻、倾覆的样子，她的胸腰紧束得快要吸不动气，舞伎方罢手，在她身后，打一个蝴蝶结，多出的绑带，顺进蝴蝶下面，拿巴掌拍平。

照着镜子，她换了天地颜色，鲜艳花哨。没敢化妆——施妆的舞伎们，扑的粉太厚，一个个看着像是电视剧里的吸血鬼、小妖怪。太吓人啦！

那一身的和服，便有了裹脚布的效用，走路时呼吸不畅，只适合小碎步。倒是蛮上相的，赢来不少回头客。

匆促留影，迅疾脱下，恢复顺畅呼吸，又能快跑、大笑、吃吃喝喝了。仿佛重生解脱，记忆深刻。

次日，乘车去清水寺，要一份抹茶饮品，味道怪怪的，忒难喝，只好扔了。再去祈福，买御守。

日本人的御守，类似中国古代的荷包、香囊，既是护身符，也是平安符，招运、纳祥、结缘、降福，戴在身上，挂在车上，系在包上，摆在书桌、案几上，象征长寿、美满……心诚则灵。但时效一年，过期作废。和我们的生生世世观，大相径庭。

不过，眼前的御守模样精美，红绳子，半透明的蕾丝，如一张薄薄的白金叶片，刺绣淡雅、别致、明丽。开运招福，让她爱不释手。

永永久久多好呢！她腹诽。

一顿龃龉、犹豫，都不想要了。妈妈看出来名堂，说傻孩子，明年再买。一年一年接上，不就行了？

不错啊。她卸除了包袱，欣然把御守串在手机链子上。傍晚看提灯和艺伎时装秀。

五六天全在路上，京都、大阪、札幌，走马观花，累是累，但心情舒畅，见识了异国风情。

印象颇深的，是人家的一言一行，节制、礼让、谦和。

我们见之古书的"温文尔雅"，怕就是这般？

这次来日本，为的是调理身体。俞勤勤感染一种顽疾，皮肤发暗，疙疙瘩瘩，老长痘痘，喝白水都胖……背地里人呼她"娃娃鱼""胖头丫"。

她无意间听到，羞得要死，缠住妈妈，一定要根治。

比起常人，她超重二三十斤，臂壮腰圆，渐成巨富之势。姿色不赖。要是生在唐朝，和丰腴的杨玉环，怕有一比。

野史记录，大美人杨玉环，一米六四的个子，六十八公斤的身量。杨玉环没长疙瘩，她不是杨玉环，迟生了一千三百年。

请老中医把脉，先生开出单方：买一只大木桶，配中药浸泡。可是见效慢。最好用天然温泉水，每天泡，早晚十分钟，泡出大汗。不少于三个月。估计半年能除根。

这挺考验耐力和财力。

打听了打听，国内温泉多的省份有云南、西藏、四川、广东、福建，本想去那些地方，租一间房，天天泡，泡好为止。但顾虑的是，国内的温泉，很多不达标；而偏僻山区里的温泉，标准不定，让人不放心。

合计又合计，与其担心这、担心那，不如去日本，那里民宿温泉，干净且私密，服务和治安也让人放心。

日本是岛国，地震多、火山多，遍地温泉，号称是"温泉王国"。由北至南，有几千处；源泉的数量，近三万。单是温泉旅馆，就有七八万家。每年泡温泉的人数，不下一个亿。有人戏言，到日本没泡温泉，等于白来。

她上次没在意，即便泡过，也当是热浴、洗澡，自是白去了。

一个人在南京机场候机时，她异想天开——既然日本带着唐风宋韵，它会不会也以胖为美呢？她的胖到了日本，得到保护，就有了继续胖下去的信心、勇气……

带一点自嘲意味，她却不敢真去付诸实际。相反，身体必须调回来。否则千万里跑过去，不是白费力吗？自然疗法，总比韩式美容、冻龄、整形的动火，动光，扎针、上刀，强过了若干。

父亲出面找到使馆的老友帮忙，中间人牵线，他们结识一位大咖——老歌星陈朗。他移民日本三十余年，创办中国阳光艺术院，招纳演员，常年在日本各地的温泉酒店演出。由他接待，再好不过。

俞勤勤和陈朗加了微信，看到他的照片、演出视频。

老人年届花甲，国字脸，看着就仗义。眼巴前正好在日本排名第一的草津温泉演出。她此行就从草津开始。他不能回东京接机，发来线路和位置图，标注到哪乘车、在哪下、要花多少钱，事无巨细。

俞勤勤很感动，心里暖流汩汩，活似热水冲滚、喷涌的泉口。

飞机准点落地，她打车去新宿。

日头晒人，暑气蒸蒸。她拖箱包，胸前挂小包，出了一身香汗。

买一份刨冰，上面淋着甜甜的果糖蜂蜜，边走边舔，消解暑意。

到窗口，买上直达草津温泉的高速大巴。时间富余，走入旁边的快餐店，点了碗豚骨拉面。

乳白的汤，咬劲十足的细面，配上葱、蒜、麻油调味的汤头，吃得大汗淋漓。

上车后，唇齿留香，大脑恍恍惚惚，很快迷糊过去。醒来已在半路，车窗外像是被水洗过似的，山清水秀。比起江南的高速路，日本的公路却是狭窄了不少。几小时后，才到草津巴士总站。

这里的温度比东京低。太阳西下，<u>丝丝凉风吹来</u>，没有燥热感。

原以为车是直接到酒店的门口，不想草津是集镇，规模不小。

陈朗在出口外等候，亲自接站。

他看上去比微信上稍胖，一头的乌发，皮肤滑润。声音清亮浑厚，气场强大，让她自觉渺小了许多。

握过手，满以为可以走了，陈朗笑道，还有人没到，从北海道来的，再等等。

二人走到车子边，放下行李。

停车场毫无遮挡，没有南京那种无所不在的蚊虫来叮咬。不远处的树上，挂着几排风铃，风一吹，叮当作响。

陈朗拿出一把小团扇，上上下下扇动，和她站着说话，俨然是位南京大爷。

胖的人怕热。但在日本，大街上扇扇子的少见。

他问她饿不饿，爱吃什么，来过日本几次，去过哪些地方，能不能习惯。她一一答复，感叹说草津好远呀，她一度还以为上错了车。陈朗大笑，说："有火车就方便了。汽车慢。草津名声在外，有着全日本最好的温泉，不愁客源。我们都是忙的时候过来。温泉不能多泡，中间大量的时间，没事做，就靠表演和娱乐，吸引、留下客人。中国杂技和变脸，大受欢迎，鼎盛时，几十个地方轮演。"

俞勤勤对演出关注不多，她留心的是"不能多泡"，有点不解，想问问他，是不是水太热。太热的话，出去走走，换个温温的大池子。

冬天，她去过几次南京的汤山温泉度假区，汤池或大或小，温度不一。小池子有一大包一大包的药草，散发味道，水温四十二度上下，再高就烫得受不了了。大池子水温三十多度，不热，人到水龙头下冲刷，也可游来游去。更大的，全是大人带孩子扑腾、冲浪，嘈嘈杂杂。纵然水温凉，孩子们也玩得不亦乐乎。

这是她的经历，在国内的经历。这儿会不同吗？

她的话不多，主要听陈朗闲聊。

到了日本，泡温泉是和看樱花、吃寿司、穿和服、品清酒、赏红叶同等重要，甚至是更为重要的。因为樱花、红叶，须在当季，须是好日子，温泉无论寒暑、风雨，不受限制。草津的民谣,"除了相思病治不了,其他什么都能治"。

俞勤勤"扑哧"一笑。想自己最缺的,怕就是相思病了吧?倘若泡温泉泡出个相思病,可就"大圆满"——治好了百病,落下一个没治的。

这念头在脑子里一晃,倍感荒诞。至少,在她身上不可能发生。她相对知性,对男的,不会要死要活。

她请教费用是不是贵,有没有一边打工一边治病的行当。

她的本意是不想让爸爸妈妈负累过多。要是方便的话,请陈伯伯帮忙找找。她能干一些累活、脏活。顺便打发时间。

她以为他们打交道足够久,才提的要求。陈朗较意外,使馆的朋友没说到这层。但既是拜托,那就是全方位拜托。问她有哪些技能、专长。

俞勤勤称自己会跳舞、弹琴。中规中矩。年少时学的。唱歌一般般,不难听。登不上台面。——大城市的女子,为练形体、气质,学艺者众,好像算不了特长。考级、拿奖都不是目的。因此浅尝辄止,坚持下来的不多。否则当一个艺术家,就太简单了。

陈朗这一问,让她想起"书到用时方恨少,船到江心补漏迟"的格言。一转念,说自己英语流利,对话、交流,不成问题。——她在美国待过几年,小学六年级才回的南京。

陈朗对这感兴趣,说他这里报幕的一会儿到,否则她可以做个报幕员。——当然,现在也行,用英语配合报报幕,怎样?他们的观众,遍及世界各地。演员都要身怀绝技。每到夏天,他来草津。有专门的表演馆。冬天多半去北海道、大都市。

俞勤勤对草津了解无多。想起自己会待不短的日子,忙道天冷了,她也想换地方,最好跟着他的演出队,他们在哪儿她就在哪儿。别放她一个人在这儿。陈朗笑了,说那是自然。虽然她专为泡温泉来的，但日本并不止一两个地方能泡。他会尽好临时监护人的职责，不断调整。平安第一，兼顾疗效。

这让她踏实多了。

陈朗是北方人，有着北方人的豪气，又带有艺术家的贴心、细腻。

他生于天津，年轻时考到北京的中国歌剧舞剧院，是位男高音歌唱家，太太是老北京。几十年前，一道来日本创业。最初三五人，而今几十人，队伍壮大，忙碌时，要从国内招演员，个顶个的一流人物，有的拿过世界冠军。俞勤勤慢慢会熟识。问起她的病情和计划，说他的团队没有闲人，养不起闲人。她做一天拿一天吧。交叉、穿插给他们准备夜宵、看看道具什么的。总有办法。同胞嘛，帮助需要帮助的人，是他的荣誉，也是一份责任。

是时候了，他去了出口处，不久领回来一男一女。

男的叫长泽雄，胡子拉碴，笨笨重重。宽大的短裤、衬衣，像个东北大汉，毫无江南后生那种自然吸光的气质。她第一眼还当他是东北来的，谁知是中日混血儿。背着防水防盗大容量双肩包，毫不吃力。据说他的堂姐是日本影星。

女的叫史锦蕾，比俞勤勤大几岁，戴着墨镜、太阳帽，披肩发，穿一身蓝色短款牛仔背带裙，两条长腿直直的。摘下眼镜，看人时目光含情，带着笑意和玩世不恭的俏皮气。清秀白净，嗓音甜润。

各自认识后，史锦蕾笑说车子她开吧，陈叔叔休息休息。

两个男的去后座，俞勤勤坐到副驾驶位置。

史锦蕾是东京艺术大学映像研究科在读的博士生，师从动画导演、编剧村田浩二教授。来日本好几年了。和陈朗一起做汉语教材与讲座，报报幕，赚点生活费。本科是在天津外国语大学国际传媒学院念的,陕西长安人,家在终南山下。看过陈朗他们的演出,攀上了"老乡",受到照应。虽然至今单身,陈朗急人所不急,让她相亲过好几位小伙,大学教师、企业老板、祖传牙医等,个个一表人才,可惜一个没成。

史锦蕾颜值高,个性强,要求不低,壁垒森森,追求者众,却无人能攻克。今年暑假,她想去北海道洞爷湖看烟火大会,便约了混血儿——陈朗新近撮合的一个爱慕者同行,玩了七八天。得意地说,对着漫天的烟花,泡着美人汤,喝的也是"美人汤",乐而忘返!

两个人看着有戏!陈朗拍了拍长泽雄,混血儿应对迟钝,坐得松松垮垮,没有一点互动的迹象,即便陈朗是他的月老、长者。

俞勤勤倒是来兴致,问史姐姐,什么美人汤呀,她好想领略领略。史锦蕾笑道,姐下回带你去!草津其实也不错!温泉的酸度高,新陈代谢快,消脂、溶脂,叫它"美人汤",名副其实。至于喝的,那是把花胶、鱼皮、银耳、牛蹄筋这些胶原蛋白多的材料,放在一起熬出的汤。比起洞爷湖,草津输在美景和视界。下雪后的洞爷湖,美到极致,无法形容。冬天一起去吧!

史锦蕾像条汉子,很喜欢俞勤勤,把她当作留学生或是陈叔叔新近招揽的演员,都不打听俞勤勤要在日本待几天。随手打开车窗,绕上去镇上的马路。

俞勤勤鼻子尖,老远闻见异味,像在国内,路过化工厂附近,刮来一股臭鸡蛋味。她差点呛过去,捏住鼻子,问:"这什么味啊?"

史锦蕾未及言,陈朗在后面笑道:"是硫黄,正宗的温泉都有这味道。你闻久了,就习以为常了!"

史锦蕾听闻笑了笑。长泽雄没笑,大概累极了,足见他和史锦蕾并不同调。俞勤勤记住了这味道，感觉特别。

国内所谓温泉，全是无味的啊。

到了镇中心，白雾隐隐，好几处地方冒着腾腾的热气，空气里的气味，更厚、更稠了，俞勤勤克制住欲要呕吐的强烈反应，在勉力适应。

不适应，接下来如何下水？

陈朗指指窗外介绍："勤勤，你看外面。冒热气的都是温泉，来自附近的一座活火山，叫白根山。整个小镇，有六个源泉，汤畑、白旗、西河原、地藏、煮川和万代矿。每个源泉都建了一个公共温泉。能疗伤、消毒，泡一天，会泡去皮肤表面的角质层。温度高，不能直接入浴。当地人发明了'揉汤术'，来自然冷却。"

俞勤勤好奇道："'揉汤术'？兑冷水吗？"

史锦蕾歪了歪脑袋，她没听明白。陈朗说："不加别的。在日本，温泉受立法保护，不许额外加东西。那样就不叫温泉了。你见过炒栗子吧？栗子炒熟后关掉火，铲子还在锅里翻炒，是让下面的热气快速散出去。'揉汤术'就和它差不多。而且直接冒出来的温泉，在空气里暴露的时间一长，水里的溶解物氧化，'活性'会下降。所以酒店、旅馆，要建在离源头不远的地方，保证温泉的品质。哪怕从源头导流出去几公里，酒店有更好的景色、交通，品质下降了，来路也要正。因为温泉的价值，在于里面含有多种活性作用的微量元素。"

"啊——难怪我爸妈让我来日本！"俞勤勤赞叹了一句。

陈朗说："晚上你不累的话，先在私汤里好好儿感受感受。注意别老泡，以免引起不适。刚开始，泡一天、两天，休息一天。总之，你按着说明去做，不急于一时。"

混血儿在东北寓居过，听出一些门道，开了金口："这姑娘是来泡汤的?"说着坏坏一笑,敢情他也有感兴趣的东西,并非冷血。

史锦蕾可就不乐意了,说:"住嘴,人家小姑娘的隐私,要你打听?"

陈朗又笑了:"我们北方人来草津,都不时去泡泡,何况勤勤生在江南!那可是最会享受、最懂生活、最讲情调的地方。当地的俗语是'早上皮包水,晚上水包皮',以茶馆、澡堂子为家!对吧,勤勤?"

史锦蕾摁喇叭,打断谈话,问:"叔叔,晚上有演出不?"

陈朗说八点有一场。史锦蕾说她过去报幕吧。玩得这么久,早该上班了。陈朗说小演出,不用报幕。史锦蕾笑道,她过去凑个数,抵一个节目。演员攒着力气,其他场上多发挥。陈朗稍加思索,说:"看你主持,观众养眼。这么一位佳丽,又是在晚上,谁不要多瞅瞅?所以你别谦虚。我们的节目,没有凑数这一说。都是在尽职。本想你回来晚了,休息休息,既然你提了,那就去吧。我负责准备夜宵!"

说罢,撞撞长泽雄,似乎让他呼应一下,说点关爱、赞美的话,拉拢两个人的感情。长泽雄哪晓得中国人的小心思,继续做着他的呆瓜。

史锦蕾笑说再吃又要胖了。她在北海道这几天节食,不吃晚饭。回来夜宵,可就白白受苦了。

闲话间,不觉到了小镇的最北端,有一家百年老店,是俞勤勤今晚的栖歇处。

史锦蕾突然说,她晚上和勤勤住一块吧,先把行李撂这儿。

长泽雄听后,漏风似的龇了龇牙。陈朗也觉意外。他和剧团里的其他人,同进同出,租的是别墅,上下三层,房间不少,但没有富余。长泽雄是要睡那边去的。史锦蕾既然溜出来了,那就让出了房间，给长泽雄？避嫌？他们没住在一起？北海道之行，史锦蕾没被拿下？

何其坚顽的碉堡啊！

酒店外，站着一个中国男子，是陈朗剧团里的，叫大华，早在此恭候。

陈朗和他做了交代，让俞勤勤跟着他去办手续，他晚上有演出，就不陪了。他们住前面，不远。明天见吧。

大华一手一个，接了史锦蕾和俞勤勤的包，拎起就走。

一个侍者看见，上前鞠躬，接过俞勤勤的那只大包。

店内灯光柔和，潮气氤氲，给人阴凉的感觉，仿佛穿越到了金秋。

两位身着和服的姑娘，半跪在榻榻米上，朝客人跪拜、喊话。

一个老板娘模样的，上前鞠躬、欢迎。和大华较熟，亲和地说着日语。

大华侧头说，这位是酒店的"女将"——大总管。问她是先吃饭，还是休息。

俞勤勤一路在休息，此时只想把温泉泡上。泡过再去赶赶场，看看史锦蕾的主持和演员的表演，尽快进入角色。

俞勤勤的父亲开了家外贸公司，在美国有分公司，赚了大钱。她的弟弟、妹妹，都是在美国出生的。回国后上的私立学校。又以华侨身份，考国内大学，优待力度大，妹妹上的是北大，弟弟读的是清华，学校每年给他们"外国留学生"好几万的资助。

俞勤勤生早了，她爸妈当时没摸到窍门。她全凭智力和用功，成绩虽远远好过弟弟、妹妹——但她考的是苏州大学，他们家唯有她是真刀真枪拼出来的，父亲便对她尤加疼爱，从不让她

99

为钱操心。然则再大的家产，那也是父母的。她想靠自己，在治病的同时，打工赚钱。

大华请她别急，饿肚子别泡温泉。住下后，先吃点东西。酒店的料理不错，小贵，温泉酒店的价差，主要在吃上。——他是用中文说的，"女将"听不懂。

俞勤勤问他们演员都怎么吃饭。他说有自己做的，有在外吃的。吃惯了中国美食的人，来日本吃大餐，只为尝尝鲜，其他没必要。长期逗留的话，简单点。家里有矿，则随便，就当他没说。

她说来个简单的。难忘在新宿吃的那个拉面，回味无穷。待会到大街上转转，有面馆的话，再来一碗。

日本拉面，才是物美价廉的硬通货！

大华皱皱眉，推荐她吃吃温泉蒸汽蒸熟的鸡蛋、馒头，外头有卖、有送。关照她，温泉的腐蚀性高，所以有金银、珠宝的话，别沾水。

大华心里断定她家没矿，要了个"素泊"，没带私汤。喊来一位懂汉语的女服务员，把她送去寝室，就告辞了。

服务员送来热茶、热毛巾和点心等，问她住多久，吃饭怎么解决。告诉她小镇哪些地方可以泡哪类温泉，告知注意事项。酒店自身的温泉现在就能泡。有需要，随时找她。说完鞠鞠躬，带上门出去了。

俞勤勤给妈妈报了平安，在日记上记下沿途的见闻——这是她每天的功课。

做完功课，便悠闲地喝茶、吃点心，看酒店的英文说明、温泉成分表。发现泡温泉不得穿泳衣，男女分开，时点各异，泡时"一丝不挂"。

哦——她愣了愣，对着"naked"这个英文词，端详了半天，反应过来后,不由得面红耳赤。犹犹豫豫,上网搜索,还真是!

说明上写道,要洗干净身子,再赤条条下水!不搓,不游,不嬉闹……

大意了!居然无人提醒。

恐怕服务员以为她知道,大华开不了口。换个姑娘,或许就不用顾忌。

想起大华说过的不要饿肚子的话,点心不够量,又拿出面包,撕下一块,啃了几口。太干,热茶喝没了,用矿泉水润润口,连水带食咽下去。

换上酒店的浴衣,套了木屐,出了门。

先时的服务员过来,领她去泡汤。

在入口拿到一把钥匙,她去换衣室。脱内衣时,没有第二个人,她感到一丝羞涩。

上大学时,去学校的公共浴室,她都不好意思脱光光,何况在国外?

想象里面人头攒动,她精赤赤进去,多少双眼睛瞄过来,犹似机关枪扫射,会把她浑身钉满洞,轰然倒塌!

恐怖啊!进去睒一眼再说吧!

她看到了浴巾。解开内衣内裤、胸罩,拿浴巾裹住下身。上身并没有可裹的东西。她寻摸寻摸,筐子里有几条叠放的小毛巾。她取出一条,比了比,毛巾短,只能捂一边。

难不成下面扎浴巾,上面一手摁一个,捂两条小毛巾?

太离谱了。这么进去,大家会把她当成怪胎!

嗯,没办法,露就露吧。全是女的,谁会关注她呀!

想明白这层,她咬咬牙,豁出去了。

用浴巾扎住胸,拿小毛巾捂下体,夹着腿,鬼鬼祟祟溜到了门边,探头看了看,里面氤氤氲氲。再伸进去少许——池子里空空荡荡。

包场了！她长舒一口气，轻快跑回去，不怕脚底滑。取了门边的凳子和木盆、洗发露、沐浴液，坐到水龙头下冲洗。

日本人不知怎么想的，边上的空间足够大，几个水龙头装得又低矮又靠近。坐着冲洗好别扭，放不开。而且身体折叠的部位，无从下手。

木盆接水，像她这类的，只能接半盆，一盆水哪举得动呢？再接再浇，不要工夫吗？

那么矮的龙头，接起来需要弯好几回腰。不辞辛劳，只为节水？

和国内的温泉，处处不同。

她顺应过来，身上打满泡沫，接了一次次水，冲洗擦拭。

这才起来，进入温泉室。弯探身腰，轻轻下到水里。

唏呀——

水温不低。她慢慢蹲进去，腰都不敢埋到水下。适应了适应，才缓缓沉下去。

水到下颌，头上冒汗，热得憋闷。快意洋溢。

她激励自己再沉入、沉入，不断下沉，水一直到了唇上方。没过脑袋，把秀发都淹进去，露一个鼻尖，张大口喘气。能听见心跳声。

她扩开胸，一口口喷吐浊气，全身在用力，抵御泉水的热度。感觉自己像水果糖似的无声无息地融化。

不时抬头喘息，额上、脸上、手上，以至头发里，都渗出了汗。一颗颗滚滚滴滴，拔除体内的毒素。

随着时间的推移，她扛到了极致，一点点抬身。汗水出透。她坐到池子边。热气散发，很渴，想喝水，但她忘记拿水了。

再忍忍吧。泡够了出去喝。

她再次探身而下。但这次泡的时间更短。

"哇，里面没人！"正自忘乎所以，对面角落里，闯进两个男的——应该是欧洲人，说的是英语。

俞勤勤慌张张，"呀"的一声，滑进水中，只露鼻子以上的部分，连嘴都泡在里面，心跳急速，小小喘起来。

难道这是混浴？或者她搞错了地方？

身后跑来两个女的，裹着浴巾，在大声喊话，和两个男人说，他们进错了，这里是女士浴池。

男女熟络，她们直接喊着对方的名字。

两个男的仓促间瞥见了水中的俞勤勤，连忙退出去。

女人们笑嘻嘻上前，和俞勤勤说对不起，昨天这边是男汤，今天改女汤了。同伴没弄清，刚才进错了地方。

说着，离着她很近，"扑通"跳下水，"啊啊"喊叫，热得受不了，上上下下拱动，带出阵阵水浪，溅了俞勤勤一身、一脸，有几点飞到了眼帘下，差一厘米就溅进眼睛里。随之弥漫开一股浓重的体味。俞勤勤闻着那味道，比大街上的硫黄味更刺鼻，是那种黏黏稠稠的羊膻气，险些熏倒。

她节节后退，从几米开外爬上去，逃之夭夭。

女人的可怕，不亚于男的！危险度，自然不那么一样。

女人的接近，至多让她出不来气。男人的接近，则不能想象。

她一个女孩子，倘若无人制止，由着那两个男的跳进池子，池子里就他们仨，可怎么好？

裸浴凶险无常，总有误入白虎堂的草莽。

出门在外，多长点心眼吧，别在一个人的时候泡汤！最好找几个伴。她想到了史锦蕾。等不及她晚上过来，俞勤勤眼下就想见她。

| 婚姻合伙人

冲了冲，擦抹干净，换上浴衣，从冰柜里拿了一瓶奶，一口气喝下去。舒服至极。

穿戴一新后，她找到服务员，问她可知道陈朗先生今晚在哪里演出。服务员和"女将"说了一声，亲自带她步行过去。

小镇不大，灯火通照，街上的人不少。本地的没几个，一半以上穿着浴衣、和服。都在找地方吃饭。大叔大娘，端着托盘，给人分发馒头。豆沙的、奶油的、红糖的、紫薯的，每家各有分别。

俞勤勤不吃这些，只想找个地方吃拉面，再拜访拜访朋友。她迫切要见到陈朗的团队。

一滴入魂

走进镇上最大的餐馆，豪华气派。大厅中坐满人。吊灯、射灯、壁灯、地灯全开，亮如白昼。

台上在演出。锣鼓声声，二胡、檀板、月琴、唢呐奏发。音乐是录制好的，表演则是真人。演的是京剧《西施》里的名段：

水殿风来秋气紧！月照宫门第几层。十二栏杆俱凭尽，独步虚廊夜沉沉。红颜空有亡国恨，何年再会眼中人？

表演者像是位中年女士，穿着戏服，咿咿呀呀，嗓音甜亮，曲折婉转。文辞太雅，若不是两边的显示屏有日文翻译，兴许没几个人能听明白，知道意思。

俞勤勤对京剧关注极少。她爱好活泼自然、婉转快畅的越剧和黄梅戏。看到窗户那边的客人吃好了，正要离开，忙占上位置。

点上拉面，再要一杯梅酒。

梅酒酸酸甜甜，带着白兰地的芳醇气息，如果烫一下，会更好喝。

日本人爱喝冷飕飕的东西，即使在冬天，也都是冰水。

一出戏唱完，俞勤勤尖起嗓子叫好，领头鼓掌，喊再来一个。

唱戏的笑了笑，下去了。史锦蕾走出来报幕，穿着红色的高腰刺绣贴花公主裙，端秀劲挺，举止洒脱。先中文、后日文介绍说："接下来我们的老院长陈朗先生，继续给我们演唱京剧《红娘》选段。"

啊——陈伯伯吗？可能吗？刚才唱戏的是陈伯伯？

俞勤勤不相信自己的眼睛，揉了揉。

史锦蕾解说："《红娘》取材于中国古代最伟大的戏剧之一《西厢记》，是元代著名作家王实甫创作的。写的是唐朝书生张君瑞，进京应试，和已故相国之女崔莺莺停宿普救寺邂逅，二人一见倾心。崔莺莺的丫鬟红娘，从中撮合，二人终成眷属的故事。选段唱的是红娘的心理表白。张君瑞带着小姐崔莺莺同入罗帏，把红娘一个人关在门外。引出红娘这段表白。

"下面，掌声有请陈朗院长！"

叙述不短。史锦蕾做了个手势。

俞勤勤没怎么听解说，她目不转睛，看那位走上台的"美人"，高高的发髻，斜插着水钻卧凤、草花、偏凤、鬓花，脖子前有领花，披云肩，束革带，红、粉、绿，在灯光的点缀、粉饰下，显得五彩缤纷。模样依稀像陈朗伯伯，史锦蕾不说，她哪能辨出来。

伯伯是梅兰芳、荀慧生"转世"，也能男扮女装！俞勤勤赞叹。但知道《西厢记》的男女私会，并不可靠。她在苏州念书时

105

看过越剧《西厢记》。闺密曾告诉她，里面的张生就是唐朝大诗人元稹。这人和白居易齐名，他写小说《莺莺传》，借"张生好友"的身份道出一段艳遇，其经历却是元稹年轻时的"初恋"。元稹勾搭、玩弄了"莺莺"的情感，始乱终弃，为人"渣"点本来没什么，但他千方百计地把自己塑造成千古情圣、道德楷模，就让人不齿了。大学者陈寅恪瞧不起元稹，在书中说他"尤为可恶"。《西厢记》改编自《莺莺传》，演绎的即是这段"艳遇"。王实甫才情绚烂，使得这故事千古流传，为人津津乐道。如果她来主持，要不要说出故事背后的真相呢？问问陈伯伯！

看陈伯伯扮演的"美人"时，端庄得体，正对史锦蕾和台下观众鞠躬。

到日本后，俞勤勤见得最多的，就是人与人之间的礼节。它是中国古礼的改良品。看多了不觉如何，实际上人家打小就有严谨、细致的训练。

音乐响起，"美人"做手势，兰花指轻捻，水袖翻舞挥送，唱得风雅缱绻、春意绵绵：

> 小姐呀，小姐多风采。君瑞呀，君瑞你大雅才。风流不用千金买，月移花影玉人来。今宵勾却相思债，一双情侣称心怀。老夫人把婚姻赖，好姻缘无情被拆开。你看小姐终日愁眉黛，那张生只病得骨瘦如柴。不管老夫人家法厉害，我红娘成就他鱼水和谐。

声音真好，演得也好，一双媚眼迷死个人——这哪像男的？

俞勤勤离得近，听得入迷。这红娘在玉成小姐的好事后，欢快里带点嘚瑟，喜气洋洋，看着就醉心，如饮琼浆。

曲终人静的一刹那，俞勤勤摇头晃脑，鼓掌嗷了一嗓子，很像是老舍先生在小说《兔》里提到的，听戏人几大类别里的一类："有的是票友们的亲戚或朋友，天天来给捧场，不十分懂得戏，可是很会喊好鼓掌。"

俞勤勤是个生脸，谁会想到她不懂戏，是特为过来捧场的呀？

其他人出于礼节，丢下碗筷鼓掌应和。

公共场合，日本人的声音，一般是自动小八度，仿佛老态了不少，不那么喧哗。鼓掌都显文气、讲秩序。

接下来的"互动"，俞勤勤就被盯上了。史锦蕾点将，请她上去，当她是陌路人，问她哪里人，叫什么，喜欢京剧吗，平时爱听什么歌。俞勤勤配合默契，一会说中文，一会讲英语，十分讨喜。

史锦蕾和她认了老乡，问她看过杂技吗，知不知道中国有不少杂技之乡，最出名的在哪里——天津？不是的。但也不远了。是天津南边一点点，河北的吴桥县。那个县不大，只有二三十万人，竟有几十个杂技团，演员过千，不少是杂技世家，几岁就开始受训。我们的演员津津小姐，正是从吴桥走出来的，最出色的明星，身怀绝技，拿过世界冠军。

"吴桥有句俗话，'吴桥女儿真厉害，千斤大缸蹬得快，嫁个郎君不如意，一脚踢出大门外'。津津小姐还没有郎君，勇士们放马过来追噢！找我们敬爱的老院长陈朗先生报名、验收。好了，有请津津小姐给我们表演独轮车。"

史锦蕾拉着俞勤勤的手，鞠了躬，退出去。

到了后台，俞勤勤看到陈朗，忙叫陈伯伯："你唱得太好了！"

陈朗卸着外装，笑道："你的临场发挥也不错，往后让你锦蕾姐带一带！"

原来，她的心愿，陈朗当了一回事，早已关照过史锦蕾。刚才一番试练，是在考验她！

俞勤勤小小激动，想站在一侧，看台上的表演，史锦蕾叫她回座位吃饭去吧，等会一块走。陈朗笑着点头。俞勤勤扬扬手，走出去。

台子不高，抬脚就能上下。她从边上出来，回到了座位上。

她要的拉面，眨眼间端了上来。

上面的津津，正站着，在音乐声中，两脚踩着独轮车，绕台子转圈。

史锦蕾跑上台，捧了一叠碗，走过去，先递一只给津津。津津把碗翻转，朝向观众。而后双手把它放在头顶，固定了固定，摆手骑行。

史锦蕾又给她送上一只碗。津津扬起碗，转了转车子，面向观众，单脚骑车，抬起另一只脚板，把手上的碗放上去，脚板勾起来，颠了颠，用力踢上去，端端正正，落在头顶的碗里。

众人惊呼、鼓掌。气氛热烈。

津津扶正头顶的碗，史锦蕾再递给她四只碗，她上下倒扣，把它们放在脚板上，平衡了片刻，颠着颠着踢上去。碗依次掉进头顶的碗里。

津津得意，双手在空中划动，车子在脚下飞驰。

津津在掌声中，顶着碗倒立在单车上。悬空的两条腿，各套一只丢上来的圆环。圆环转动。她又脱出两只手，以胸部压住车座，一手套住一只圆环。圆环转动，独轮车转动，她四肢挺张，像一只展翅翱翔的大鹰，定格在舞台中央。

惊险、刺激！

观众惊呆了。津津收起圆环，跳落地面。

观众站起来鼓掌、喊好。史锦蕾拉起津津的左手，向着下面鞠躬。嫣然一笑，问台下有没有想试试骑独轮车的，有的话，请大胆上来。开玩笑说，要是谁能骑起来，津津晚上就跟着他回家。

还真有小伙子不怕死，溜上去了，是个法国人，叫康奈尔。一米八的个子，蓄着半圈胡须，整张脸显得十分帅气，淡金色的披肩长发，如一头猛狮子。

他只会讲英语，史锦蕾想要对话，有难度，不由得想到俞勤勤，对她招了招手。

俞勤勤卷着面，正在细嚼慢咽，眼睛看着台上的稀奇，然而对欧洲人的好印象，早在泡温泉那一刻就改变了。史锦蕾要她去，她犹豫了犹豫。

她刚到台子右侧，看到一个年轻的日本人，和卸完妆的陈朗从对面走出来，到津津跟前深度鞠躬、问候。又抱了抱康奈尔。

陈朗低声用中文介绍，说这位先生是日本啤酒株式会社社长的二公子。适才接过史锦蕾手上的话筒，亲自主持。说的是日语，欢迎小岛先生和法国来的朋友，友情参与。请津津小姐示范。

津津扶着车，把脚踏转到最低点，轻轻上车。说在这个点上，会有瞬间的着力点。欧洲青年忙做演示，却扶都扶不住，更别说上去了。一踩即倒，磕磕碰碰，把脚踝都磕青了。害怕摔一个骨折，忙缴械放弃。

小岛尝试了尝试，同样没能骑起来。

津津又讲解最简单的动作，那就是头上顶碗，平地上走路。行家做起来轻轻松松，那可是千遍万遍苦练出来的。

碗在头上，要平平稳稳，一般人如何稳得住？一个碗就无比之难了，加上一个，再加一个……骑上车，用脚踢，得是什么功夫？

小岛试着顶碗时,头老在动,一动就滑。康奈尔贴上膏药,匆匆登台,也好不了几许。

观众纷纷绝望——人家的看家本事,说起来三言两语,做起来没有几年、十几年不间断地练习,怎能行?

津津说自己摔过无数次,凭的是毅力。千锤百炼,既然有人做到了,那就不要害怕和退缩,半途而废。

小岛他们哪能"千锤百炼"呢,别说骨折了,擦破点皮,都划不来。他们的凑热闹,只为刷刷存在感,前提是不危险。

在他们互动练习时,俞勤勤退出来了。

她的桌子,已有人在坐,是个男的,二十来岁,中国人。看见她就笑了,说:"老乡,这是你的位子吗?不好意思,只有这里有空了。我看你的桌子挺干净的,就知道是个女孩子。"

俞勤勤点了两次头,对自己是不是女孩子的话题,没什么兴趣。她的面不如先前那般烫,吃起来刚刚好。汤则没有热的时候香了。

男的依然在问她,哪里人,是不是留学生。她不想多话,回答简洁。

他要的是一份鳗鱼料理,白米饭上,盖着六块蒲烧鳗鱼,飘出浓香。那人对于美食的热情,胜过一切,夹起半块鱼,吃起来,顾不上她了。

俞勤勤喝了口茶。他停下来,喝起汤,自我介绍:姓方名川,研究生毕业于东京大学。提到国内的大学,他认为其实就两所,一个北京大学,一个其他大学。北京大学也仅仅两个系,一个中文系,一个其他系。他本科上的是北京大学中文系。问她哪里毕业。俞勤勤调皮地笑笑,说是其他大学的其他系。将了方川一军。

方川赔罪,说北大他的导师,著名的大V,说过一句话——

对面坐美女，多看、常看的话，增加食欲，利于健康，寿命会增加好几年。

俞勤勤更淘气，说："那你得折寿，我又胖又丑，对你很不利啊……"

方川哪想到她能说出这种话，女孩子，谁肯承认自己不美？俞勤勤偏是个例外。他再次告饶，骂自己该死该死，老翘尾巴，被揪辫子，活该啊！说老实话，她长得不错啦，圆润，有味道！

啊——俞勤勤皱起了眉，岂肯饶他，说："那你的导师，应该是学医的吧？能知道谁谁谁命短命长……"

话未完，径自一笑，感觉姓方的，是个奇葩。

方川先是愣了愣，等发现不对劲后忙说，他导师见多识广，肯定是转述了谁人的研究成果。他那么大的人物，怎会空穴来风？

"是吗？何止空穴来风！过去不少大人物，江山、权势，好多都是骗来的。你说说'二十四史'为什么那样火，还不是因为它上面记载了大人物好多的骗术、招数。当然了，我这种好丑好丑的女孩，安全感强，不担心谁打歪主意！嘻嘻嘻……"

俞勤勤不知哪来的胆，损自己不遗余力，大概是跟什么人说什么话，把她听来的那点"二十四史"上的常识，卖弄了卖弄，唬住了方川。

他哑口无言。

分神之间，她错过了台上的魔术表演等。见史锦蕾上台，众人目光聚焦，听她报节目。

史锦蕾举话筒说："最后，由著名歌唱家、我们的老院长陈朗先生演唱日本民歌《北国之春》。"

这首歌，流传全世界，可说是日本歌曲中，最受中国人喜爱的了。

老艺术家大步出场，徐徐鞠躬。观众呼叫不已——这个老家伙，一会是美女，一会是壮汉。一副好嗓子，绝啊！

在明快、暖心的乐声中，陈朗一挺身，抬起手，美妙的嗓音飘飞，悠扬动听，略带忧伤的情绪。

他是用日语唱。思乡、思亲，至情至性。唱得和他的天津同乡蒋大为一样高亢嘹亮，又带了原唱千昌夫的忘情与游子韵味。

俞勤勤自也会唱，还当它是本土歌，传到了日本，不由得想念爸爸、妈妈，想起南京城遮天蔽日的梧桐树，替代了歌里的白桦林、落叶松，泪花在闪烁。

唱完，一个女孩子跑上台，举一束百日红鲜花送给陈朗。颜色是梦幻紫，从附近的西河原公园摘来的，青枝上尚有汁液，花香扑鼻。

陈朗鞠躬道谢，那女孩请他合影，雀跃着做了个"V"字形手势。

晚会结束了。史锦蕾走过来，喊俞勤勤。

方川正要吃最后一块鳗鱼，这时不舍地放下了勺子，盯住史锦蕾，二目放光，不自觉站起来，攀起交情，试图换名片，听她们要去吃夜宵，又想跟过去，他买单。

他吃了这么多，还能吃？——无非是看到美女了，千方百计想结识史锦蕾。

康奈尔不知从哪冒了出来。直白地说着简单的英语，看着史锦蕾，说自己看中她了，要带她去巴黎。还不住地看俞勤勤，请她译给史锦蕾听。

俞勤勤憋口气，不好意思表现得过于明显，嫌他身上的体味，摇摇头，佯作听不懂。

这家伙好浪漫啦，传达爱意都打算只靠手势、表情和动作，而不用语言吗？刚才他不是对津津有意吗？难道是借口？

史锦蕾对欧洲稍有了解,感觉他们习惯相异,语言不通,她看不中康奈尔。转而推荐说她的好姐妹津津,一门心思想嫁到欧洲,尤其是法国。因为世界三大杂技节,一个在她的家乡吴桥,其他两个,一个在巴黎,一个在法国东南部的摩纳哥。去了那里,她相信自己的一身硬功夫,能有饭吃。津津本不需要再学什么,史锦蕾却帮她在东京艺术大学学了设计,有舞台和戏剧影视服装设计,也有电视舞美、舞台绘景等。学这些只当多一重本事,多一点防备。

康奈尔看来蛮对路津津,说给津津,她不会拒绝吧?但要他有耐心,能等到津津两年后毕业。

史锦蕾笑了笑,请俞勤勤给她翻译——刚才他大献殷勤的那位佳丽,就是津津。让他抓紧时机,掉转方向,有始有终。想早点追上意中人的话,就跟她们走吧。

说着,二人出了门。车子在外等候,是辆面包车,陈朗坐在前面,其他演员坐在后面。她俩最后进来,靠着后车厢的门就座。

方川无勇,没有跟出来。只有康奈尔站在车外,像不怕死似的,朝他们挥手。

他们是去别墅。不到三分钟就到了。俞勤勤居然忙里偷闲,打了个盹。

下了车,看到一幢独立的房子,陈朗及其手下都住在这里,有两个人一间的,有单间的。一楼是大厅,摆放桌椅。他们就在厅里吃夜宵。

陈朗容易出汗,逢到长时段的演出,就不吃正餐,只吃点香蕉,喝淡淡的盐水,所以演出结束后,会有夜宵。

其他年轻人,出了大力的,更得充充饥。

刚开始,吃夜宵说说笑笑,难免吼起来、唱起来、跳起来,影响过邻居。

记得有一次，在酒店吃夜宵，声音大了，受到隔壁客人的投诉。酒店经理敲门，请他们小声，闹得很不愉快。陈朗连忙致歉，让大家低声，又拉住经理一块吃。那天吃火锅，经理吃得十分美味，做着夸张的动作，连连称好。他们也就知道了界限，出门在外，注意分寸。

租别墅就是想方便一二，能稍放肆，不至于打扰别人。

俞勤勤吃过饭了，没再吃夜宵，否则会胖，温泉就白泡了。

她是史锦蕾的伴当，看他们吃就好。

吃的是火锅，空调把夏天挡在外面。

大热天吃火锅，纯为省事，不需炒菜、蒸煮。陈朗很在行，炒的菜不亚于餐馆里的大厨。但今天没空。

食材是请酒店配送的，包括汤底，是熬了一天一夜以上的猪骨汤，把骨髓里的胶质，都熬进了汤里，骨汤呈浅浅的乳白色，散发淡淡的奶香味。把生面和配菜放进去，煮熟即食，喝汤吃菜。人生至美，莫过于此。

吃得正欢，小岛摁门铃进来了，一手提两瓶清酒，一手拎着菜盒。

众人站起来，拉他入座。

摆弄收拾，揭开暗红色的木盒，是两整条蒲烧鳗鱼，剁成一段一段，每段都覆满红亮的酱汁，焦香扑鼻。边吃边聊。分外热闹。

鳗鱼深得大家欢心。酱汁浸透了外皮，内里绵密的鱼肉，包在口中，黏软，带一丝弹性，鲜甜厚润。

这道菜常见，据说日本一年要吃掉全世界百分之七十的鳗鱼，不便宜。鳗鱼有点腻人，陈朗等人都吃不多。

清酒是"一滴入魂"，十五六度。日本人不喝高度酒，酒太烈，容易盖过海鲜食材本身的美味。啤酒则苦，味道又不够。十几度的清酒，正当宜，酒质醇厚，米香浓郁。倒在杯子里，黄而透明，清清甜甜。

这种酒，为使客人喝过后喊一声好，酿时不加酒精、不偷工减料，酒如其名，一滴即可入魂，可以享受到微醺快意。

"有花方酌酒，无月不登楼。"小岛过来，不单是为喝酒，而是带着深层的盘算。他看向史锦蕾的目光，与众不同，把她当成是他的"花"。

史锦蕾装作没看见，和俞勤勤嘀嘀咕咕。小岛不得不爱屋及乌，用英语寒暄："俞小姐来日本留学还是旅游？"

俞勤勤本不想吃东西，这么好的鳗鱼，都经受住了诱惑。但她没拒绝喝，尝了几口小岛的清酒，流露出率性纯真的女儿情态，本该吃人家的嘴软，可她把脸一红，一点没软地说："不告诉你！"

简洁的对话，所有人都能懂。小岛愣住了，史锦蕾抿嘴笑笑，拍拍俞勤勤，似乎是鼓劲、加油、勉励。

陈朗则大笑，意识到小姑娘的尴尬和骄傲，忙说："勤勤是我老朋友的孩子，过来玩的。短暂逗留，短暂逗留！"

陈朗的重复和强调，似在暗示小岛，别有想法，人家是过路客。

"哦，好香！这么多好吃的啊！"

楼梯口，闪出长泽雄。

他一直在楼上休息，没人想到他，史锦蕾更不会在意他吃没吃。夜宵是给晚上有演出的人预备的，他没资格享用。但这样的聚会，他哪肯错过？

上来找地方，想坐在史锦蕾和俞勤勤中间，俞勤勤忙站起来，把杯子里的酒喝干净，说自己先回了，困了。史锦蕾也起身，说走了，她吃好了。对几位男士，有意要回避。

小岛说送送她们。史锦蕾说不必了，多谢。她们想溜达溜达，消消食。

陈朗及时补话，说两位小姐先退吧，勤勤远道而来，很累了。快回去休息。锦蕾替他照顾好勤勤。男的全留下，喝酒需要气氛。小岛先生必须喝够量。

史锦蕾喜笑颜开，和俞勤勤出了门。

暑气未尽，热意不减，刚出来就冒汗了。

抬头望望，夜空高远，星月灿灿，比城里看着明亮、清晰。

路灯昏暗，行人已不多。房檐、枝头上，风铃飘飘荡荡。

空气是闷热的，但即使热，也比待在室内爽一些。

俞勤勤吐了几口酒气，问史锦蕾，她们走，她那些男友会不会不高兴。史锦蕾哈哈乐，说没到火候，说罢笑弯了腰。

她们离开时，俞勤勤偷眼看到小岛和"驴友"长泽雄落寞、黯淡的神色，强作欢颜。长泽雄尚平滑一些，小岛则阴沉、塌陷，咧开嘴，斜斜抬起，肌肉紧缩，整张脸挤成一团，眼神灰冷。她的心上霎时罩住一层云，觉得说什么也不能让锦蕾姐和那位牵连上。

史锦蕾全然忽略，说她俩交换，她教俞勤勤日语，俞勤勤教她英语吧。史锦蕾大学时，学的是哑巴英语，笔头上过关，写论文、念稿子、用英语不在话下，对话交流时，就磕磕巴巴，不很流利了。俞勤勤恰能帮她打磨打磨口语。

看到一家奶茶店，问她要不要再喝点，俞勤勤说不了，回吧。

史锦蕾请她把这几句用英语说，俞勤勤明白了她的意思，用英语连贯讲起来。史锦蕾记住后用日语翻译，也要俞勤勤复述一遍。表示这就是交换。

俞勤勤的复述比不上她的准确，勉强过关后，感觉身后有响动，扭头一看，又没看见什么，低声道："好像有人跟踪……"

史锦蕾看都不看，拉起她的手，快步赶路。

俞勤勤出了汗，摇摇头。

一玩就忘了正事。花这么大代价，来这么远的地方，温泉没怎么泡，就跑出来，又是大餐，又是夜宵，胡闹下去，这身体哪天能调好？

要有计划，列出"课表"，像上课一样泡汤。

前两天磨合磨合吧，熟知人家的节奏、时间，再看看自己的契合度，调整、完善"课表"。

一家有女百家求

到酒店，俞勤勤换下衣服，想去泡温泉，请史锦蕾作陪。史锦蕾让她等一等，这一路出了不少汗。

三下五除二，她不怕臊地将自己穿戴都卸下，乳罩也丢上床。看别人当着面赤身裸体，俞勤勤红了脸，大不自然。借口问北海道有什么好玩的，史锦蕾头都没抬，说最难忘的是薰衣草，一大片一大片的，花的海洋，辽阔无际。还有梦幻般的白须瀑布，湖水蓝，很有味道。各地花火大会正旺，过些天又有盂兰盆节——没听说吧？咱中国叫鬼节，全日本放长假，七天，到时，那里可就人山人海、热闹非凡了！

哦，俞勤勤小小惊讶。敢情日本也有节日、长假，还是最重大的一个节。

史锦蕾笑笑，说不算最重大，是次重大，仅次于元旦——日本人的"春节"。

套上木屐，史锦蕾领路，她们一次找对地方，没好意思一起进。史锦蕾先下水,俞勤勤磨蹭了一会儿,才捂住下身进去。

里面有三个人。都闭着眼,轻轻吐呼热气,似作怪的老妖,享受浸泡时的销魂之意。

俞勤勤无声无息地跨入,蹲下,身体还保留着前一泡的印迹,仿佛刚出去没多久,又进来了,皮肤、血肉立地恢复到半熟状态,排斥着,有点不适。

她汗水直冒,呼动壮气,惊醒旁边两位,像日本人,四十来岁,看看她,看看史锦蕾,没见异常,便又合上眼。

史锦蕾累坏了,本不该出来泡汤,泡着泡着,竟是迷迷糊糊睡去,一下探进水里,脑袋淹到水下,双手张扬、抓拉,满鼻子满脑子灌水。传出一片"啊啊"的呛水声。俞勤勤慌忙扑过去,拉住她的手,帮史锦蕾挣出水,站起来。

史锦蕾呛咳着,蹲着吐气,不停地摇晃。耳朵进了水。俞勤勤连忙拍打她的后背。

另两位这时划着水过来了,问有没有事,说的是韩语——两位大妈,竟是韩国人。她们只能以英语说没事,谢谢。

史锦蕾趴坐到池子上,说她先回去了。俞勤勤想一起走,她没让。

两个韩国人对话了几句,纷纷站起来,出去了,整个池子又剩下俞勤勤一个人。她想到白天闯进来的两个男的,会不会再出什么幺蛾子。虽则担心,但她守住了,什么都不想,可也不敢睡,合目领受泉水的药力、疗效,汗水出透,泡了大约半个小时。走起路,腿都软软的。

到了房间,史锦蕾早已睡下。俞勤勤没开灯,换上睡衣。

这一觉踏实,她俩睡到快九点,正准备洗漱,陈朗来电话,说他在大厅,请她们吃早茶。

两个人急忙收拾,出来见到老爷子,去的是一家老铺子。

一溜有多个房间，每个都是独立的。推拉门，半透明的樟子纸，画着竹子、千鹤。室内是榻榻米，透进阳光，平展，厚实，敞亮。

摆放草编、竹编的坐垫，冬暖夏凉。正中有一张升降桌，桌下的洞适于伸腿，不需盘着腿坐。不然吃顿饭，没习惯的，腿都得抽筋。

先上了一壶狭山茶，醇厚甘爽。和俞勤勤对抹茶的恶感，完全是两样。又送进一托盘和果子，红红绿绿。

服务的姑娘全是跪着伺候，乍一见惹人怜。无外是日本特色与风格的待客之道。

需要频繁地说些回谢的话。等姑娘们出去，他们才有工夫欣赏、细品。

有水羊羹、黄金芋、葛樱、蜜豆和花生大福。软乎乎、甜丝丝。可口，不腻。都说江南人爱甜，没承想日本小吃，亦以甜为主。

俞勤勤不爱吃太甜的东西，家里做红烧鸡、红烧鱼，不放糖。盐水鸭、盐水鹅、狮子头、皮肚面、小笼包、河豚、鲥鱼、河鳗，这些家常美食，偏于咸鲜，合她胃口。偶尔吃吃甜，蛮是惬意。

陈朗介绍了点心，又说起茶，称它是日本三大名茶之一，产自相邻的埼玉县。三大名茶中，静冈茶色美，宇治茶香胜，狭山茶味浓。

俞勤勤在家喝雨花茶、碧螺春，汤色绿，滋味醇，清甜幽微。少一点狭山茶自带的芳香气息。

女生饭量都不大，俞勤勤吃得更少，主力是陈朗。他能吃会道，嘴一刻没停。照理，吃过夜宵，那么晚休息，早上醒不来的，直接睡到午饭时间，那样一天也是三顿。

陈朗睡眠不多，早餐必不可少，因为他演出时，晚饭等于没吃，从量上来说，和旁人差不了多少。一天中，他最闲的是上午，通常自己锻炼和练声——唱一会男高音的真声，再换唱戏曲旦角的假声。中午有小型演出，几个地方穿插、轮换，即使他不登台，也要调度、指挥，让所有场子衔接无阻。晚上是主场加次场，更需操持。大白天能请客，破了天荒。给俞勤勤接风是一方面，主要还是冲着史锦蕾来的。

公鸡打架头对头，一家有女百家求——时今，法国的康奈尔和日本的小岛，找上他的门，提亲。两个人看上的全是史丫头。操不完的心啦！就像他能做她的主一样。那个方川，毫无门路，自然请不到陈朗来说合。

陈朗的确把身边的姑娘、小伙，当成半儿半女的。他们身在海外，情感上对他有依赖。他有心撮合津津和康奈尔，那位没答应。小岛则是早有图谋。

小岛的父亲大岛，是陈朗的歌迷，和陈朗交好，十几年的友情。曾请陈朗到公司演出，爱听他唱《小白杨》和《荒城之月》，私下常拉他去卡拉OK，进去后连声吩咐座台小姐，"哈呀哭①《小白杨》"。歌声一响，大岛便摇头晃脑，打着不合拍的拍子。唱完就站起来鼓掌。歇一会，再点《荒城之月》。跟着手舞足蹈。一段时间听不到这两首歌，就如丢了魂，打电话追到，拜托拜托，务必赏光。

陈朗每次去他的办公室，只要没有重要会议，秘书都是直接请他进去，大岛就请陈朗坐在自己的椅子上，他站着和陈朗合影。

这种姿态，熏染到家人，儿子小岛留学新归，跑到陈朗的团队物色起了佳偶，一眼相中史丫头，没来得及表示，史丫头去了北海道，他本要跟过去，想想又不妥。得知史锦蕾下午到草津，

---

① 日语：快点。

他等不及了，带着康奈尔赶来，只为一近伊人芳泽。

陈朗看着小岛长大，偏爱他，被他的赤诚打动，但不能有所允诺。这种事，得看史丫头的意思。再者，和一个男的结伴远游，相互都会有那意思，要么能一道出去十几天？转来发现她纯为见世面，没有其他目的，并未中意结伴的年轻人。

摸到虚实后，陈朗张开老口，给小岛递话，同时对史丫头担保，他是看着小岛长大的，和他父亲有着兄弟般的情谊，不说豪门不豪门之类的俗套话，连他都肯定是高攀了。她若中意，他担保她一生富贵显赫。当然，究竟成不成，正如鞋合不合脚，要她亲身去体会。

史丫头并非看不上小岛，她仍有叶落归根的想法，起码想找中国人，将来好一起回国。倘找个日本人，就没有机会了。

日本是岛国，地震多，哪天真像预报里说的，沉入海底，子孙后代毫无退路。

真是杞人忧天！她的顾虑，没和任何人交流。

她家世代养蜂，无意中带来、寄来十几瓶蜂蜜，自己没怎么吃，就被姐妹们一抢而空，需求量惊人。她统计了统计，请家人打包，运过来一千多瓶，十天就卖断货。凭的是质量。

陈朗要了一百多瓶，嘱她定期做一单。尤其是春天和初夏，产蜜旺季。销路不用愁。日本是蜂蜜消费大国，每年消耗量数万吨，不仅食用，而且入药。本国产量却不高，因为日本的蜜蜂，不善采蜜。加之地域狭小、资源有限，百分之九十的进口蜜来自中国。低价进来后，很多会被贴上日本当地产的标签，售价能翻个四五倍。分天然、非天然两类。每一批货都需要接受检疫和抗菌素的检查。关税不低。

费尽周折，史锦蕾卖一个批次，纯利超五万元，车辆、搬运、库房，由陈朗提供，他会有一万元左右的进项。

她家的蜜，带着果子香，带着药草味。都是回头客以及口碑相传带来的客户，源源不断，不需额外搞推销。

固定有进项，史锦蕾留学不差钱，到陈朗的剧团里做事，长了见闻，结识诸多能家，旁观到日本中上层社会的生活况貌。

这些是在学校看不到的。像小岛父亲那类上流人士，没有陈朗引荐，她只有远观的份。哪能有现在亲密接触、"登堂入室"的际遇呢？

自然，她有着中国人的骨气、底线，不会因着小岛父亲的出色，就巴望嫁入豪门。小岛若是中国人，或他能下决心随她去中国，她倒可以考虑。然而他这种家庭、出身的人，怎么可能呢？哪怕他能承诺，也不把稳。她不想既成事实后被动、吃亏。因此满口回绝。

她宁可去欧美国家定居，都不愿待在日本。对她来说，她是日本的过客。这是她的心底话，不可告人。

陈朗知道了她的态度，就不勉强了。送她们回酒店，告诉史锦蕾，中午都是小场演出，她不必出场了，陪陪勤勤，四处转转。晚上有一场，规模较大，他们全体上，预估是80分钟。她晚上去吧。

俞勤勤想跟过去看看，他默许了，让她晚饭多吃点，别到时喊饿。

俞勤勤却没有出门，还是选择了泡澡。史锦蕾吃不消，在房间里休息，没去陪她。给俞勤勤找了一根长柄沐浴刷，让她擦背、搓澡，别动毛巾，刷子毛上涂乳液，要洗哪里洗哪里，干净又舒服。这是只有日本人才有的发明。出来后仔细清洗，温泉的硫黄腐蚀性强，一定要洗干净，不留死角。告诉她，自己刚想起来，她听说一天入浴四次，每次不超过三分钟，效果最佳。

俞勤勤道了谢，带上刷子，一个人进去。里面空荡荡的。

连着泡浴，确乎有所不适，浑身像蜕皮了似的，耐受的能力，比昨天差，但挺过去后，觉得舒服了，仿佛听到皮肤在滋滋往外排汗、吐油脂的声音，身上、脸上挂满水。

这次她带进手机，边泡边刷微信，屏面全潮，看着没什么影响。不觉忘掉时间，在里面待了一个小时，严重超时。软得几乎爬不出去了。

娇不胜力，回到房间，史锦蕾本在睡觉，睡得很香，做着春梦，被她惊醒，看看时间，这么快又到了吃饭时间，问她出去吃，还是在店里。俞勤勤探问："好吃的多吗？"史锦蕾说这地方她不大熟，平时不怎么出门，多半是自己动手，有气，有锅，菜都配好，在家吃干净、实惠。人多就轮值，或者谁有空谁做。陈叔叔做饭顶顶好，能者多劳，他做得最多。别人打下手，想学，但火候、时机拿捏不准，做不出他的味道。说得俞勤勤嘴馋，想着陈伯伯的夫人，该有多大福气，能听那么动人的歌，还能吃到好吃的。找男的就得找这样的。有这样的男人在身边，手下更有出人头地的机会！锦蕾姐沾了光，如此抢手。她也会有不小的收获吧！俞勤勤心驰神往。

到外面，两个人呆愣了——小岛捧着一束紫阳花，堵在门口。红、蓝、粉、紫，每一朵花都是一只大绣球，圆整、富丽。

日本人，春看樱花，夏看紫阳。紫阳花的地位，不亚于樱花。

紫阳花的名声，则是由中国唐代诗人白居易打出来的。他写有一首《紫阳花》，题注里说，杭州招贤寺，"有山花一树，无人知名，色紫气香，芳丽可爱，颇类仙物，因以紫阳花名之"。当时的招贤寺，还是个草庵小院落，一百多年后，吴越王钱弘俶，将它改建成一座古朴端庄的佛寺。苏东坡任杭州太守时，曾有到访，留下墨宝，给院子里的泉水题名"蒙泉"。

日本人喜欢白居易，超过了李太白。白居易的这首诗，一百多年后，被日本最早的百科全书《和名类聚抄》的作者源顺读到，误把本国的绣球状紫花，称作紫阳花——白居易笔下的紫花有香气，紫阳花却没有，但这个名，沿用至今。

日本人感觉这花开起来花团锦簇、润泽饱满、生机盎然，从粉红到紫蓝，色彩多样，娇嫩亮丽，叫人没办法不爱。

它却是有毒的，有的气味则难闻，只要一碰，叶子就放臭气。

史锦蕾没去靠近它，她怕臭。在小岛献花时，转身滑开，牵住俞勤勤的手，鞠了一躬，说："实在抱歉，我有约会。来不及了。感谢您的美意！"

小岛尚未和陈朗碰面，急不可耐，以为对女人只要拿出足够大的诚意、决心，就够了，直接寻过来。要是他知道史锦蕾回复陈朗的话，估计不至于冒失。

先前他无比自信，熟悉的女孩子，只要他想，没有拿不下的。他有条件、有基础、有势力，本身一表人才，见多了本国女孩，看到史锦蕾的山野情调，勾魂撩人，谁知人家连近身都不许。

早上，他是看着陈朗过来找她的，她怎能东风吹马耳，置若罔闻呢？

他知道长泽雄已被拒绝。她在约会谁？

他不能发作、咆哮，尴尬地捶捶腰，仿佛腰肌劳损，捧着花，低头到了无人处，给陈朗挂电话。传来的消息极为悲观。他懂了，叹叹气，往外走，平缓了一下，不叫人意识到他是落荒而逃。无论如何，他要脸，从未失过脸。

到门边，和一个人撞了个满怀——是康奈尔，他拖着一只行李箱。

法国人浪漫、单纯，康奈尔得知史锦蕾住在这家店，十点退了房，打算也住这边，便于近水楼台。

入住须在三点钟以后，他宁愿多付半天的钱，也须即刻住进去。他不知道史锦蕾出去了，和他走的是相反的方向，去了西河原公园。

公园闻名遐迩，里面有本地最为宽敞的露天浴池，史锦蕾想带俞勤勤去看看。

公园入口，竖着的牌牌窄窄的，极小，像是不要被人发现。

一条石板小道，旁边有水渠、河沟，温泉水在渠沟里奔流不息，空气里弥漫着浓浓的硫黄味。水下的石头，都成绿色的了。

滩涂渐多，一眼眼不大的露天温泉池边，坐着泡脚的男女青年。

她俩没停步，打着遮阳伞，一路往前，找到一个没人的池子，脱掉丝袜，把脚伸进去，热流透过脚心，往上蹿升。

近午的阳光，晒得人满身大汗，被伞遮着的肌肤，同样在出油。脚温加快了出油冒汗的速度，腰下渐渐都是水了，如母鸡在孵蛋，不吃不喝不动，一趴二十天，痛并快乐着。

和全身泡浴感觉不同，因为汗水湿透了衣服，沾在身上。她们担心把不该暴露的地方显出来。也难怪史锦蕾要找个没人的地方了。

非是逛公园的好时辰，她们却跑过来，是为了避免纠缠。

蒸晒得受不住，她俩爬起来，穿上鞋袜，连最大的浴池都不想去了。

赶巧史锦蕾的手机铃响，是陈朗打来的，问她在哪里，有空的话，来一下别墅。史锦蕾问是什么事，陈朗说长泽君对津津有意思，发动攻势……

史锦蕾心里不屑，可想想这和自己无关，乐得成人之美，便问津津的态度。陈朗说津津苦恼啊,她的理想是欧洲,长泽君条件也不错,他希望津津别错过机会。请史锦蕾过来劝导劝导。

史锦蕾说弄错了吧,她是反派教员,如何现身说法?

陈朗让她往好了说。她知根知底嘛,长泽君虽然和她没对上眼,但小伙子人缘好,家世好,认可咱中国姑娘,厚道、大度。昨晚上偶然看了津津的演出视频,折服得五体投地。大早上就粘上了,生怕吹口气化了,捧在手上摔了。索性娶回家供起来,想怎么看就怎么看,想什么点看就什么点看,那是怎样的待遇。他爱上了杂技这门古老的艺术,对离着北京不远的沧州吴桥,神往不已。说不定将来会去华北定居、倒插门。

史锦蕾"扑哧"一笑,说那敢情好啊,还真是龙找龙凤找凤,好汉找英雄!她答应即刻过去,和津津说说看。津津配长泽雄,当该不错。

转头招呼俞勤勤。二人来到公园门外,不承想撞见最不想见的人,小岛和康奈尔、方川。这几位仁兄,是顺着大街摸过来的。

康奈尔和方川早无耐性,想往回返,是小岛在撺掇、坚持。待见到史锦蕾,三个人莫名惊喜,振作精神。小岛原地里鞠躬;康奈尔扑上前挺挺肚子,作势拥抱;方川则擦了把汗,喝起矿泉水。

史锦蕾不想搭理他们,俞勤勤朝着方川眨眼睛,说陈伯伯找她们,走了。两个人上了一辆出租车,扬长而去。

小岛、康奈尔听不懂汉语,对俞勤勤留下的尾巴尚自愕然,不明所以,傻傻地看看方川,方川开玩笑,要他俩请客,他提供二女去向的情报。

小岛、康奈尔甘做冤大头,拿出欧元、日元,往他手上塞,他连忙拒绝,说中午请客就好,不必给钱。他领他们追过去。但劝告两位不要这么紧贴，晚上在酒店再一起小酌。

小岛有的是时间，宁愿等。康奈尔一秒都不想耽误，坚持要去，送上自己的小礼和殷勤。方川劝告，她俩肯定有急事，做条大尾巴狼，恐怕不合适。不如回去吃饭，边吃边等。

他甚至知道俞勤勤是特地过来泡温泉的。想接近她的身边人，有多种办法，中国人才懂中国人的办法。

这么重要的情报，他焉肯轻易透露？鸳侣既不可期，那至少换一顿丰盛的料理，并不为过吧？

女大当嫁

见到陈朗，老先生给两位泡上茶，坐下后，说自己有私心，舍不得挑大梁的演员成家、流失。但津津是小同乡，他是当作侄女对待的。女大当嫁，可能的话，他就忍痛割舍了，请史锦蕾帮着推一推。

史锦蕾上楼去找津津，陈朗和俞勤勤在下面聊天。聊着聊着，陈朗说津津那边要是定下来，他就想带剧团去各地巡演了。好几家点名要看津津的绝活，他只得提前兑现，没办法再在草津多待。

俞勤勤问道："津津姐会很快嫁人吗？嫁了人就不再演出吗？"

陈朗说，长泽君出身望族，底蕴深厚。那样的家庭相对更保守。嫁过去很难再抛头露面，赚这份辛苦钱。他本是想介绍给史锦蕾的。到时，俞勤勤是随团还是留下来，看她的意愿。俞勤勤自然想跟着他们，把日本走一圈。能泡到各式各样的温泉，看到不同的美景，想着都美滋滋的。陈朗笑了，欣然允可。

史锦蕾别人游说不成，游说别人倒是一把好手，津津在东京艺术大学的课程还是她帮着争来的，两个人平时关系就不错。

她先问了津津对于长泽雄的印象，有好感才有戏。津津对这人几无关注，听了转达的表白后，开始是心慌的，不是害怕，而是自然的反应，觉得意外、难以相信。他不是在和史锦蕾好吗？

平静后，她不想有所回应。但是史锦蕾的话，让她心动了。

史锦蕾说前些日，长泽雄陪同她游览北海道，她是近距离接触、了解了日本男子的习惯、脾性，知道自己能接受到什么程度。长泽雄是位君子，可以交往。然则他的选择，大有局限。他告诉她，像他的家族，世世代代生活在岛国，危机意识非同小可，会把部分产业布置在中国，增加吸纳资源的渠道、机会以及抵抗风险的能力、耐力。首选是中国长三角，其次是京津地带。听陈院长介绍，他误以为史锦蕾是天津姑娘，他家计划到天津投资，后来发现是误会，就没办法再进一步了。恰好她对他也没那意思，一圈走下来，两个人走成了两条平行线。

此前，她有过彷徨，康奈尔的告白让她心动。她的研究生同学里，曾有罗马尼亚、芬兰、丹麦的小伙，表露过爱意，地理上她就不接受。她向往美国，中意英、法、意大利这条线上的主要城市。大学时的一个同学，在巴黎师大，去年博士毕业后，分去法国图卢兹的一所大学任教。当年曾向她诉说情意，这么多年，他俩都未成家，近来再次示好，盼她毕业后能过去。她无意前往。理由是图卢兹偏离那条线。第一代移民不易，到一个人种、语言完全生疏的地方，环境至为关键，大城市才有更多的机会、更大的空间、更高的平台，不为自己，也得为子女不是？那位沉寂了几个月，又有了跃跃欲试的想法。说正在尝试，换到中心城市，或者去美国。估摸着近期能有消息吧。欧洲虽远，并非不想去，有人的地方，就有华人，别人活得好好的，津津有何畏惧的呢？她没有牵挂，老家又在宽泛意义上的京津地带，倘和长泽雄好事成双，便可带着夫家的资产，到京津地区投资，长泽雄等于是倒插门的角色，有稳固、长久的基业，这等好事，打着灯笼难找，何必推辞、退缩？人在世上，既要浪漫，又要现实，而现实更为基础，终归谁都不是活在真空里。有机会的话，记得要回报、反哺对自己有过大恩的人。陈朗叔叔，是她们的恩人，给过很多帮助，他一个人在日本，创下这般基业，不容易、不轻松，将来要巩固、发展，对外联姻是一大助力。津津正是这样的助力。他说不出口，她们可不能忘本。

津津开了窍，说会考虑，和家人再商议一下。感叹她对长泽雄一点不了解，事情就砸在头上了，莫名其妙。史锦蕾安慰道：一多半的婚姻都是媒人介绍的啦。你们刚认识，没有一见钟情的话，那就慢慢处。也可以先结婚再恋爱。嘻嘻……

津津是个传统、有韧性的女孩，"嗯嗯"应承。

看来是大差不差了！

史锦蕾不辱使命，和俞勤勤出来，在街口碰到要命的大个子康奈尔。他没设饭局，而是拿出两百欧元，换取到情报，打发了方川。趁机邀请两位女士吃饭。他是利用假期来日本旅游，待不了多久，想要快速得到一个东方姑娘的垂青，每一分钟都无比珍贵。

他会点半生不熟的日语，说英语有俞勤勤翻译，交流并不难。

他和小岛在欧洲是同学。两个人一眼看上了同一位女郎，他们决定公平竞争，谁得到都会收到另一位的祝福。他不仅要请客，而且拿出五百欧元作酬谢，请俞勤勤当他的私人翻译。

史锦蕾大气，带他去面馆，要了三份拉面。介绍她的学业、出身，讲西安的兵马俑、华清池、终南山、贵妃墓、芙蓉园、大雁塔、明城墙，以及念念不忘的美食羊肉泡馍、葫芦鸡、柿子饼。上下几千年，堆在一起，西安的故事说不尽。毕竟是世界四大古都之一，吸引了全世界的目光。

俞勤勤对南京，也稍作介绍，仿佛当作西安的陪衬，不显山不露水。南京的实力，则是西安远远比不了的。

有别于女孩子的泛泛而谈，康奈尔介绍了他的家庭、同学和老师。说起家乡马赛。自豪之情油然而生，称它是法国的第二大城市、最大海港。白帆、蓝天、欧洲最强的足球队，流淌着水光和自由欢快的气息。离它最近的大城市，则是以举办电影节闻名于世的戛纳。

史锦蕾在网上查看了它的位置，问了几个细节，才知道它到意大利、瑞士的距离，比去巴黎还近。规模大体和中国沿海发达的县级市相当。区区两条地铁、数条有轨电车。移民越来越多，主要来自北非、西亚等阿拉伯国家。她顿觉乱糟糟的。

那地方玩玩不错，要是定居，可不是理想之地。

随口探听图卢兹怎样。康奈尔还当她感兴趣，忙说，不在海边，建筑都是红房子，又叫玫瑰之城。有好多葡萄园，一个大学城。还有空中客车总部。南边紧邻袖珍小国安道尔，再往南就是西班牙顶尖的旅游胜地巴塞罗那了。马赛在它的东边，两大城市没多远。他去过几次，参观航空博物馆。很安静，不比马赛好玩。

史锦蕾登时坚定了要去巴黎的决心，其他法国城市就免了。便问他毕业后能不能留在巴黎，在巴黎买房子。

康奈尔觉得古怪，不想回复，触及隐私。

俞勤勤用英语讨价还价，说我们中国人，最看重的是有一个家——房子，那才是属于自己的独立的安身之所。你想让锦蕾姐快快乐乐嫁给你，就要给她可靠的保障——在巴黎买一个房子，富人区的三室一厅，赠送给她，作为"嫁妆"。因为一个外国姑娘，孤零零到你的国家，做你的妻子，给你生儿育女，万一哪天你把她甩了，她流浪街头，可不行。决定嫁给你之前，我们需做最坏的打算，留好退路。这看似功利，其实是为自己负责，也是对你负责——中国女人嫁人，都抱着"嫁鸡随鸡，嫁狗随狗"的决心，从一而终的。所以没有相当的条件，她不敢嫁给你、跟你走。我也不准许！说完，狠狠瞪了他一眼。让他知难而退。

康奈尔适才明白，这问题并非隐私，相当于定情礼。姑娘们没被浪漫之情诳住，蒙蔽眼睛。单单捧一堆玫瑰花，太廉价了。何况，他连玫瑰花都没捧。

他估算了估算，巴黎的房价，仅次于伦敦、纽约，全球第三贵，每平方米约一万欧元，史锦蕾的"定情礼"是100万欧元，合六七百万人民币——他不知道，这点钱在北京、上海、三环、内环以里，只能买五六十平方米，并不为多。对他而言，拿得出。但他舍得吗？需要吗？值得吗？送给她，她和自己分手呢？他不怕骗吗？更过分的是，开口要钱的，不是史锦蕾，而是一个不相干的翻译妹子。她能代表史锦蕾吗？

俞勤勤可不管这一套。没房子的男人，结什么婚！无论是南京、天津、东京、桂林、柏林、底特律，还是波士顿、伦敦、华盛顿、休斯敦、哥本哈根、里斯本，道理是共通的。不可惯着男的，房子之外，还要有几十万元生活费。一样样要。否则背井离乡，嫁那么远干吗去？又不是穷得揭不开锅，也并非非你不可。

俞勤勤咳嗽一声，擦擦嘴，和他掰起道道。一条一条，像极了江浙一带精打细算的商人。最后着落在自己身上，说她对锦蕾姐的家境不了解，据说是经商，她家也经商，资产不说多，几千万美元是有的。如果他连锦蕾姐的衣食住行都保障不了，安的什么心，求的什么婚，对吧。

康奈尔老汗直冒，被一个数字镇住了。自己轻轻率率，连对方的深浅、明暗都没有摸清楚，就贸然示好，确乎犯傻。

他耸耸肩，说自己家卖海产品，公司不大，身家也就三五百万欧元，满以为资本足够，没承想听了俞勤勤一席话，简直天上地下。中国这么发达了吗？

俞勤勤摇摇头，说中国太大了。拿出最富庶的江、浙、沪三个地方，人口1.6亿，经济实力和你们法国、英国相当。普通人还是占绝大多数。

对锦蕾姐来说，她能来日本读博，可见其优越，是属于能和你们相媲美的人家。在我们国家，一些家庭的资产，会传给男孩子，女生只在出阁时，赠送一点物品、金钱。她家一直为她付出，供她念书，已经了不起了！你不给她保障，她哪能嫁给你呢？

康奈尔没想出来了这么一套数字、逻辑，头都被忽悠大了。

史锦蕾看出点意思，用汉语笑问俞勤勤，都对康奈尔说了什么，看他窘迫的样子，你刁难他了？

俞勤勤调皮地笑道："姐，我给你争利，确保你嫁过去，没有后顾之忧。"说完吐了吐舌头。史锦蕾脸红，说我可没同意嫁给他呀！俞勤勤说，我还看不出他的居心吗？哪能让他那么轻易骗到手？他还要给你写借条。说着摆了摆手，不和史锦蕾聊了，扭头问康奈尔，想好没有，刚才锦蕾姐和我在讨论，要我问问你，你的决心有多大，能否出到足数的money，钱不够写借条……

康奈尔看不懂两个中国姑娘了，外表娴静安详，谈判寸步不让，连美好、奔放的"爱情"，都能冷漠得像商品似的锱铢必较。他出不起。就算努到头，最多也只能拿得出一百万欧元，给她史锦蕾，也不放心啊。她钱到手跑了怎办？况且，一百万欧元是他爷爷的，爷爷有三个儿子，七八个孙子，分到他所剩几许？哪天能给他？他求学、消费没问题，真要是买房子，得靠自己。

他没吃好就溜了。

走出来，俞勤勤惋惜地说，她自作主张，破坏了锦蕾姐的佳期姻缘。史锦蕾拍拍她的手安慰：没那回事。俗话说是你的，终究会是你的，兜兜转转还会回到你身边，跑不掉；不是你的，终究不会是你的，莫去求。即便心心相印，都不定能在一起。还不如放开——六根清净方为道，退步原来是向前。

俞勤勤只得随她。

没几天，津津的好消息传来，愿意和长泽雄处处看。三天后，她跟着长泽雄回了东京，约定和陈朗的团队在名古屋会合。俞勤勤当然帮不了她，像试探康奈尔那样，刨刨长泽雄的老根、底细。一切要靠津津自己去把握。

如意算盘

长泽雄、津津走后，史锦蕾和俞勤勤住到津津留下的房间，俞勤勤彻底融入陈朗的团队，心情欢畅，都快喧宾夺主，当自己是来打工的了。两人轮番当主持，一个说日语，一个说英语，有时用汉语相互调笑，把天津相声里的捧哏、逗哏发挥、改进了一番，好笑而又听不懂的，就多翻译几句。

忙忙碌碌，晚上累得快没心情泡温泉了，和家人通话都越来越短。有陈朗督促，她早上、黄昏必去汤浴，汗流如雨，出来时大爽，半个多月下来，自觉身骨轻盈。

一天，吃早餐时，陈朗说大华在下吕温泉找到了住处，今天白天不演出了，准备把第一批行囊、道具、日用品，打包发过去。

史锦蕾叹道："日子过得真快啊，在草津都三个月了吧，下吕待多久？"陈朗说："看津津的时间来调整。人情债难偿，这次去参加花火大会，恰逢盂兰盆节，黄金假期，城里人都要返乡祭祖，会很热闹。再泡泡有马、别府温泉，最后去北海道的登别。要抽得出空，去一下箱根，那个等回东京后再定，反正箱根近。一圈结束，今年就完美收官了。"

陈朗年轻时，曾在内蒙古草原上放过牧，换季节换牧场，从高处往低处走，一年四次。和原住地牧民一起，携带全部家当，在路上奔波，风雨无阻，逐水草而居。走在最前列的，是长辈。中间是运毡房、被褥、吃食等物品的队伍。末后才是渐渐前移的牛羊马群。漫天的尘沙，一声一声的吆喝，在饥寒、雪崩、狼群、劳累中，每每付出惨重的代价。

过去，走街串巷卖艺为生的，很像放牧的牧民，在《伊豆的舞女》里，人们读到过流浪艺人的故事，又在电影《大篷车》里，看到了吉卜赛人的传奇。他们的共同点在于"转场"频繁。

现在不一样了，演出"转场"过程里的辛劳，包给了物流公司，艺人带个随身的箱包即可。但前期的商谈、落脚地的接洽等，要靠陈朗去筹划、安排，要有人奔波。主动找食。这离不开关系、人脉，努力经营。

自由艺术家，名义上好听，那都是吃了上顿找下顿的主。多少人在生死路上周旋。马克·吐温曾说："请你们注意人类历史上这么一个事实：那就是有许多艺术家的才华都是一直到他们饿死了之后才被人赏识的。这种事情发生的次数太多了，我简直敢于根据它来创出一条定律。这个定律就是：每个无名的、没人理会的艺术家在他死后总会被人赏识，而且一定要等他死后才行……"

陈朗未雨绸缪，他不能饿死，他的团队不能饿死，必要活得神采奕奕，活得深入人心，活得光华灿烂。

他的布置，富有成效。

众人当即进入临战状态。

俞勤勤看到了陈伯伯临事时的娴熟、老练，该经过几多锤炼、磨合，才换来如此从容、大度！

陈朗追加了一句话，是专说给她听的：下吕温泉是真正的"美人汤"，名声在外，草津不是。下吕温泉纯碱性，清澈温和，对皮肤病、关节炎，尤为见效；相对应的草津温泉，性情刚烈，是酸性泉、硫黄泉，被称作"药出汤"。

俞勤勤请教温泉的差异、区别。陈朗不很明了，见史锦蕾来了，招手喊她，让她来回答。史锦蕾略有耳闻和研究，说是要看所含的东西。含硫黄的，涌出时的水接近透明、无色，氧化后颜色变白，气味刺鼻。对慢性皮肤病、糖尿病、风湿、创伤、神经痛有疗效。像草津温泉，杀菌能力强，刺激性强，皮肤敏感的人就不合适。有的是单纯的泉，矿物成分少，对皮肤无伤害，适合所有人泡。有的含铁，譬如有马温泉，涌出时水是透明的，接触氧气后变成铁锈色，被皮肤吸收后，促进血液循环。日本分布最多的是食盐泉，能促进血液循环。下吕的碱性泉，由于清除角质、细化毛孔、润滑皮肤，颇受女士青睐。先酸后碱，阴阳调和，对勤勤是好事。

俞勤勤认为，自己对强刺激的草津温泉都适应了，再去别处，当是由难而易，不在话下吧。陈朗和史锦蕾无不赞同。

晚上，俞勤勤和她妈通话说，等确定盂兰盆节的日期，她打个电话给她，让妈妈来过节，一起泡泡"美人汤"。她妈说恐怕抽不出空，还是冬天吧，去北海道。俞勤勤再接再厉，吆喝两个姐妹，届时来凑热闹。她妈得知后，痛斥了一顿，絮叨说你这哪是治病呀，当旅游吧……

上了火车，陈朗在车厢里给俞勤勤定下规矩：受她父亲委托，接下来的行程，俞勤勤早上五点五十起床，泡一刻钟温泉。午餐前，泡十分钟。晚饭前后，泡一刻钟。俞勤勤的主持，放在晚上。

开学在即，史锦蕾回东京了，没跟着去下一站，俞勤勤顶替她的职责。虽则在同居的日子里，史锦蕾教过她不少，但她的日语，说得还不够流畅，用英语主持，一多半观众或许听不懂，那也没法了。听不懂才说明走向国际化的路还很漫长。

到了下吕，群山怀抱，水流清莹。遮不住的人气，随着龙神火祭、神轿祭、花火节的接续登场，一天旺过一天。街上烟雾缭绕，各式风吕屋和旅馆林立。

有一所早早开学的私立学校，校长和陈朗是多年的知交，邀请他们首演，选了津津的杂技、陈朗的京剧等。

陈朗一行，想和学生亲近，谢绝了正规的午宴，用的是学生餐。

日本的学校，各个教室就是"餐厅"，下课铃响，到了午餐时间，调桌椅的调桌椅，擦桌子的擦桌子，井然有序。

值日生穿上白大褂，到厨房拿吃的，用推车推进来，摆上桌，戴起口罩，给大家分餐。孩子们排队打饭打菜，像在酒店里吃自助。

陈朗的团队，打乱分散在各个班级。他带着俞勤勤去了中间一个教室，体验了体验。吃食爽口，水果、蔬菜由农庄统一配送。

吃好，自行收拾，洗碗洗盆、打扫卫生。

日本孩子的自律和勤奋，感染了众人，给团队注入新的活力。

俞勤勤洗完餐具，就回住处泡汤了，稍后的演出，她不用主持。

不几日，盂兰盆节来临，堪比国内的中秋，放假时间长，又不亚于国内过"五一"。城里人蜂拥返乡，游行、唱歌、跳舞，各个地方人满为患。

俞勤勤的两位姐妹不远万里到了下吕，她只能抽时间陪伴，没工夫全陪，被陈朗制定的规则约束得死死的，姐妹们自己玩就很开心，知道她是来调理身体的，惊叹于她的变形换容，没去过多搅扰。

一家企业出资，特请陈朗他们在露天公共浴场公演了四场，场场爆满。

他们还在水明馆、清芳阁等旅馆演出，尝到了山菜、河鱼以及声名远播的飞騨牛肉。雪花般的肉纹、香嫩细软的口感，耐人咀嚼。

待了二十多天，他们才回东京。

晚上，史锦蕾请客，约陈朗、俞勤勤和津津等吃日料。夸勤勤适应之快，在草津脱掉一层外皮。下吕这趟，又白又润，瘦去有十好几斤。来时的衣服，都穿不了了，年轻真好。

陈朗夸勤勤有大福气，她的行程和剧院今年的演出路径几乎重叠，都不要另行计划。上来就用药性最猛的温泉水攻坚，再以柔性的"美人汤"中和。下来去一趟富士山，巩固巩固吧。冬天到北海道，升华定格。问史锦蕾，忙着回东京，事情办好了吗。史锦蕾说想早一点毕业，博士课程已修满，论文改烦了，和导师沟通后，还要改。

外界传闻，日本的博士没有七八年毕不了业，有点夸大其词。只要和导师交流顺当，得到他的理解、支持，他也乐意帮学生过关，给予清楚、直接的指导。想拿学位，必须发表几篇学术文章，史锦蕾要偷工减料，严谨的导师不会通融。

论文之外，她和日本最大的养蜂场杉养蜂园东京分销店开始合作，出售老家发来的秦岭熟蜜，定期供货。今年的温度、湿度相宜，秦岭蜜质量优于往年，供不应求，利润翻了数番。由于都是高端客户，分店也在卖陶瓷、玉器、石雕等中国古玩。

陈朗一听大喜。出国之初，他曾带过来两只祖传的青花瓷，可作罐、可作瓶，能插花，也能存储茶叶、白酒、蜂蜜，亦能当艺术品。常言道"家无瓷不贵"，案头摆放瓷器，足见主人品位不俗。

收藏界惯有"明看成化，清看雍正"的说法，很遗憾，他的青花瓷是清末的，就搁在史锦蕾合作的店里，卖出价来，贴补家用。怎么样？

有一是一，他不以假乱真，蒙骗客户，虚标百万、千万元，可卖个十几、几十万，应该有市场，不缺识货的。

史锦蕾正愁还不了陈叔叔的恩德高义，这是个报答机会，忙跟着他回去，看到了青花瓷，摆在卧室大窗台一侧的纸箱子里。

陈朗搬出箱子，放到客厅地板上，打开请她验收。

青花瓷质地上流。透明釉、蓝色花纹、圆口、深腹、平底，瓷胎上绘有山水画案，明净素雅，庄重喜庆。漂亮、华贵，都不用拿起来看，正如和漂亮的姑娘相亲，无须脱衣服，肯定有懂行的喜欢、看上。

陈朗再团卷几张报纸，在纸箱上下、左右垫塞，分开固定住两只青花瓷，用胶带封上纸箱，中间做了个提手，由史锦蕾打车拎走。

接下来，陈朗也没闲着，去东京的几家企业、院馆演出、拜码头，俞勤勤抽空去逛银座、新宿。

一天，她想去富士山看看。打电话给陈朗，陈朗斟酌片刻，电话里笑道，富士山只有七月到九月能爬，其他月份全有积雪。爬的话，须趁早。他们在富士山的演出，要十月中旬。索性等两天，他派人提前去接洽，捎带她，帮着找个登山队。大体要两天一夜，有一晚留宿在山上。注意安全。

富士山是座活火山，三百多年前岩浆喷发，早该再来一次大喷发了，却迟迟未见动静。近些年有活跃迹象。专家说随时有危险，斯时火山灰将覆盖包括东京、横滨在内的大城市，破坏力惊人。日本人常怀灾难意识，不忌讳灾难。所谓黄泉路上无老少，生老病死不可测。

俞勤勤在享受富士山的风光奇景的同时，更要有所防范。事先和家里打个招呼。除此以外，没什么隐患。他鼓励她登山。年轻时的尝试，难能可贵，到他这岁数，心有余而力不足，许多事都要割爱的。

三天后，陈朗派大华带她去。两个人坐上中央线快速列车，如一对度假的情侣。人不多，座位宽松，大华坐在她对面。

相识这么久，二人极少聊天，大华难得有闲，他是比陈朗还忙的人。工作之余，念的是五年制的硕博连读。俞勤勤惊问他多大了——26岁，来日本十年。不由得赞叹，"你可是天才，16岁就到日本留学！"大华自觉说漏了嘴，脸红了，不好意思地摸摸头，说哪里哪里，自己初中毕业来的日本，在这里上的高中和大学。陈老板是他姨夫，陈太太是他姨。没有他们，就没有他的一切。

俞勤勤又是意外，问他哪里人，天津的？他说保定。

哦，俞勤勤记得陈太太是老北京，她妹妹难道是下嫁去的保定？

人家的隐私，她不好再问。便说从来没见过陈伯伯的太太陈姨。大华说他姨办了个养老院，以院为家，通常是老板穿过大半个东京城，去看她。日本是老龄社会，养老业越来越繁荣。姨妈的事业，超过了老板。艺术是老板的梦想，目前势头不错，累是累,却有意义。

史锦蕾和大华,博士学位论文的方向都是比较中日艺术的。史锦蕾的偏具体、偏影视动漫,大华的偏抽象、偏民间曲艺——陈朗的团队,就是活生生在演绎。史锦蕾是"六经注我",大华是"我注六经"。东方艺术相通,中国戏曲集大成的理论家是李渔、齐如山,挖掘这些人的古典美学理论,对照当下,对照日本,抓住手头现成的案例,多重角度透视,足可完成几篇有新意的论文。

俞勤勤被他滔滔不绝的说辞,抡翻了,头昏脑涨。觉得这家伙不是初次应候时的道貌岸然、假模假式了,变得巧舌如簧,像小溪般喧闹浅滑、永无定形,仿佛有一条潜伏的灵魂,缠绕着狼烟、鬼气,时刻会喷射毒液,让她警惕。他念博士实属误入歧途。然而人不可貌相,她挑不出他的毛病,想不通他蜕变的情由,铆足劲赞赏了赞赏,违心地说他学问做这么深,拿到学位后,鼓动陈伯伯办个戏曲学院呗,他和锦蕾姐就是左膀右臂,铁定能把中国戏曲艺术,在日本发扬光大。

大华说老板再年轻二十岁,弄所私立的大学,不是不可能,现在有心无力了。他和史锦蕾则是有离心。譬如他吧,拿到学位后,会去史锦蕾的母校天津外国语大学教日语。问她对天津印象如何,去过没。俞勤勤没去过,印象里它挺洋气的,民国时出过不少名流,洋楼、洋人、马车,整洁的街道……

俞勤勤惊悟似的说大华哥,既然这样,你何不把锦蕾姐追到手,两个人一起回天津?大华忙摆手,红着脸,岔开了话题。

这是吃豹子胆、不要命了,他哪敢呢?史丫头何其精明,早把他摸得一清二楚,压根瞧不起他。连陈朗都没把他当个正经的博士看待。他这博士,便只能哄哄不懂内情、行情的俞勤勤了。

俞勤勤了解不到这层,加之对陈朗的信任,让她几乎相信了大华的话。

大华印堂放光发亮，厚着脸说，自己钟情于她这样的南方女孩，温润、柔和、水水灵灵。能去南京、上海是造化，是梦想，天津就当跳板了。

口气好大呀。他算哪尊大神，连天津都容不下？

俞勤勤听出潜在的意思，烧红了脸。

这家伙怕是对自己不怀好意，对人表白都含含糊糊，是在探她的底，蛊惑她？

她不接话。大华见她并无反感，便问她想住什么酒店，是不是要正对湖，看到全景的富士山，看到山在湖里的倒影。

俞勤勤被他跳跃式的讲话带进了沟里，拧巴回来，想了想，说开始几天住有特色的，其余时间就住大众化的，需泡温泉。

大华心里有数，出去转了一圈，拿回两份三文鱼便当，请她尝尝，告诉她日本所有的车站，最火的就是便当，各式各样。许多人专为它乘火车，只为吃遍这些美味。到了日本不吃便当，等于白来。

俞勤勤头回听说，她不想吃东西。一个多时辰的路，哪吃得下呀？

大华打开一个包装，露出木盒子，里面几大格，装着米饭、蔬菜和三文鱼。

"凉的？"她问。大华释疑，日本人惯吃凉食，食材鲜嫩，因此便当全是凉的。把木盒子递给她。俞勤勤摇头，她既没有食欲，也不想吃凉的，更不想欠他的情。

饭菜凉了怎么吃，这还要说吗？是个中国人都吃热。日本人喜好的，她就得接受吗？开玩笑。

大华殷勤地说："你喝点热茶，就着吃，就不凉了。"

俞勤勤还是不吃，让他下车时带回酒店，她留着肚子，到富士山吃好的。

"那边有什么好吃的？"她没话找话。

大华忙说："不少的啊。譬如面片加味噌汤，放些白菜、葱菇、冬瓜、水豆腐。再一个是烤肉，和神户牛肉齐名的甲州牛肉，烤出来香气扑鼻，用刀叉轻划，汁水随着嫩嫩的牛肉淌下，吃起来别提多滋润。还有野味料理。食材是正宗的野猪肉、鹿肉。鹿肉比牛肉口味更清淡、爽滑……"

俞勤勤听到后面，口水都渗出来了，说："下车后去吃烤牛肉吧！我请客！"

她原非食肉动物，她爱河鲜、海味与蔬菜。大华平时吃不上多么高级的佳肴，做过功课，暗下决心要赢得芳心——俞勤勤来日本时，并不突出，老板没给他交代太多，她吃住俭省，出身貌似寻常，他没当回事，无意中获知她的背景、身世，他悔青了肠子。这趟出行是契机。

尤为可喜的是，俞勤勤在泉水的温养下，脱胎换骨，剥落平凡的外壳，似一株出水的芙蓉，娇翠清新、粉妆玉砌，潜力绝对超过了史锦蕾。若在低点上上车，驾驭娴熟，他的阶层将一跃而起，攀上一个高点。

到了河口湖，有车来接，他俨然大拿，到哪里都有高朋贵友。

大华带着俞勤勤，先看了水之家酒店。那里人气颇高，能看到湖景和富士山，步行两分钟就到湖边。泡浴之外，有桑拿、按摩。接待生会说英语和法语。价钱适中，每晚一千多元，普通人难以接受。胜在环境。又带她去看不远处的富之湖酒店，正对湖与山。俞勤勤一眼相中。

酒店的视野极佳，步行至巴士站和公园都不远，附近有不少便利店、餐厅、咖啡厅。室内风吕是男女分开的，室外泡汤则可远眺富士山。早、晚自助，靠窗一侧是落地玻璃，可边吃边观赏山景、湖景。晚上有螃蟹腿、刺身船。

大华帮她办手续。长住给了优惠，每天一千多元，连住一个月。

俞勤勤不想挪窝了。低调的土豪！

大华还想能省则省，越是富有的人，越会斤斤计较，能花一百元搞定的，绝不多花一分钱。陈朗亦曾千方百计拉她进演出队，帮她减轻负担。原来俞勤勤的家底比他想象的还要殷实。他们是否白操了心呢？

大华双眼微红，露出穷人之于富人的嫉妒神色。心在悸动，折服得想拜倒在她的石榴裙下，乃至于想豁出来，住到她隔壁。条件却不允许，无法任性、冲动和冒失。他赚钱的速度，不及生活、教育的开销。便借口说要给她报名登山，和朋友出去了。傍晚，才知道富士山提前封山。她只能游湖、赏景了。

大华试图加深关系、讨她欢心，陪着她玩，一起吃饭，俞勤勤一概拒谢。

论消费，山区便宜，可吃的东西多，空气清新，她花费不高。一个人想干嘛干嘛。

待了不到两天，大华灰溜溜走了。

他不懂如何哄女生，过去无经验，没想在社交、爱情上大放血，一旦败下阵来，玻璃心四分五裂，好不恼火。

他不敢问陈朗的意见、态度。这个姨父如若是亲的，倒还好说，他妈妈和陈太太仅是干姐妹，他们能有所照应，把他培养出来，已是不得了的人情。但他对俞勤勤的居心，陈朗晚上就知道了，急了，担心俞勤勤有个三长两短，不好交代，电话里没法对大华说啥，次晨便赶往河口湖，本要带大华回东京，谁知两个人半路上擦肩而过。

143

等陈朗快到富士山，联系大华时，大华已在东京，让他一个头两个大。

大华这孩子，看来并非没点自知之明。这要穷追不舍，或是热血冲头，不顾一切，出了纰漏，耽误勤勤治病不说，他都没精力干别的了。

异国他乡，赚钱过日子容易，想要做好，忙出成就，像天后邓丽君那样，年轻时签约日本的公司，歌声风靡全世界，则要付出超于常人的心血、艰苦，还得有时运。他不敢奢望，也不敢蹈虚，而必处处留神，别在阴沟里翻船。

这次叫大华陪着俞勤勤，看来失策了——这孩子，节骨眼上，仍不省心。

中午，他请俞勤勤在外吃牛排，叮咛说富士山所在的山梨县全境都适合旅游、观光，两大热点项目是登山和泡温泉。建有不少博物馆。她有的是时间，何不玩到哪住哪，不必待在一个地方。附近多为山地，森林覆盖面积达百分之八十。养生休闲，再好不过。盛产水果、葡萄酒和宝石。河口湖外，尚有四个湖，统称富士五湖。不妨划划船、乘游艇、玩帆板、钓鱼、绕湖骑车。他过些天带团来参加一个葡萄节。下午得拜访两个客户。

匆匆而别。陈朗赶上最后一班巴士，返回东京，可谓效率奇高，宝刀不老。

俞勤勤还当他专为葡萄节而来。她昨天给陈朗打电话，提到大华，问他那么小来日本，是不是都跟着陈伯伯，读到博士、准备去天津的大学教书，陈伯伯的负担和帮助有多大，至今没有女朋友，她觉得锦蕾姐就不错，陈伯伯为什么舍近求远，介绍锦蕾姐给日本人？做他的姨侄媳妇不好吗？

她想帮帮史锦蕾，怕她错过佳期，拖成一个剩女、老姑娘。

一连串的问题，让陈朗觉得俞勤勤是不是对大华动了心思。

细一了解，才发现是大华动了凡心，俞勤勤无动于衷。

他略略一想，坏了，勤勤被大华绊住了；得知大华的靠山、身份后，她满是无奈和无力，才来的这通电话。如若他坐视不管，大华会捅出娄子来，收不了场。

不要说太太和大华妈只是结拜姐妹，就是亲姐妹，也不许纵容姑息。

当年，太太和大华妈是同学，住上下铺，感情很好，就把这个没出息的侄子，送到了日本，指望办个日籍，国内的大学对留学生优惠多多，一流的大学大门开敞，不要考就能进。俞勤勤的弟弟、妹妹就是这么出道的。大华偏偏爱上了日本的生活节奏，没回去祸祸同胞。他靠着陈朗夫妇打拼出的精良环境，如鱼得水，差点拿到博士学位。

俞勤勤能有一系列的提问，则出于史锦蕾的点拨。

俞勤勤把大华对自己的主动，告诉了史锦蕾，想侧面摸摸底。说自己不知如何回绝。史锦蕾让她找陈朗叔叔，说她一心一意治病，不想受其他惊扰。

俞勤勤联想起客串的主持人，看来得推掉了，她不想欠太多人情。史锦蕾又说，这种事陈叔叔一定不会偏袒大华，纵使大华请陈叔叔当中间人，俞勤勤只要把话说清楚即可。

俞勤勤想的是点到为止，不留痕迹，和史锦蕾对了对措辞、用语，史锦蕾帮她反复推敲后，满盘推翻。让她佯作关心大华的终身大事，但把自己撇在外，陈叔叔就懂了。俞勤勤一试，果然灵。暗下了决心，趁现在出来了，那就彻底独立，不再掺和演出上的事。她体会到了史锦蕾赶回东京的苦心，该不会就为躲避陈伯伯的做媒吧？

大华和陈朗见面后，郑重其事，请陈朗美言，当红娘、搭红线。他"一日不见，如隔三秋"，魂牵梦萦，恰如戏里唱的，"花

145

影儿来来往往纱窗外，光皎洁明明朗朗月正斜。金炉中氤氤氲氲香烬烟消灭，银台上昏昏惨惨忽地灯花谢。冷清清孤孤零零怎生挨今夜……闷厌厌使我愁无奈"。

俞勤勤化茧成蝶，从刚来时让人看了反胃，到今天人白了，瘦掉了两圈，纵横起伏的痘痘全去了，勾勒出江南女子清秀、妩媚的摩登气。

大华以为陈朗会被他的礼赞和多情感动，夸自己有眼光，没想招来约法三章。

陈朗分外严肃，说他不反对大华找个日本姑娘或是留学生，对俞勤勤，那是禁脔，禁绝他们往来，告诫他别再没事找事。

大华的如意算盘落了空。

十月头上，陈朗的团队陆续赶赴富士山，俞勤勤已转遍山梨县及周边各大知名的景点。荡舟、骑马、乘车，绕着湖漫游，近点的走路，远点的用自行车。先把富士山周围逛到，再退房，到哪住哪，住的都是温泉乡。连东南部享有温泉之乡和疗养胜地之名的箱根，都去逗留了三天。

箱根是东京附近最受欢迎的观光点，温泉游客接待量排全日本第一，年均两千万人。温泉泉质多达二十余种，如单纯的碱性温泉、食盐温泉、石膏温泉等，疗愈功能各有侧重。因其成分互异，合称"箱根十七汤"。

俞勤勤住在芦之湖边，泡汤而外，尝到了大涌谷的特产黑鸡蛋——用温泉水蒸煮，蛋黄比别的鸡蛋鲜美，蛋壳是黑的，又叫"黑玉子"。据说吃一个，多活几年。另有虹鳟鱼、黑色冰激凌，多重口味，很是新鲜。

芦之湖背依富士山，天晴时观山，皑皑雪顶，矗立在群山外，倒映湖面，虽不比河口湖倒映的面积大，却是自成一景。

其他如山梨县的下部温泉乡，温泉主要能疗伤。增富温泉乡，泉水含镭量高，沐浴、饮用、吸入蒸汽均可，有助于身体的康复。西山温泉乡，含有不少的硫酸盐和氯，位于南阿尔卑斯山下，环境优美。而升仙峡溪谷旁边的汤村温泉乡，氯含量高，存在的历史，为山梨县之最。

山梨县面积最大的温泉乡，则在石和，当地单单酒店和旅馆，就有一两百家。今年的葡萄节，就在石和举办。

葡萄节的葡萄、葡萄酒，均可免费品尝。

夜空下、篝火旁，唱歌、跳舞、尝甜酒、吃水果，何其乐哉！

连馋嘴的津津都来了，白天演了三场，晚上还有一场。

杂技的高难度动作，让人百看不厌。每一回看，俞勤勤都揪着心。

这得是怎样的训练，才能练出如此出神入化的演技来啊！

晚上，两个人住在一个房间。久别重逢，临睡前，她们穿着宽大的和服，烫一壶清酒，倒了两杯，在榻榻米上盘腿闲聊。面前是光亮的漆木矮几，上面摆了几只碟子，碟子里有海鲜片、香体糖、玉米米果、夹心巧克力。

俞勤勤吃着地道的、日本风味的零食，品一口热酒，说日本人处处考究，从外包装到里面的内容。哪怕是简简单单的吃食，也会体现匠心、质量至上的品格，绝不偷工减料。我们不学习，差距会越来越大。

津津说只要用心，没有做不到的。俞勤勤感叹，世道变了，很难了。津津说大环境不允许，就在小环境尝试。别低估人们的决心。说得俞勤勤不好意思反驳，问津津累不累。津津说习惯就好。问她嫁入豪门，怎么还这么拼。津津笑笑，说哪里啊，日本遍地是老板，公司多半是私人的，国内叫民营企业。你看那些吃的用的，似乎毫不起眼，其实不少有一两百年的历史。家族传承，百年老店，一代代接力。不求大，求的是好。好的东西，生活必需，难以倒闭。日本有太多这样的老店和企业。赚到的每一分钱，靠的无不是汗水、智慧，精益求精的手艺。不进则退。所以个个能当老板，哪有几家豪门？将将够维持中产以上的生活。陈朗叔叔就是万万千千个类似的老板之一。"比不上你们江浙一带的老板……对了，你家就是吧？"

俞勤勤咂口美酒，沉浸在津津对于日本家族企业主的评议里。

日本老板们的日子，照理是不错的，但基数大了，分摊分摊，拉低了平均线。而且两极分化，金字塔顶端占很小比例，豪门难遇。与其做暴发户式的豪门，真不比百年、几百年的老店来得稳。

勤勤爸做的是外贸生意，抢到了先机，一两代人积累的资产，超过大多数世代传承的老店。国内和日本的国情、基础迥然，老板之间也就没了可比性。

她静静地笑了，客气道自家是个中不溜，和津津姐所说的"将将"一个级别。转而问日本的大学好毕业吗，看起来不难吧。这是她从大华身上见识到的。岂料津津说进门容易，出门难。她男朋友家，和史锦蕾的导师有些交情，史锦蕾想拿博士学位，据说还要三年……

俞勤勤马上联想到，是不是混血儿家报复锦蕾姐，找了她的导师，故意刁难，不让她毕业？好奇却没敢多问，便说那就太长了。津津说可不是。主要是写论文、发表论文，难度极大。勤勤是不是也想留学？俞勤勤当即否了。

津津拿餐巾纸擦擦手，说道："日本人的谦卑、规范、秩序，刻进了骨子里，是一种风度、一种修养、一种精神和情怀，让人敬佩。但在利益有所冲突时，竞争、算计、贪诈、唯利是图，在所难免。人性相通。"

俞勤勤请教能否避免。她想把这套服务移植回去,在南京办一所温泉会所,照百年老店的规格来办。津津摇头说没办法,一个社会总有它的阴暗面,尽其透明就不错了。日本的制度,做得已够好。但它也是人情社会。陈叔叔的业务,就靠各种关系介绍,不然很难维持。他有强大的人格魅力,等他荣休了,真不知剧院还会不会存在。戏曲、杂技本是小门类艺术,欣赏、入迷者少。受视频、网络影响,生存空间越来越小。国内靠政府补贴,这里向企业拉赞助,不简单!

俞勤勤点点头,问:"陈伯伯难道没有考虑找接班人?他的接班人是谁?"津津说陈叔叔的儿女,都在欧洲念书,估计回不来了。他们夫妇,迟早会去欧洲吧?其他没听说。她从未留意。

不觉酒劲上来了,她俩醉意腾绕,渐次迷离,一切变得遥远而虚幻起来。不约而同起身,爬上床,昏沉沉睡了。

巨大的诱惑

11月,大雪来临前,俞勤勤独自前往北海道。想把它当作在日本泡汤之旅的最后一站。毕竟北海道的环境得天独厚,以温泉和雪国,闻名于世。

按着陈朗给她安排的线路,首站定山溪,号称是北海道首府札幌的"后花园",距离札幌最近的世界级温泉之乡。从新千岁机场出来,就有直达的班车。

车窗外,漫山遍野的红叶、黄叶,或上或下,或隐或现,或浅淡或浓密,油画似的,层次感分明。

定山溪则是一座被山林包围的小镇,人少,看不到外国游客,空气清新。街上有面店、酒馆、杂货店、名产店。

她入住的翠山亭酒店，是一家和式木结构酒店，内景设计颇具禅意。

　　来日本转眼有好几个月了，她的病已好得七七八八，只是想继续巩固巩固。她已能用粗浅的日语交流。这次订了带私汤、含早晚餐的小套间。热情的大婶鞠躬行礼后，接过她的箱包，另一位奉上红茶和点心托盘。她不习惯站着吃喝，道了谢。办完手续，被引去五楼客房。

　　大婶介绍，酒店有两个公共浴场，大浴场在二楼，小的叫森乃汤，森乃汤一个人一天只能去一次，泡完后赠送一杯饮料。用餐时间会提前和客人约好，需要按时去。

　　下午四点多了，俞勤勤忙着赶路，中午没怎么吃，这时早饿了，便约了最近的时间，略加洗漱、收拾好后去吃饭。摆了一桌，用竹、木、细瓷的小碟子盛装。拿起菜单，是怀石料理，上面有每道菜的菜名和料理长的名字。

　　她要了一杯清酒，口感柔和。边吃边喝。

　　当季的螃蟹，和大闸蟹的吃法有别，它是在蟹壳上凿一个洞，拿筷子伸进去一推，把蟹肉推出来，鲜香甘美。三文鱼腩，凉丝丝的，入口即化。

　　饭、味噌、肉、蔬菜，品类虽多，但每样一小份，食量大的一定是不够的。俞勤勤吃了一半，就饱了，再吃就撑了。她不想浪费，只能玩命吃。

　　回到房间，她连私汤都快下不去了。和妈妈视频通话。爸爸没在，妈妈正和阿姨吃饭。聊了一天的见闻、感怀，问妈妈啥时来北海道，妈妈说你爸好像要去北海道开会，等确定了再说吧。俞勤勤惊道，这么巧啊！妈妈嘴里有东西，嘟嘟哝哝，说还在请上海领事馆帮忙。要么你打电话问问。俞勤勤忙打过去，他爸在酒店吃饭，走出了包厢，说办得差不多了，东亚企业家高端论坛，12月在洞爷湖举办，他前天和大使馆疏通，要到一个名额。陈朗帮着说过话。等邀请函来了，再规划行程。哪天碰到陈先生，让她当面谢谢。

次日下雨，天气见凉。她没出门，用完午餐，刚想泡一会温泉，津津来电了，问她这些天和史锦蕾有没有联系，陈叔叔被她气得险些住院。她忙问怎么回事，原来是陈朗那两只祖传的青花瓷惹了大麻烦。

春末，临时有事，陈朗回了趟天津、北京，行前曾换了一笔现金，每张五百欧元，合计三百张十五万欧元。计划儿子女儿放假，去罗马、日内瓦或维也纳买房，给他们一个惊喜。忽然想起，钱在包里，没存银行，已是深夜。这笔巨款放哪里好呢？他在屋里转了转，看到小房间窗台上的纸箱子和两只青花瓷，心想就放瓷瓶里吧。遂将现金一分为二，藏在瓶子底。团了几张报纸，把瓶口塞住。洗完澡就睡了。等他从国内回来，忙得脱不开身，欧洲没去成。早把这事给忘了。前天打电话问史锦蕾，青花瓷卖掉没，史锦蕾甜甜哆哆，说还没呢，叔叔。陈朗的第六感极好，觉得她不对味，过于温柔，透着点心虚。乍然一想，坏了，瓶底有十几万欧元！他顿时脑袋晕向，出了一身冷汗。忙又拨通电话，故作镇定，说："锦蕾，我去看看你吧！你等我啊。""哎，知道了，等你啊。"史锦蕾的声音更不自然了。陈朗飞快过去，倒换三次地铁，和她会合，天都黑了。他定定神，和她一起去分销店。就在史锦蕾住处不远处的一个小巷子里，灯光昏蒙，照出两条长长的影子。

推开门，里头只有一个姑娘。青花瓷放在大货柜中间格子里。

陈朗佯作镇定，和里面的姑娘聊天，问了问客流等情况。过了一会儿，他咳嗽一声说："锦蕾，我看看那两只青花瓷可好？"

史锦蕾慌乱地说:"在、在、在……你看吧。"陈朗感到了她的异状,心想糟糕!忙把青花瓷搬到地板上,手伸进去一摸、再摸,心顿即透凉透凉的——报纸还在,钞票全没了。

他抬头看着她,认真地说:"这十五万欧元是我给孩子买房子的,来之不易,请赶快帮我找找,找到了我送你一万欧元都没问题。"

史锦蕾躲闪着目光,慌慌地说:"什么十五万欧元……没看到,绝对没看到。"

陈朗心里明白,肯定是她拿了,却是不能直说,急出满头的汗。陈朗说和她回家再看看吧。二人打车,去了史锦蕾家。家里乱糟糟的。她漫无目的地东翻西找。"看来是真没有,不好意思。"

陈朗冷静了不少,心存侥幸,再次重复了一遍在店里说过的意思:"找到了马上通知我。我送你一万欧元。"

他回家就倒在床上,情绪低落,连晚上的演出都没去,拜托津津照看。昨天再和史锦蕾通话,仍是没有,她说自己翻遍了。陈朗当然生气,想找人逼她拿出来,可转念一想,自己好糊涂啊,把现金送人,却没有任何证据。她一个女孩子,念书缺钱,就当是支援了吧。

上午他给史锦蕾打了个电话,说:"这钱对我无比重要。我知道你现在也急需用钱,希望你好好发展。混好。祝福你!十五万欧元,万一哪天找到了,请想着还给我。拜托。"随即把津津喊来,讲了许多,伤感、心痛、无助,让人疼惜。津津安慰了他,说会尽力帮他,他却泄气了,不想干了,要把剧院盘出去,让津津看看,有没有买家。津津没想到她们平时视为天的老院长,受一次打击,会如此消沉,一蹶不振。她是个快要离开团队的人了,答应他年内去外地的几场演出,她会参加,明年一心一意念书、嫁人，相夫教子。她跟着他的时间不多了。问他怎么没看到大华。陈朗说大华被他打发回国了。这小子不好好念书，在国内找枪手，炮制了几篇论文，花钱买版面，在内地学术期刊上发表。拿学位需要给学校提交几篇发表的论文，他把这些文章一股脑儿交给学校，不料被查出是抄袭，学校不仅不会给学位，还要把他除名。新学期开学一个月，就发生了这等大事，联想到他对俞勤勤的心思，陈朗让他回去反省反省。学校这边，陈朗会去疏解，再给他一次机会。这还是大华妈妈在电话里一再哀求的结果。

津津便成了北海道的使者，过几天来接洽十二月的演出——为期五天的东亚企业家高端论坛，陈朗会带队来。其他景点，也会去。然后去欧洲和孩子团聚过年。

津津约俞勤勤在洞爷湖温莎度假酒店见面，主会场就在那家酒店，建在山顶上，前看洞爷湖，后看太平洋。湖景、海景，尽收眼底，景观之绝，再无其二。有一年八国集团峰会，在此召开。勤勤是提前去的，开会期间停止接客，想住都住不成。

看来她爸参加的东亚企业家论坛，是住在那里，不由得感激陈伯伯的帮助。他置身危难，她却束手无策，帮不上忙。

俞勤勤缩短了在定山溪的时间，上网预订，前三天订了个湖景房的套间，后三天订的是海景房的套间。从图片上看，景色无双。微信里告知津津，请她直接来，和她住一起，她请客，不让陈伯伯买单。津津领受了她的美意。

接下来的两天，俞勤勤都在山上，耳边有潺潺的溪流声，眼前是焦枯的红叶，水坝泄洪，一泻千里，发出巨大的轰鸣声。吃的是烤山羊、烤野猪。俞勤勤吃得满嘴流油，好不容易减下去的膘，看样子又该长回来了！

到了和津津约定的日子，早上冷极了，俞勤勤裹上围巾，穿一件咖啡格羊羔毛领加厚夹棉大衣,拖着一只箱包,去机场接人。津津穿的是黑色的连帽抽绳皮衣长款棉外套,高端、华丽。问勤勤衣服带够没有,再过几天,北海道进入雪季了。必备羊绒衫、围脖、手套、毛绒护耳帽……

俞勤勤缺的是帽子,夏天的衣装都打包寄回南京了。津津说她回去买一顶快递过来。不坐去洞爷湖温泉小镇的班车,她提前租了一辆硬皮鲨旅行车,想开过去。来北海道两次,每次都是寒冬大雪时,随团,哪开得成?总算逮着机会,不去走海边,而是穿越群山和原始阔叶、针叶林,观赏北海道三大秘湖之一的支笏湖,以及风不死岳、樽前山、小富士山——羊蹄山、洞爷湖沿途,令人惊艳的风景,洗涤、放飞身心,岂容错过?

车子停在机场出口处,红色的,很时尚,是车行一位女主管亲自送来的。津津在几页纸上签了字,两分钟不到,完成交接。

开上高速路,通畅无阻。津津意气风发,说她提前一天出来,把后面住酒店省下的钱,用来租车,请俞勤勤玩玩——不花不行,这钱直接划进了她的账户。午餐约在支笏湖的丸驹温泉旅馆。

俞勤勤想起自己和史锦蕾同居的日子,玩在一起,处出了感情。上次津津和自己聊过的话题,她转告给了史锦蕾——长泽雄家的报复,没准会在史锦蕾的学业上做手脚等。骤然觉得史锦蕾会不会由此连陈伯伯都记恨上了,便又详细了解其中的曲折、原委。末了,请求津津原谅,她可能起了坏作用,把锦蕾姐暂且拿不到学位的事,传话给她了。

津津大气地说:"你别往心里去,和你没关系。叔叔的钱,锦蕾早看到了,当时没通知叔叔,那就是不打算往外拿。谁会想到有十几万欧元,藏在青花瓷里呢。藏就藏吧,还把它白白送出去。叔叔够大意。他说丢钱就丢钱了?有字据吗?有看到的人吗？你怎不说丢了一百万欧元呢？敲诈的吧？所以，也只有我们几个清楚叔叔人品的人，无条件相信，否则谁信？至于锦蕾，我们不好劝她。"

"嗯。是不好开口。古人买椟还珠，伯伯大意失荆州，卖椟送珠了！"

自己无责任，俞勤勤心里好受多了，开起玩笑，可情绪仍粘住丝丝暗影，抹都抹不开。

她们初见面，史锦蕾拉着长泽雄来的北海道，似乎正是洞爷湖，看烟火大会，顿让她闪出一个新的念头：会不会小岛家悍然出手，出面找的人，为难史锦蕾？因为长泽雄和史锦蕾条件不符，双方是友好分手的，他都没往心里去，毫发无损。比较而言，小岛受过深深的伤，他的表情、神色、言止，留下蛛丝马迹。小岛有作案的动机。如果是，长泽雄不过是个垫背的，史锦蕾躲到了草津，都没能摆脱小岛的滋扰，她借故拒绝，惹怒了小岛，遭遇抓狂式反扑。陈伯伯的身边，怕是有卧底，难道是大华？

想到这儿，俞勤勤豁然贯通，给大华派了个新的身份。她没把自己的怀疑告诉津津。

津津说，她一生里最大的贵人是陈叔叔，没有他，她办不了签证，来不了日本。其次是锦蕾。她能上大学，是锦蕾多方奔跑，找人推荐、斡旋的结果。她最不想看到他俩起冲突。按以往的交情，也不可想象。人和人的关系，仅值这点钱？

俞勤勤想说，十五万欧元，折合人民币一百万元了，好吧？对一个穷学生来说，是个天文数字！姐姐，别去刻意考验人性！好比《天龙八部》里的虚竹和尚与公主李清露，冰窖三日，同床共枕，和尚丢掉戒律，公主失却矜持，梦姑梦郎，缠绵牵挂。幕后操纵的天山童姥如愿以偿，让他们破戒——在巨大的诱惑面前，谁经得起考验——唉！锦蕾姐所做的一切，涉及她和小岛、长泽雄、陈伯伯几方错综复杂的关系。津津像个傻二姐，不知道为佳，说透了反而越搅越浑。自己再找机会，和锦蕾姐聊聊，看她怎么说。

俞勤勤回到正题，问津津干吗来的。津津说要和酒店确认流程、账款、节目单。她从老家找了几个身怀绝技的过来。一个是两个鼻孔吹喇叭，口里吐烟。另一个是鼻孔扎骨针，从眼睛里取出来。

俞勤勤闻所未闻，大呼匪夷所思，有这种牛人？津津忙说对他们江湖艺人来说，混饭吃老大难的，哪能没几手绝活。吴桥名扬世界，是靠着一代一代人拼争出来的。

不到十一点，她俩到了支笏湖北岸、惠庭岳山脚下的丸驹旅馆。

太阳高照，气温高了好几度，不再冷了。

旅馆里没有旁的游客，她们去了露天私汤。

下水后津津介绍，这家店属于"守护秘汤会"成员店，温泉纯天然，位置偏僻。很少有人来。她指指对面的石头说，你看，石头外是深蓝色的支笏湖水，石头里面是温泉，几乎连在一起，并且是等高。人在温泉中，水天相接处，有山，有云，湖上湖下，相映成趣，视野无敌。

俞勤勤欣欣然，说人间奇迹。很值得来。她中间有一段时间，泡温泉泡怕了，一浸水皮肤上的汗毛就立起来，慢慢才适应。

津津泡到尽兴才罢。洗了洗，早过了十二点。

俞勤勤坐在一张按摩椅上，舒服到睡着了。

两个人被带去榻榻米包间，里面摆了满满一桌子料理，香气扑鼻。多数是热菜，勾动人的食欲。主菜是罕见的红肉淡水鱼，甜而清爽，别处难吃到。

俞勤勤早上吃得不少，没觉有多饿。津津没怎么吃，留着肚子来的，大快朵颐，吃得未免生猛。

饭后，津津还想泡温泉，俞勤勤建议去公园遛遛。

转了小半圈，看到几家规模不大的酒店、商铺。三三两两的人。时间都像凝固了。

这才是过日子的节奏、样式吧？

津津说回吧。俞勤勤也想早走，就一起返回了。她订的是今天的酒店。不住浪费。

离开旅馆，三点都不到。路上，津津指给俞勤勤看了两个出名的露营地。夏天在此搭帐篷、钓鱼，会有多开心。

俞勤勤说，津津可以年年来，就是太远了，不好走。这次沾她的光。国内那么多好玩的地方，都没玩过来，更别说其他国家了。人一辈子能走到什么地方、遇见什么人，无不是缘分。

津津询问她真想开什么温泉酒店吗？俞勤勤说：嗯。来日本前，没想过，这一趟冒出的想法。想放在紫金山脚下。环境规模、接待服务、吃的喝的，用最江南化的风格；管理理念，则全盘从日本移植。当然，南京没有太多的天然温泉，居于国内四大温泉疗养区首位的虽在南京，就是她泡过的汤山温泉，它是地下水经地热加温，上升流出形成，有上千年历史，但它离着市区远，商业气息浓。泡点红酒、柠檬、咖啡、中药草都叫温泉，掩盖了温泉真正的含义。每到节假日，乌泱乌泱的人，下饺子似的，一锅出来，再下一锅，汤不变，变的是饺子。敢多泡吗？她想增加私汤的数量。

津津说想法不错，开业的话，她带一个表演绝活的团队，去捧捧场吧。俞勤勤连忙道谢，问她将来想做什么。津津未想好，表演难以持续，年龄大了，手脚生硬，演技不谈，单单是形象，

| 婚姻合伙人

也引不起多大关注。到哪步说哪步的话了。总会有路。

几十里的地，一晃即过。到洞爷湖时，人渐渐多了。天色骤暗，下起雨夹雪。津津说得亏走得早，难怪今天冷飕飕的。

北海道十月飞雪，直到第二年的五月，冬季漫长。

她懒得还车，径直去下榻的温莎酒店，在一座小山的山顶。被高尔夫球场、滑雪场、农场包围。

办好手续，她们被送进海景套间，坐在落地窗前，俯瞰太平洋。

坡地上、树枝上尚无积雪，大海在白蒙蒙的云雾里伸展，隐约可见。

俞勤勤想做两杯咖啡，津津怕睡不着，说喝点清酒吧。俞勤勤觉得，泡在私汤里喝酒，才有气氛，但还是开了一瓶，倒了小半杯。

津津住过洞爷湖的湖景房，站在窗边说，湖与海两者的差别是看远景，天尽头有山的是湖，天尽头只有水的是海。很好辨认吧。

坐下来，两个人碰杯，轻抿一口。津津说，租的车她已请酒店的司机去还。自己约的是明天下午工作对话。要和陈叔叔等人协商。还要谈食宿、价格等。双方确认后，签合同。她可能陪不了俞勤勤，让她自行去玩。酒店有班车，往返于酒店与温泉小镇之间。

俞勤勤请她自便，她能照顾好自己。勤勤提了个建议，陈伯伯的剧院，干脆津津接手算了。她能召集顶尖的演员，吴桥杂技，全是动作，用不着翻译，人人能懂。陈伯伯有门路，津津只要把他的门路拿过来，不愁观众。

至于资金，嫁入准豪门的津津，会缺钱吗？只要有利可图，定能得到支持。

津津听后，吃惊不已。她小看了俞勤勤。这女孩没经太多世面，对生意却有天然的把控力，勤用脑，擅长抓机会。是与生俱来的基因？

津津想了想，说真是个好主意，她会测算、商议的。很有可行性。但请保密，连叔叔都别说，否则她万一接不了，闹个不愉快。俞勤勤点点头。

如果能成，获益最大的无疑是陈朗。算作自己的报恩、回馈。

傍晚，她们吃的是米其林大餐。宽敞的落地窗外，能看到洞爷湖全景。但天气不好，云层厚积，湖面暗然，暮霭渺渺茫茫。

俞勤勤订的是蟹料理。据说他家的松叶蟹，堪称绝品。毛蟹、松叶蟹、帝王蟹三大蟹通吃，刺身、蒸笼、油炸、炭烤、水煮五种做法集齐，配上葡萄酒，蟹黄与蟹膏，细腻鲜美、滑嫩微甜。

她们吃得很精细，一点都没糟蹋。吃得俞勤勤满嘴喷香，脸蛋红扑扑的，扶墙而出。心想，再这么残虐动物，会有报应，暴长几斤肉肉，后悔莫及！

后几天，津津白天做事，晚上开会，吃住酒店另有安排，没空来和俞勤勤住。第四天，签完合同，她本可下午走，俞勤勤请她留了下来，换去湖景房，陪她泡一天温泉吧。

津津坐在湖景房的落地窗前，喝着浓香的抹茶，说泡温泉得去下面的小镇，或去登别，这里只为观赏美景，登高望远，感触不一。冬天主要来滑雪，其他景色差了点，饭菜又贵，中产白领消费不起。住过了高处，再去洞爷湖畔的乃之风酒店住住，试试平视湖面、近距离融进去的感觉，小镇上吃饭，可选的花样多。物有所值，她几次都是住在那边。

俞勤勤说："等你们演出时，我回洞爷湖，住乃之风吧。先去登别。"

这几天，她去过下面的小镇，乘船在湖上转悠，饱览了观音岛、弁天岛、馒头岛和博物馆。还跑了两趟昭和新山对面的熊牧场买马油。

在东京时，陈朗告诉她，熊牧场有全日本最有名的正宗马油，数量有限，自产自销，只在牧场内的商店限卖，有的代购商不惜竞价争相抢购。这是一种"药用马油"，没有其他马油的黏腻感，涂起来清爽。

马油含各种维生素，擦脸护肤，可使皮肤更紧致、嫩白、滑亮、富有弹性，效果是任何化妆品比不了的。"药用马油"又添加了许多增效成分，如保湿的尿素和玻尿酸、防老化促代谢的辅酶Q10、让肌肤细腻有弹性的胶原蛋白。对皮肤炎症、疤痕、老人斑、暗沉黝黑，还有一定的修复作用。

别处买的，稀薄了许多，效果远远不如。但熊牧场的马油，比市场上贵不少。俞勤勤不在乎价钱，要了五箱，加一箱熊油，现场打包，寄回南京。散装的留有几瓶。昨天泡完温泉，临睡前用专配的勺子，将马油匀匀抹于脸上、身上，轻轻按摩、热敷，现在看收效明显。

至于熊油，熊牧场的人介绍，它能美肤祛疤，尤其是烫伤后，抹一抹不错，她买来是给家里人治冻疮和风湿用的。

江南的冬天没有暖气，湿气重，害冻疮常有，抹点熊油，可减轻痛楚。

津津听得心动。但一想自己的活动量大，皮肤光洁润滑，搽搽至多能白净一些，并非必需，所以当俞勤勤送给她一瓶时，她忙说不要，需要时她过来买。哪天勤勤用没了，她专程来帮她代购。

晚饭前，她们到了前台，退订后两天的房间。回来，预订了登别的麻火若巴酒店。看好它有最大的露天温泉，据称泉质四种，对贫血、糖尿病、神经痛等有神奇功效。

津津让她别选太贵的酒店，几千、上万那种，就是坑。带早晚餐的，一千人民币出头刚好。

俞勤勤说她订的正是一千多的。又问，登别的温泉，被誉为"日本第一汤"，有草津的好吗？

津津难住了，想了想，猜测说各有特色。登别的环境比草津好，人少、污染少，四周都是原始森林，外面是海洋。四季雨水充足，火山带自然形成，温泉浅，温度高，水中的矿物成分达十几种之多，功能各异，较为集中，能应对不同的病痛，减肥、美容、消除疲劳、保养身体。记得有硫黄泉、食盐泉、明矾泉、芒硝泉、石膏泉、绿矾泉、重草泉、放射能泉之类，得天独厚，又称作"温泉的百货商店""北海道第一温泉名乡"。北海道本身就是"温泉天堂"，登别自然是"第一汤"了吧？

俞勤勤说，明天一早出发，好不好？津津说别啊，中午前走，到镇上吃饭，晃荡过去，两三点入住。去早了酒店不接待。

天蒙蒙亮，她俩活动了，在酒店内外转，拍了不少照片。十一点半退房，坐班车去小镇吃饭。吃的是豚骨汤拉面。这是能让人百吃不厌的好东西。日本人在吃的细节上，很少懈怠。每一道工序都做实。不然，味就变了。

俞勤勤说她开店，也一定要抠细节。用心和不用心、耐烦和不耐烦，客人能鉴别，好的会上瘾。这种生意，回头客和美誉度至关要紧。

三点多，她们入住酒店。恰好可以泡露天风吕，二人带上毛巾和浴巾。

人不多，有几位韩国女士，安静地泡在硫黄温泉里，泉水白润如脂。蒸汽流溢，香汗淋漓，皮肤红亮亮的。

晚上是海鲜大餐，虾蟹、三文鱼管够，但每样仍是冰冰的，像是刚解冻。如果不是先在温泉里暖过身，俞勤勤都没法下咽。津津出主意，让她把鱼虾蟹肉，泡在白开水里，烫一烫，蘸汁，别是一番风味。下次点小火锅，自己涮。

住的是榻榻米套间，亮黄色地板、橘黄色墙板和推拉门。被褥柔软舒适。

躺上床，她们聊韩国女人的美容术，敢于想，敢于对自己动刀，真狠啦。

美容的人，大概都不太自信。津津崇尚自然，靠锻炼保持身材和姿容，轻易不敢在身上穿眼、打洞。

温泉、马油，是大自然最神奇的馈赠之一，能部分达到韩国人需要动刀子才能达到的效果。对于南京温泉的前景，两个人一致看好。

津津说，她来点名义上的投入，好吧？她想借助长泽家族的势力，弄个中日联办的噱头，拿到政策上的优待，帮勤勤省点事。等她站稳，他们分文不取，退出去，嘻嘻，纯粹是帮勤勤的忙。

意外收获！不虚此行！俞勤勤举双手赞成。

隔日中午，津津走了。

俞勤勤没限于一家，每家都去住了几天，每家都有观察、体认，拍下不少照片，做了许多笔记。对温泉的成分和性能，做到如数家珍，烂熟于心。对旁边的登别熊牧场，则未敢问津。

这一天大雪，俞勤勤泡在私汤里，汤里漂着只小木桶，桶里放一瓶"一滴入魂"，手拿玻璃杯，自斟自饮。好不自在。

旁边的手机陡然响了，她一看，竟是史锦蕾的。人在门外，让俞勤勤开门。

俞勤勤大惊，没听说锦蕾姐过来啊——她昨天来电话，竟是打听自己住在哪里？她登门，一定和陈伯伯有关。

俞勤勤忙裹了件浴巾，迎她进来。

史锦蕾带着股风霜气，穿一件森林腰果紫加厚保暖连帽过膝羽绒大衣，中筒休闲雪地靴，略显憔悴，拖了只半人高的箱包。呵着一道道白气，搓搓手、搓搓脸，放倒箱子，急速更衣沐浴，跟着俞勤勤泡进私汤。

那是一个方形的池子，两边是木墙，左前角有一个出水口。烟气满满。朝外是敞开的，竖了一尺来高的木栅栏，栅栏外大雪漫飞，天地混沌。

史锦蕾歪在池边，喝了几口酒，道明来由。她要去美国西雅图，特地转道，来和俞勤勤话别。顺带履约。她们曾相约一起逛北海道。

俞勤勤讶异，问她干吗去，学校给假？史锦蕾举杯敬了敬，说她申请转学，到旧金山去读博。

旧金山有著名的硅谷、斯坦福大学、加州大学伯克利分校，华人数量仅次于纽约。她有位同学是大阪的，大阪和旧金山曾是姊妹城市，同学有不少亲友在旧金山，帮她申请成功。她男友则在西雅图——就是在图卢兹执教的那位，经她再三怂恿，刚拿到美国的 offer，离着微软、亚马逊、星巴克总部不远。

西雅图既是高科技城市，又富有艺术气息，电影节、艺术节、图书节，影响不小，号称是表演艺术中心。毕业后，就业前景看好。

她决心走，导师、学校也没多为难。以后她来日本的机会不多了。说得颇为感伤、不舍。

俞勤勤和她碰杯，祝她顺利。

史锦蕾说起陈叔叔所丢的钱，和她无关。

她带着纸箱子回去，同伴在，她拿出来给她们鉴赏，帮忙

| 婚姻合伙人

看看价值如何，好不好找买家。后来没记得封箱子，就那样搁了好几天，她才抽空带去店里。看过的几位，都是关系不错的朋友，她能怀疑谁？因此几十天后，陈叔叔说丢了钱，不是信赖他的为人，她都当是在讹诈。心里有压力。脑里一遍遍梳理，茫无头绪。东京待不下去了，希望哪一天水落石出，陈叔叔能找回那些钱。

俞勤勤感慨不已。一人一说，都有各自的角度或利益计较。陈伯伯不清楚的地方，恰恰是越描越黑的地方。

史锦蕾没拿，没见，哪怕是黄泥掉在裤裆里——不是事（屎）也是事（屎），她也赔着小心，不去偏袒、得罪任何一方。她问心无愧，置之度外而不得，只好走人了。

第二天一大早，史锦蕾赶去机场，没让俞勤勤送行。

俞勤勤心绪不佳，晚上和妈妈商议后，决定回南京，草草结束温泉之旅——她下定决心，要办自己的温泉旅馆，还怕泡不到正宗的温泉，还在乎日本的温泉？

她妈妈亲自飞来北海道接人。她们又花掉几天时间，体验了体验，觉得这生意大有可为。没等洞爷湖的会开，就一起回了南京。

毕生的幸福

俞勤勤是按着百年老店的规格，设计、建构的养生会馆，取名叫"金陵美人鱼温泉·日式养生汤馆"，在紫金山南麓，紫霞湖桃花坞畔。

"美人鱼"和星巴克无关，因为西方的美人鱼，不及中国的幸运、漂亮。《太平广记》里介绍，美人鱼均为美女，皮肤像玉石一样白皙、细腻，哭时泪水会化作珍珠。出产的油，点燃长明灯，千年不灭。恰能暗合汤馆的旨趣。

"鱼"和"俞"谐音，这店主是个小美人，凡来客，则是大美人。当作是祈告、祝福。

开业时，陈朗和津津领着他们的团队，代表日方到场，出演节目。史锦蕾则消失得无影无踪，问津津，津津都快要记不起这个人了。

汤馆生意兴隆，外面一概简称它是"鱼美人汤"。

俞勤勤从睁眼到闭眼，日子过得紧张而忙碌。

一天，一位陌生的女士拉着皮箱登门，说自己刚从美国回来，受锦蕾所托，给俞勤勤带了一只包裹。说着拉开箱子，把包裹交给俞勤勤。请俞勤勤在前台复印了身份证，在上面写字、签名。女士收好复印件。又让人给她们拍了张俞勤勤手拿包裹的合影，就匆匆告别了。连电话都没留。

俞勤勤有点蒙，完全受那位女士摆布，很感激这么久锦蕾姐还能记得她，远在他邦，还给她捎东西。可惜那位送东西的朋友来去太急，她都来不及打听一下锦蕾姐的近况。

她小心拆开包裹，里面有一封短信和三只老厚的纸袋。纸袋封着口。她捏了捏，硬邦邦的，不知装的是什么。看信时才知道，纸袋中居然是美元！

忙往下看。史锦蕾信里说，她看到新闻和图片资料了，勤勤的会馆办那么大、那么好。连陈叔叔和津津都不远万里，前去祝贺。她联系不上他们了，所以请勤勤代为转交。陈叔叔当年丢的十五万欧元，找到了，是她的男友——现今的美国丈夫，当年趁跳槽之隙，到日本看她，碰巧看见她带回来的花瓶，发现里面的秘密，谁都没说，悄悄拿走的。她不久前知道了，责问他为什么拿，他说纯粹是担心，没有安全感。新到一个国家，手头窘迫，谁不忐忑？口袋里有这十五万欧元，等于"第一桶金"，实现了资本、财富的原始积累。欧美国家的格言是,"人生最重要的是第一桶金"。有它和没它,大大不一样。有这笔钱,即使用不到,心里也无畏、有底气,具有足够的胆略,去做想做、该做的事,发掘更多机会和资源,慢慢养活若干项目。

"第一桶金"的意义,对他们这种普通人来说,非凡、无价,作用不可估量。尤其是像他这种三四十岁的中年人,金钱使他有了抵挡风险的能力。到一个陌生国度,起初几年相当煎熬,日常花销很大,还大病一场,调动资源,急需用钱,为此他还大病一场。他知道它是飞来的横财、不义之财,她并不知道有这笔钱,于是没有告诉她,从来都矢口否认。他说是为保护她。

她虽猜测是他拿的,却和陈叔叔一样,无凭无据,不好无缘无故指责是他。而且那时他已回美国,她更不能和他闹僵,否则一拍两散,这钱就追不回来了。好在磕磕碰碰,他们仍是结了婚,他没有拿着这笔钱远走高飞。

如今稳定了,他们虽然还缺钱,但已没有开始时的压力和危机感。她倾其所有,折算成美元,加上几年的利息,凑足数,第一时间还债——代丈夫请求陈叔叔谅解。

她丈夫至今都振振有词,那笔钱就该拿,在那种时候、那种场合下,不拿白不拿。"马无夜草不肥,人无横财不富",没有这笔巨款,他们不会这么快稳定下来,而会朝不保夕、畏首畏尾。

向陈叔叔告罪。无以为谢!将来回国,她一定来南京看望俞勤勤,带上自己美好的祈愿。

史锦蕾倒不担心俞勤勤会昧了这笔巨款,她早就了解她的家境,对俞家来说,这点钱九牛一毛。她相信俞勤勤的人品,在日本时结下了难忘的情谊。

俞勤勤则想到了和史锦蕾的最后一次见面,她那时一定预计到了会有今天,要托自己帮忙。但她只留了地址,没给俞勤勤电话。

俞勤勤震住了。钱不多，责任重大！又无从直接联系史锦蕾，问问她的近景——她会在哪一天飞临，蓦地造访？该是多大的惊喜呢！

俞勤勤琢磨了琢磨，给陈朗打了个电话，想请他单独来会馆，唱几天日本老歌。陈朗应允。沟通后确定，除了最让人耳熟能详的《北国之春》以外，《杜丘之歌》《我衷心地感谢你》《让一切随风》《北方的渔场》《小村之恋》《千曲川》，都作为备选。无一不是耐听的经典。

俞勤勤想请他男扮女装唱京戏，他说扮演帝王将相吧，穿蟒袍，唱《打金枝》《借东风》。

接风宴上，陈朗念起国内的好，在日本吃海鲜太多，口味单一，想吃点新鲜的蔬菜，较难。俞勤勤则说日本最大的不方便就是饭菜太凉、标配，离不开钱包，得带上一堆现金，经常忘。结果托存衣物，刚泡完澡消耗了体力、想买饮料，没有零钱，挺羞恼的。

最大的享受是到了更衣室，能喝到小冰箱里的玻璃瓶牛奶，仰脖子咕咚咚喝下去的那一刻。不急着回房，吃免费的小甜品，布丁、冰棍什么的，找个视野好的地方坐下，聊聊天，让烘烘的热气，从身体中徐徐散尽。

她的会馆借鉴了这些，唯一头疼的是，如何发现人在池子里撒尿，不自觉的人太多。

陈朗说，用pH值试液试试，谁撒尿周边一圈会变色。俞勤勤拍拍手，喊了声好。马上布置下去。让他们不一定每个池子都有，也不一定任何时候都有，但张挂的告示上说有，一旦发现重罚。总会有撞枪中弹的。有过一两次教训，就没人敢胡来了。解决大问题。

最后一天，俞勤勤请陈朗到她的小办公室，给他泡上天目湖新茶，打开抽屉，把史锦蕾的纸袋子和信拿出来，走上前，交给陈朗。

她连封口都未拆，所以不清楚里面是多少美元。请陈伯伯看在过去的情分上，原谅锦蕾姐。

陈朗意外至极，要不是有史锦蕾的亲笔信，他都以为是俞勤勤帮史丫头凑的钱了。好心得到好报，十五万欧元完璧归赵！

惊讶过后，他无比感动，说锦蕾这孩子真不错，她为他把自己牺牲掉了，付出毕生的幸福，套牢那男的，套出这笔大钱！可以做一辈子的好朋友。一定会珍惜她。

摸着那三只牛皮纸袋，他竟哽咽起来，泣不成声。擦擦泪，他想马上和史锦蕾通话。俞勤勤拭拭眼泪，笑道，她尝试过，不行。她没有写信的习惯，陈伯伯要愿意，就写信去，她给他地址。陈朗说算了，等哪天有她的电话，第一时间告诉他，他要亲口说声"谢谢"。

俞勤勤相信，锦蕾姐会守信，来南京看自己，便对陈伯伯笑了笑，点点头，说"一定"。

（原载于《小说月报》2024年增刊第2期）

一号工程

我的出世是天意，更是灵感的产物，当时娘娘心醉神迷，手足舞动，那是沉睡一日两夜，魂力充裕，置身异境后的癫魔之态，如激流漩涡，圆转收缩。

滚滚霹雳，碾压天庭。

金亮的闪电，舌头般直插大地，触起一堆绛紫色黏土，卷在娘娘旋绕的长发中，那发就像是夹子和镊子，伸缩自如，把黏土越卷越高，散发出白蒙蒙的热气，热气中弥漫了桂花香。

黏土被抛向空中，又落在娘娘长臂上，一路下溜，刚刚溜到掌心处，娘娘双掌一合，黏土尚是烫软的，娘娘不管不顾，揪拍揉搓，十指翻飞，掐捏匀补，弯腰仰面，呵气如兰，把泥丸生生吹出去，妥妥站立在震泽湖边。

娘娘拿捏时，并没有停下她的舞步，耳、眼、指、腰、腿，浑然一体，一气呵成；待她仰身挺立时，微微气喘。

娘娘深吸一口气，念念有词：霍羲——霍羲——霍羲……

娘娘念一句，吐一口气，目视前方，双掌从脸颊边平平推出。不早不迟，一道电光掠过，娘娘吐出的气息引动这股电流，齐齐注入泥丸，泥丸在电火的烧炙中，刹那间通体透明——我的四肢百骸，一下儿活起来、动起来。胸腔中灼热难当，我一猛子扎进湖中。

娘娘得意地大笑，长风吹起她的柔发，犹如灿烂的霞云，瀑布般流泻、飞溅。

娘娘拍拍手，坐到三生石上，看我在水里起伏跃动，尾巴抽刮水面时，带出热浪；尾巴渐渐融化、缩短、消失，热也便散尽了。

我立在水中央，好奇地打量世界。

前一天，娘娘还躺在竹床上，门窗锁闭。石头墙上爬满藤草，撑出指甲盖大小的黄花、白花、红花，密密麻麻，总有上万朵。蜻蜓、豆娘、蜜蜂、蝴蝶往复穿梭。池潭边长着水竹芋、梭鱼草、香蒲和千屈菜，水上浮了绿萍、水葫芦，还有些水葱、水芹，白鹭、鹈鸪和伯劳在湖上盘旋，快意融融，为着娘娘的归来叽喳浅唱。

娘娘在，它们就不会饿着。娘娘不在的日子里，这些飞禽经常要饿肚子。

大洪水暴发后，一夜间覆盖整片陆地，吞噬了所有的山，五个月不退。跟着是烈日暴晒，江海裂变，山川崩陷，地上天火横流，到处是浊浪泥淖。

娘娘适时而出，减淤清源，修建桃乐园，莳树种草，放养蛇、兔、鼠、雀、鹳……

好景不长，娘娘离开了。

凛凛朔风，大雪翩飞，万里裹银。雨季很漫长，蚊虫都留不住。桃乐园日益凄凉，娘娘要是再滞留于外，兽鸟们就只好长途跋涉，找她去了。

娘娘是从干旱的漠北高地回来的，辗转八年，她去找哥哥，带着一对大鹏鸟，循着水迹，顺河道翻山越岭——只在危急时，她才将自己拴在大鹏鸟身上，一飞而过。

这一路却是越走越荒，没到昆仑山，她就在遮天蔽日的沙尘暴里迷了路。

哥哥又在何方？

娘娘嗓子干疼，哭喊无泪。

哥哥说是去治理洪涝，却是杳无音信。

江河漂溺，扫荡一切，看不出有人为的改变，他该不会出什么事了吧？

娘娘牵挂、想念，心里更不安。

与其这样，不如回家守候。

到家时，娘娘看见了哥哥的"留言"，是几幅画，画在墙壁上：南墙上是哥哥离家时的模样，他头戴枝叶编压的草帽，身后有十二棵樟树，下方是每棵树的剖面图，突出它们的年轮，从一到十二，年轮逐一递增。北墙则是他归家时的样子，推开竹门，地上摆了石刀、石镰，边上有一个灰坑，院内无人。移动木藤，室内仅有一张大木床。

娘娘琢磨，哥哥是要告诉她，离家十二年后，他兴致勃勃回来，她没在，他又出发了。兴许找她去了，还是另有事情？

傻哥哥啊！

娘娘疲累不堪，加之失望与后悔，倒头便睡了。

这是个该死的季节，闷热的黄梅天，她捂出了汗，身上乱蓬蓬的，发霉发毛，如同黏附在湿气之上，凝为了白茸茸的霜花。

屋顶潮漉漉的，挂着一层层青苔，渗水、滴水，"滴答滴答"，就像是久远的时间，眨巴一下眼睛，随即闭上了。

她突然涌起一股情绪，被恐惧侵袭，而且愈加浓烈。恐惧仿佛长满了牙齿，在啃噬她意念的末梢，窸窸窣窣，弥合的意念漏出一线亮，罅隙在一点点膨胀，鼓起，烟雾缭绕，刮起了风。

哪里来的风？是雨啊，越来越大、越来越急的雨！

大洪水时，天就像漏了似的，也曾暴雨如注，一刻不停地下了99天。娘娘与哥哥恰在雪浪山上的石洞里闭关。石门密封，浑然不觉。

那洞有讲究，长而深，天然自成，一路下行，可到东海边的溶洞、暗河。

溶洞名穹窿，四季恒温，清凉怡人。

娘娘童心大发，将它打造成滑道，哥哥在的时候，娘娘常常拉着他，滑行去海边，乘竹筏漂流，捕捞虾鳖。

这一次娘娘不在洞内，而在往常居住的石屋。眼前晃动白蒙蒙的光，难道是大水冲进来，很快淹到了头顶，像一个溺水的孩子，即将沉没？

娘娘窒息得抽不动气，不由得挣扎起来。

"啪啪啪啪"……嘈杂声浮在意识之外，撞打、冲击着意识。意识如东海的平面，掀起一层层卷浪，密不通风。

恍恍惚惚，意识不堪其扰，想把那些嘈杂声揉开、推走，但又推不动。意识急了，不耐烦了，哗啦跳起——幻境全消，娘娘醒过来。

院外天昏地暗，风雨飘摇，犹似千万只大巴掌，捶打大地，轰鸣震响。清新的气流在急切的掌声中快速对换，洗涤暑热。

娘娘爱雨，就像精灵、水怪，在水地上溜达，来到了湖边，看湖面上跳荡的水豆豆，似亿万只银亮的小蝌蚪，在调皮地画圈、蹦逐、嬉闹。

娘娘走进湖水里，弯下腰，双手平铺，那雨豆砸在她的掌心上，一片晶莹。

娘娘看见了水里的倒影，她越想定住那影子，结果越晃，自己碎成千万个点点片片，不能成形，仿佛是一个个固化的雨豆豆，贴在了水中，撕不得，剔不得。

娘娘直起腰，看那一湖急切吵嚷的雨豆，想起遥远的哥哥。

这一湖活泼的小家伙，要都是微型的哥哥，和她牵着手在湖面起舞，该是多么开心啊！

他们就曾在湖边、海边，燃篝火，通宵达旦地跳舞、唱歌。

想来不知有多少年了!

娘娘陷于向往,不自禁地涌起股股蜜意,热乎乎的,心儿急切地跳动,脸颊红艳似果,艳得几乎要渗出汁液,融在脸上流淌的雨水里,滴下去。

那雨说停就停。娘娘的倒影顿时清晰,让她看呆了。

刚才还在叫嚣的雨豆呢?

娘娘远眺震泽湖,群湖密布,耸起的群山,近如龟,葳蕤葱茏,远似蛇,蜿蜒不绝。

她刚从山那边过来,熟知它们的布局、走势。

娘娘轻轻吐气,半蹲下去,把手插进了水里。

那水是新鲜的,丝绸一样光滑,轻轻皱起纹眉,从她指间漏过、绕过,浪头拍打在三生石上,碎成了花,她一转脑袋,洒了她一脸,就像满世界都在笑,盈盈脉脉,动感无限。

娘娘爽气多了,抬起手,指头上滴着水,掠过长长的发丝,发丝柔滑潮润,那笑也顺势在蔓延、舒展,噼啪落下,跳成了水豆子。

湖面漂行水藻、水沫沫、水泡泡,绿的,蓝的,青的,不要说,急雨时湖上跳跃的水豆豆此刻都沉在了水下头,捞不起来了。

这世界除过鸟叫、兽号和浪声,真是清静无比!

鸟兽非同类,怎么就没有同类呢?

哥哥什么时候回来呢?如果他永不回来呢?

娘娘想起影子,低头看自己美丽的大眼睛,突然很想在水上画出哥哥的样子来。

娘娘最爱哥哥微笑时的模样,但越是专心,越是模糊,难以言表,更不要说画出来了。

她不禁泪眼模糊。

一声长啸，娘娘在水里就跳起来，甩开头发，舞动长臂，踢起双腿，一直旋转到岸边，来到了桂花树下。

树下的土壤都是红色的，仿佛消化了花的骨、花的魂。

云天移走，惊雷滚响，滑近来，很像是哥哥伏羲就在她身边喝彩。

娘娘越来越狂，卷成旋风，引得雷公公在她头顶上跺脚、呼喊，电婆婆嫉妒不已，一道一道打下闪电，也都是朝着娘娘的后脑勺劈的。

娘娘不断变换地方，舞成一道黑色的涡。

头发先还是爆炸的、散乱的，热气笼罩的，慢慢聚合了，抽扫时威力越来越强，吸附远近的落叶和花瓣，飞沙走石，缠绕在她头发的势力之下，直到它发了烫，卷起一块黏土——那正是我的胚胎[1]，蠢蠢欲动，满含生机！

（原载于《红豆》2020年第8期，《小说选刊》2020年第9期转载）

---

[1] 《风俗通》《太平御览》记录民间传说：天地开辟之初，大地上并没有人类，是女娲仿照自己的样子，用泥土捏成团造了人。

雪花的约会

一

雪花儿飞着,轻轻洒洒地从阴灰的云头上飘降,散落在地上。地上一片银白,闪着刺目的寒光。

一丝儿风也没有,一点儿声音也没有,世界静极了,仿佛一切都在沉睡,做着缥缈的春梦。

在这样的梦里,往常我总能见到闻敏的坟。

那是一座小坟,上面覆着一层薄雪,其他什么都没有。每当它显现,我总在心里静静地呼它,呼它是"雪坟儿"。

在它面前,我一直以为世界是晶莹剔透的,如这翩飞的大雪——这缓缓飘送的精灵,有什么不在它的银梦里融化呢?

一切都该随它融化。

世事无不融化。

融开的土壤里,记忆的种芽萌苏了。它把人从一季,带到下一季。

二

高考复读了几年,我依然落榜,感觉丢脸,见人就抬不起头,家已不能留,我心一狠,拿走妈妈的三万元钱,收拾一只草绿的军包,不告而走,想着离家越远越好,想去南方的上海,不混出个模样绝不回来。

上午,我在西安站排了数小时队,才买到一张硬卧,是19点的始发车。

别看西安距我家不远,我却是第一次来,人生地不熟,无处可去,只得在候车室坐着,不敢睡,也想不到找个休息、吃饭的去处。

上车后,卸下肩上的大包,我又饿又困,身体像垒木,一碰就得散架。

放妥包,没等车动,我就躺在床上了,啃了几口面包,挡挡饿,头昏沉沉,我嘴都没擦,就安静地入睡了。

世界悄然从我的意识里剥开——也许我的意识临时消亡,去了这世界之外,或者世界弥漫成了我的"意识",混沌、鸿蒙,谁说得清呢?

孔雀东南飞,是因为刚刚失偶,游离、徘徊。我去东南,则是去寻找机遇、前程。

我睡的是闻敏的上铺,我和闻敏是在这趟列车上认识的。

在一个不恰当的时间,我遇见一生里最恰当的人。人生往往就这么蹊跷。

一觉醒来,肚子里更饿,我想下去喝口水,吃个水果,就翻身,爬下床,一脚踩了下去,毛乎乎扎人,听得下面"呀"的一声。

我心中一紧,意识到踩了一个人的头,快快收脚,说着对不起,低头去看,看到一个清瘦白面的书生,有三十来岁,闪出脑壳来仰望,高度近视的眼睛,从镜片后斜射白光,带一点怒意,我的脸不由得红了。

他一手还按着头顶,见我是个漂亮的小姑娘,不是想象里的莽大汉,支吾支吾,说着对不起,顿时笑意泛开,把不快覆盖、淹没，却不让笑肆无忌惮地扩张，示意我再下脚。

我重新蹬住上下的梯子，坐到下铺上，套上鞋。

他手里捏了本书，憨厚地微笑，书卷气十足。

想他刚才必定是靠在架子上，斜对上方的灯光，读书入迷，被我踩着的。

我自己没文化，读书不行，对文化人天然敬意，艳羡之情仿佛能从瞳孔里淌出来，把一腔心思全然袒露在对方的目光下——对他，我萌生了强烈的好感。

为掩饰自己，我拿出苹果，请他吃。他客气地谦让，不肯接，连声道谢。

我硬塞过去，放在他怀里，说："吃吧！"

我们拉起了家常。

聊的话题很杂，都是些大众话题。后来亲近多了，得知他家就在上海近郊——其实属苏州，到上海市区不过十来里。

我喜从天降，忙打听，那里物价高不高啊，租房贵不贵啊，就业难不难呀。

他是个上海通，对我不无得意地说："你找对了人，我半年多全在找工作、联系工作，对上海的行情，应该算熟悉。要是早半年问我这些，我就什么都无可奉告了……"

看得出，他并非虚言。

后来，他问起我的简历，上几年级了。我忙编了个不起眼的小城的名，说自己才上大二，学物业管理，很烦，无聊又不感兴趣，就想到上海看看，好的话，就不念书了。

"那多可惜！"他劝道，"即使你再不喜欢，也该念出来，文凭任何时候都特别重要。而且，上大学不在乎你学什么，甚至不在乎你会什么，许多时候它只是一个象征、标志，综合提升一个人的素质。有那样一个环境、气氛，让你去熏染，就可以吸收大量有价值的信息、知识，知识改变命运嘛。"

和他谈话，受用匪浅。但我并非真正的大学生，毫不可惜！

我突地感到，自己这辈子大概会与这个人有千丝万缕的联系……

我内心自卑，为我的不敢诚实，还为我的下三流出身——我能有什么？一个中学生，能找什么像样的事做？

能改变吗？上海会给我机会吗？机会对我这样一个毫无准备、一无所有的人，是不是奢侈品？

我甩甩头发，把一切想法丢开去，委婉地打听他的情况，分明对他已很有意思甚至是意图了……

奇怪，我从来没有主动过。我的身，管不了我的心。

闻敏的大学是在传媒大学新闻系念的，毕业后留京，没有户口，就在报社里打打工，做过几年记者，满以为能干一番了不得的事业，三两年下来，便可名满天下，破格收录，弄个户口。可惜事与愿违，最终一事无成，自一家跳槽到了另一家，踩坑无数，整天和一帮抱残守缺、自以为是的人计较，受他们指派，把自己都拨拉矮了。

狠狠心，他又上山念书。研究生考在西北大学，由硕士到博士，学的是欧洲文学。现下刚刚毕业。

他说我们能够无所顾忌闯荡的年份，实在短，一天天成熟了，激情也一天天消减。

他爸是七八年前去世的，老妈和妹妹都要他照顾，所以决定返乡。联系到上海一家文学杂志，去做编辑。

"你妻子也在上海？"

"不。"闻敏的神色一下子暗了下去，但只是一闪而过。

他凄然笑笑，说："现在的女生都实际——对不起，不是说你，我是说自己一直在读书，穷书生一个，谁能看得上我这样的呢?"

"我呀……"我不由得惊呼,但没有喊出来,只自己听得见。

"你是说还在找?"我问他,像是给他找了个台阶。——不过,我为什么问得这么傻呢?

奇怪的是,问过了,我的心也便释然,每一根神经都绷起来,盼着他否认。

他点点头,颇多无奈的样子。

"你条件这么好,会有许多女孩子喜欢你的。"我说。拿眼睛深深地看了他一下,心头莫名其妙地一酸。

"你看的什么书?"

闻敏把书递给我。

看来他是个嗜书如命的家伙,不太懂生活,恐怕也不怎么会追女生吧?

我有点开心。接过来一看,傻了眼,全是英文。

"什么呀?"

"最新的英语小说,刚刚获得布克大奖。"

我听不懂,不知是个什么奖,好奇道:"你写小说?"

"我哪会啊。我只研究。回头想写评论。这是我的正业。"

原来还有光看小说吃饭的啊!

我不敢乱问,怕露了馅儿,忙转过话题,问:"要是我写小说了,你研究不研究?"

这是玩笑话,闻敏憨憨地笑了,说:"惭愧,我只研究欧洲近代小说。画地为牢……"

我们都呵呵呵乐了。

他从床上下地,弯腰拔起鞋跟。

这个车厢比较空,只有四个人,人都在上面的铺位上,两个下铺空空的。我坐到他对面,正对着他。

"不过，要是你写，就寄给我好了，我向你约稿嘛。"他抬起头。

"好的呀，好的呀……"我双手一合，唱喏似的，敬拜天上、地上的菩萨。

"你过去发表过什么？"

他看着我，起来，到了外面走廊上的小桌子旁，拉开折上去的凳子坐了下去。这是不想打扰上面休息的人吧。很细心，很温暖。

我拿着水杯，跟着他出来。一边回复："没有呢。我倒是记得多，每天写日记，感想多，但没有动力，也不知道寄给谁。现在嘛……有了对象！"

妈呀——

我说漏了嘴，赶紧端起水杯子，喝得山响，一眼瞥见闻敏在笑，怪怪的。

我心头一痒，放下杯子，伸手就捶他，轻轻叫道："你这人坏！笑什么嘛？"

闻敏让开了。我窘得面红耳赤，不忍捶他第二下，也感到打得有点蹊跷。莫不是爱上他了？

车窗外下雪了。

正在迟疑，闻敏靠着窗，隔玻璃朝外去看。我顺势坐下。

啊，真是一场好雪！

雪朵儿在微风里慢慢飘落，那么舒缓，那么柔曼，那么光洁！带着亮色，带着冰寒透顶的心，铺满大地。

那原野上奔掠而过的坟包包，一字儿排开，不时跳进我的眼帘。

久违了伙计！

我神采飞扬，甩飞长发。

"你的头发真好看！十七岁还是十八岁？"

"错！我二十四岁了。"我忙虚报岁数。

"是吗？那你太显年轻了！"

"你多大了？"

"我啊？三十六岁了，老了！"

"蛮显年轻的。你走过那么多地方，难道就没有碰见过自己喜欢的女孩？"我含笑望着他。

应该进入正题了吧？

他匆匆看了我一下，就转眼移望窗外。

"有的吧。各种原因。总之，我相信缘分。"他转过头，问，"你呢？男朋友在上海？"

"我还小，哪来的男朋友？你可很大了。一定要抓紧啊。有目标吗？"

"看看吧。再急也不在一时。"他推了推鼻尖上的眼镜架，皱纹一堆一堆的，略显疲惫。

我的心一疼，仿佛挨了针刺，折叠藏掖的情绪全然坍塌，乱糟糟的。

我怕，怕泄露自己的小心思。

我不愿意诚实，我喜欢梦似的感觉，沉迷于梦中。

我们便都灵犀共通似的，沉默下来，静静观赏起外面的雪景。

三

上海的天不算冷，晌午的阳光被海水揉搓得软乎乎的，洒在人身上，懒洋洋的，倒有些暖人。

啊，我第一次见到了海！

在火车上，我说自己从未到过海边，请闻敏方便时领我去看看。半个月后，他主动约我。地铁、公交、打车，走了好远的路。

现在，我们正站在一块卧石上，海的壮阔使我的心神荡漾。

浪涛在胸腔里咆哮，随同它的浪声，我的心神一次次抛举天际，去了另一个世界。自由了，浪涛的抬举，让我得到了完全的自由！

我从未像现在这么兴奋过。在生命漫长的河道里，我沉缓流淌，而今才汇成这大洋里的花浪。

我留着这个约会，是不愿一个人来海边享受。

刚到上海，我每天在一所所大学校园里闲逛，看报纸上的招聘启事。很遗憾，我没有学历，都不够条件，只能隔三岔五，出去打听谁家要保姆或劳力。人家纷纷摇头，大概是不太放心。像我这么年轻的姑娘，有模有样，哪个用着肯放心？

我暂时不差钱，熟悉环境后，便在大学的教室里听课，听得心安理得。

我相信闻敏说的话。况且，我太爱上学了！我对大学的印象太好了！

过去，我不务正业，读过大量的闲书，醉心于文学、历史和社会学，一点不喜欢高中课堂上干巴巴的课程。整日埋在高耸入云的试卷、习题里，穷经般"注解"，念成个老秀才。

对了，闻敏在火车上推眼镜的样子，可不正像过去的老秀才嘛！

我扑哧笑笑，仿佛看到了自己的末日，现在先将包袱甩开——大学课堂把我过去的零零碎碎知识渐次贯通。光阴在这里接续，人生有多美妙！

我把听课的感受，说给闻敏听，他指点我再去听听心理学、思想史，说它们对创作有助益。

"但是，你不想回西安读书了吗？"他问。

"原本想要回去的，"我狡黠一笑，"现在觉得这边更好，就不回去了。"

"好哪儿啊？能说说吗？"他兴致颇高。

"你不是都没选西安吗？"我赖皮地说。

"要是我选了呢？"

"你选了再说吧。"

"如果我现在就选西安呢——你跟不跟我走啊？"他好像鼓起了勇气，问道。

"跟着你干吗？我不会自己回去啊。"我微微一笑，小心地下了那块卧石，绕到它前方，朝向阳光躺在沙滩上，挖起身边的细沙，盖在身上。

沙子松软，手感滑溜。

"你也来呀！"我招呼他。

闻敏跳下来，冲出两步，躺在我身边，头枕在掌心里，望望天，蹬蹬腿，大大地伸了个懒腰，眯缝眼，似睡非睡，不理我。

几张纸被海风从远处一路刮来，落在我身边。我展身捡起一张，团一团就扔过去，打在闻敏脸上。

我快乐地笑了。

闻敏依旧不动，静静地睡着。

有船在海天交接处游弋，竖着高高的铁杆，旗儿随风飘扬。

阳光正把脸闪刮成千万个明点，一晃一晃，一切都碎乱开了。

突然，一只快艇向着我们冲过来，浪潮鼓动，直向我们脚边扑来。

闻敏一个鲤鱼打挺，拦腰抄起我，把我抱在怀中，急往后退，脚步颠拐，差点摔跤。

"你——"我挣了挣，骤然瘫软，在他的臂上激灵灵抖，身上一股潮在冲突奔涌。左手勾紧他的脖子。

"放开……"走出十几米，我尖声喊了一嗓子，那一定是歇斯底里。

"对不起——"他慌了手脚，忙把我轻轻放下。

"你干什么？"我佯装生气。

"我只是怕你沾了水着凉……"

迟疑之间，"哇——"我抬起手，捋捋发丝，指向了海面，就见两艘快艇，一前一后在海上擦着浪花腾飞。"唰"的一下，陡然大转，推出老高的水浪，划出一道道漂亮的弧线，向东冲去。

四

上课时，我的四周坐满了男生，课间常在我身边逗闹，有一搭没一搭想惹我关注。

他们在悄悄打听我是哪个系的，哪年来的，哪一班的，哪儿来的……

这个时候我多半会趴在课桌上装睡。不得不抬头时，就干脆做哑巴，给飞眉眼的、假咳嗽的、嘘寒问暖的以冷脸，让他们知难而退。

他们中的每一个都极其优秀，但对我无一合适。我是晓得自己根底的，与其让男生们了解我之后失望，不如施一点小烟幕，遮护着，静气用心地上课。

不觉，我就养出一份娴静的气质来，闻敏正是被它引动，一天天沉迷进去的。

他说我身上的变化,快得让他吃惊,女大十八变,我是一天一个样,愈加耐看了。

他夸着我,我听进去了,感动在心上,心潮起伏,好多次不能自已,面上却一点不敢暴露。

我知道自己心的深处,还藏着一个古怪,看不大清,只本能地觉到恐怖与畏惧。

好在我有所寄托,慢慢地,就能捏咕一些文章,写一点,发一点。

当然,我的任何进步,都离不开闻敏的扶持,他居然发现我是个"天才"。

对于闻敏的夸赞,我很受用。但夸完了,他往往要我说说过去。

我说:"能有什么过去?平淡无聊,从校园到校园,你想都想得到的嘛,没意思。"

"你不辞而别,总不会单因为老师们讲课不好吧?"

未料到闻敏是块不动声色的老姜,我眼珠子便骨碌碌转了几转,被他发现后,叫道:"你又开始编了!"

我红了脸,说:"我哪里编啦?总要组织组织语言吧。几个理由跑到了一起,拧巴拧巴,我先说谁啊?"

闻敏被我问住了。

我倒怪不好意思,机灵地说:"我兄弟姐妹多,五六个,读不起了,就想出来半工半读。帮助下面几个,改变命运。原以为找事情容易……"

"那我帮你问问吧,也许什么地方缺个记者什么的,你吃得了苦吗?"

"太好了……我只怕做不好,没能力胜任。"

"你行的。上路了就不难。你文字不错。"

我一冲动，在闻敏额上打了个印，又飞身逃开，回头看看，闻敏涨红脖子，还愣着没反应过来。

看来他的确是只能做研究，而且只研究纸片上的字。

我们约会了，这次在他家附近的郁金香公园。貌似不经意，心里却明白。

公园很漂亮，有白沙滩、"北海"、船坞假山、长堤石桥、白雪公主和小矮人，高低起伏，广深幽静，四时青绿。可以蜜语，可以忘情，可以濯足濯缨。

找到这地方的房子，足见他眼光不错，很会享受生活。

五

我找住处，却比较麻烦。几个月换了三处，最后才挤进大学的研究生公寓。

公寓一室摆放三张单人床。一位同学结了婚，和丈夫在外单过，贴出告示说，有房出租，被我看见，及时联系，才住了进来。

有人上来唠嗑，我就说是本科毕业，现在工作每个月薪酬不高，喜欢大学里的环境，上完班还能听听课什么的。

房里的姐儿，单纯好处，彼此没有利害冲突，信任、同情我，也佩服我的上进心。

稳定以后，我白天多半待在校园里，几乎进过所有的阶梯教室，经常去阅览室。晚上就回宿舍，两头都便利。

我不怎么缺钱，只求温饱，大学里的东西又比外头便宜。

学习累了，别人都去体育馆锻炼，我则先出外做杂务，后来闻敏帮我在报社找到一份苦差使，做一二版的新闻。

多数报社，跑新闻的都是新手、新人，还往往是"编外"，辛苦不说，也危险。

我不愿懈怠，30天中有五六天必是疲于奔命，在外跑稿子。和闻敏见面的时间相对少了，回到报社，也只给他去一个电话，简单问个好。有时连这都顾不上。我很累，身体得不到休整。

每天的日常就是听文学课，忙自己的文章，杜撰一些文字给别的报刊。

我是批量投稿。广种薄收，找那些县市级的小报，积少成多，稿费也蛮可观了。

这一年我受到锻炼，摸索出一些偷工省力的办法。

比如，人家寄邀请函，让我们列席某次会议，我不再非得每次亲临现场不可了，而是电话里问问情况，让他们把资料和"车马费"，一股脑儿快递过来，整理一下，交差。

有了这些经历，我建立起了自己的稿源、作者队伍，需要什么稿子，在家里拨拨电话就行。

新鲜劲一旦过去，在报纸这行就慢慢混成了"老油条"，我拟订了一套切合实情的计划。

拿到版面发稿权，最为关键！这是一个平台。好平台成就人的事业往往事倍功半。

我要是早点悟出了这个道道，少走许多弯路。

在闻敏那里，我却是装着很忙，越来越要疯转的样子。

他心疼了，电话里说："要不咱换个轻松点的工作？"

我偷偷一乐，口气坚决："不要啦，我能学不少课堂上学不到的。水手要在大海里历练，才成会家子的嘛。"

的确，哪一所大学教自己的学生，专去投机取巧，为一点车马费、劳务费和拉新闻稿的利润分成，而讨价还价呢。我却摸索会了。

冬天到了，外面寒冷，我更有理由坐进图书馆读书、写作了。

三四百天下来，我花销不大，进项不少，存款在稳中上升，怎能不叫我越来越胆粗，信心倍增？

我把每一笔，都恰如其分地派用上了，交房租，买书充电，生活花销，给家人汇寄……

"你需要拿个文凭。"有一天闻敏在公园的石桥上，这样开导我。

他平常难得出门，只有和我约会，才出来散散心，并且永远是不需花钱的公园。

在他的想法里，公园里应有尽有，比什么迪士尼、野生动物园、周庄、鼋头渚，要好过千百倍。实在又实惠。

他有着上海人的精明，又有着上海人的柔弱。

我听了他的话，报名参加中文专业的自学考试，准备三年内拿下本科文凭，为考研铺路。和他缩小差距。

我要付出双倍的心力，完成别人不可能做到的事，这才见得能耐，也才配得和闻敏做朋友。

在此之前，我没有资本，我必须设法逃避。

女人必须自强！仗着男人过几年好日子，那是特别危险的。或者说，我本能地不相信外人，尤其是男人。

我信的只有自己——把我铸造成器，摆在哪里都立得住、打不垮。

人都是自己把自己打垮的，别人不会，也不能。

闻敏说我长大了，成熟了，不再是"小妮子"了，他完全能放手和放心了。

他又告诉我，朋友正为他介绍对象，他比较犹豫，想听听我的看法。

我比较平静，不明白他的态度，含糊其词着不说支持，也不说反对。

对他，我终于释然了吗？

一个人躺着，我不时问自己的心，他深不可测，问题落进去，总没有回音。

"看来你把他跨越过去了。也许你对他很有把握？"我自问。

没有答案。人生本来就没有答案。我矛盾不已，像是在观望。

接下来的周六，闻敏想见见我，说要和我好好儿聊聊。

我若无其事，见他就像吃陕西"裤带面"，再寻常不过。

这次却和往日不同，我们不是在他的寝室会面，也不是公园，而是在富丽堂皇的凤凰大酒店，那里有西餐厅，点了蜡烛，隆重而正式。

我坚持原则，只要他只字不提恋爱和婚姻，我就装糊涂，不打听。到这里，我是来吃喝的。

当然，天下没有白吃的午饭，他单等我吃入了境界，夸着美食，吃得陶醉时，才想起什么似的，问："你倒说说，对我组织家庭，有什么意见。"

哈哈哈，他的咬文嚼字，可把我逗坏了。

"我能有什么意见？想组就组呗。"我顽皮地把球踢回去。

"我的意思是，请你提提建议。"他老实巴交地说。

"我没什么建议。这应该听过来人的呀。我毫无经历，没什么想法。"

"为什么没想法？多多少少总有的吧？"

我继续装一个糊涂虫，心里却是乐开了花——我和他真是两代人，我们有着很深的代沟，连试探与求爱的方式都这么不同。

"起码现在还没有。"我说。

这是真话。我才20岁，什么都稚嫩，什么都可塑，有时心静如水，有时站在爱情的风口上，受着无可着落的情欲的支配。可我等得起、耗得起、管得住。年轻真好啊！

和闻敏处久了，我们之间已没有什么隔阂，他在我面前，总是摆出积极的姿态、老大哥气派，似乎没什么能够难倒他。

本身他条件过硬，我对他蛮有信心，便极力向他看齐。

这一切让我感到我们两个人是同步向前的，终究觉得他同样是等得起的，不必那么急切。

我错了！他快40岁了，再不结婚，一晃就错过所有机会了。

那时候，在斯时斯境，我并不能设身处地为他着想，也想不到，我不懂。

所以，当闻敏后来在饭桌上直接向我求婚时，我蒙掉了，惊愕得说不出话来。

我期期艾艾，面对他的攻势，第一次无言以对。总算急中生智，喝了口杯子里的茹梦。

"你容我想想，这种事一天两天是理不清的。"我给他留下一个希望，想好了措辞。

他那边再次默许。

为能让他心情好过一点，我提议周末去上次的海滨公园"激流勇进"，玩玩碰碰车，而后坐冲锋舟，兜兜圈子。

他连声说好，他早就想出去兜兜风了。

到了日子，我们出发。一路辗转，近午才到。

那是个阴天。海面上风大浪急。

快艇迎着一尺多高的浪头撞上去，激起数米高的水花，溅湿了我的衣服，那水冰凉冰凉的。

闻敏连忙脱下外套，给我披上，揽我入怀，胸口热乎乎的。

被男人拥抱的感觉，过去毫无体验。我很迷恋。

风越来越大，寒意透骨。

云层变厚变黑，急急朝着我们头上赶。

驾驶快艇的水手，取了直线，飞快地向着远处的岸冲去。

闻敏跳下水，踩在海水里，把我抱上岸。鞋子和裤子全潮了。走路都滴水，咕哧咕哧响。

我们虽然亢奋，精神不错，但整个人快冻成冰棍儿了。

走不几步，下起小雨，雨丝打在脸上、身上，如有千万枚银针贯体。

我们跑起来。

熙熙攘攘，大街上都是慌忙奔跑的人。

上午出门时太阳当头，我觉得热，为显苗条，特意只穿一层外衣，加上闻敏那件，也还是不够挡住初冬的寒流。再受雨水一浸，现在受了报应。冷得嘎嘎吱吱。闻敏即使搂着我，我还是簌簌直抖。

"你也冷吧？套上衣服。"

我抬身掀他的那件衣服，想脱下来，他摁住不肯，说："挺一会就到。要么咱们打车回吧？"

"打车路上也堵，下班时间，况且有雨，何必花那冤枉钱？你还是把上衣拿过去穿上吧，我比你耐冻。"我哆嗦着说。身子躲在他胸口。

"你穿得比我单薄多了，你先套着，我挺一挺就过去了。我骨骼硬。"他抬起胳膊，很男人地晃了晃膀子。

其实像麻秆，他本来就单瘦。

"冻成一根老骨头了！"我跺跺脚，说出自己的直感。但也没当一回事。两个人在凄风里一起笑，笑容都有点僵硬，如有海怪附体。

我不想挣扎，钻进了闻敏怀里，由着他抱紧，互相以体温取暖。

六

下车时，闻敏抖得厉害，我不知哪来的力，架住他。闻敏不住地咳嗽，我的嗓子也痒起来。

冲进了屋子，我俩累坏、冻坏了。

闻敏状态更差，眼瞅着快要倒在地上，脸色都青了，呼啦啦甩起膀子和肩，身子抖个不停。

他叫我背过去，三下五除二，哆嗦着脱去湿漉漉的衣服，套上内衣和内裤，又为我找出绒线衣，而后一头钻进了被子，侧身向内裹紧身子，剧烈地打起摆子。

我笑他弱不禁风，老朽不堪。

在他衣柜里掏挖半天，找到棉毛裤、羊绒衫，自行换上。

这是个一居室，我换衣服都没有回避——根本就没有回避之处。

"你也上来吧。"闻敏在床上喊，下巴都快抖下来了。

我二话没说，钻进去，搂住了他。

他侧过身，面朝我，把我抱住，一点点暖和过来，脸上有了丝丝生意，不再是蓝绿青紫了。

"你闭住气，一会儿就好……"

他真就听我的话，蜷紧我，慢慢地，被子里有了温热，他不那么抖，把我抱得越来越紧。

我们都不说话，昏昏然睡过去。

一觉醒来，他头疼，喊我，我蒙蒙眬眬答应，一惊，跟着醒了过来，就听见肚子在咕噜咕噜叫。

他不那么老实了，突地吻过来，我赶紧咬住嘴巴，"嗯——嗯"，扬头躲开去，像吃了满口的苦药。

他那边不再安分，动手撕扯我的衣服，无声无息探进去。我拦他、挡他、堵他，可终究无用。

我瞥见那张脸，想起火车上第一次看见他时的样子，脸上有着青色，如同深秋的荷叶，顿时失去兴致，挡住他。他又压了过来。

我防守不住，就要崩溃了，泪流成河。怀着深深的惊恐。

他吻在我额上，我闭上了眼睛，激情高涨，浑身颤动。

他深长地吻我，仿佛要吸我进去。

世上能有什么比这更叫人不要命的呢？

天地相合，阴阳相噬，造就了人间的一切意义！

闻敏在我身上经受着何等的煎熬，可我没有义务满足他——起码现在还没有这个义务！

这一刻，我发现自己并不爱他。

亲密以后，我才发现到自己的不爱。

和他在一起，我心里只有苦痛和伤痕。不知为什么会这样。

过去怎么就没有发现呢？那时候尚未体肤相接？

七

闻敏死了，死在医院里。

他身上有疾，自己没有意识，白天再受那样的雨淋、风寒，回来还透支身体。

老天爷给他攒了下来，一次性了结——他猝死了！

我通知了他的妈妈和妹妹。

闻敏是从乡下念上来的。读大学时父亲过世，家里一下子赤贫，他只得早早谋生。妹妹出阁后，又接连考研。30多岁了，还不大明白这世界究竟是什么样子。在上海租房子。只比我的处境好一点点。

他的出身是这样，我不是也未曾透露过身份吗？

是不愿看见他失望的样子，还是因着我个性里带有特脆弱的成分，需要由虚幻遮饰？

有时候，对出身的漠然，可以麻木自己，添一些生的威猛、杀气。要是没有梦幻支撑，我早就垮了。

如果他以恰如其分的方式待我、要我，也许我什么都能给他，也早就给他了。但他是个呆瓜，仍有农家人憨直的性子，一心只等我答应，等得那么被动，直到我对他不再仰视、依赖、热情一天天流逝。

对于我来说，过去一次次失败，留下的烙印太深，无法抹除，它在我心灵里投下阴影。即使无边的幸福袭来，我也不能接受。

我已沦为一个无力消受幸福的女人。

我是个"强人"，但我的根子是败着的，正像他那张秋意深深的脸。

八

我越发想念闻敏，两年来，什么都干不了了，不知道这算不算痴迷。

这又是一个新的状况。

那就去吧，看看他吧，然后努力忘掉他……

我不住地给自己打气。拨出电话，问明路线，我独自摸过去。

寒风怒起。马路和树木全给刮成一片苍白。天空灰阴阴的，沉甸甸地封盖大地。

我刚下车，大雪就在飞扬。

雪朵儿装点世界，悠闲，随心，无为。

远远看见了闻敏的坟。

左首立着一棵细矮的青松,青松的针叶儿承住皑皑的白雪,一朵接一朵。

我知道,闻敏是最爱雪朵儿的。

现在,雪屑在他的上方飞舞,慢慢都倦了,盖在闻敏身上。

整个白茫茫的大地,都在带同我下沉,下沉在亿万点雪朵朵中间,如同我站在快艇之巅,穿越银河,但银河一定没有如此纷乱的寒光,它奇异地变幻闪烁。

我身上扬开阵阵清风,鼓荡起身周的一切,去捕捉那点点片片的亮色。

一切在下沉、下沉,不断地下沉。

回家吧。你会着凉的。

我看见闻敏正藏在他的雪坟儿之下,对我遥遥地笑着。

我回他一个木然的笑。

他飘过来,我偎在他身旁。

他用手掠扫我发际的雪花,说:"我端详你好半天,都快认不出你了。你走了这么远的路,不累吗?路上还塞车。"

"你一路过来也会塞车吧?"我问。

"我们都是用气行路,各有各的气道,互不相干。"

"那好啊。我马上得回去了。"

"别急,你还有太多的想法要去实现。你太苦自己了,别人不知道,我一直在你身边,我知道。"

"那你知道我拿上文凭了?"

"连你想读研我都知道。只是我不明白,过去你可是对文凭不以为意的呀?"

"是啊,只为接近你,我才读的书,做鬼了我们才配。"

"那我等着你。"

"等我哪天过去,你比我又会大出好多好多吧?我们还会无缘吗?"我说出自己的担心。

"傻丫头,有什么关系呢?只要你天天进步,天天长大,我比什么都开心……"

我合紧双目,泪水静静地淌下。

我好想休息!

在天地之间,在闻敏的雪坟儿面前,我仿佛也成了这宇宙里的一点雪,它飞啊,飞啊……

终有一天,我会飞到他身边。到那时,我将安息,和他融成一片,不再分离。

亲爱的,你听得见吗?

(原载《山西文学》2016 年第 8 期)

晒月亮

一

"早穿棉袄午穿纱,围着火炉吃西瓜",说的是新疆白天和早晚温差之大,初到者往往惊奇。

唐时大诗人岑参,送封大夫西征,曾写几首名诗,备述乌鲁木齐一带无常的气候:

> 君不见走马川行雪海边,平沙莽莽黄入天。轮台九月风夜吼,一川碎石大如斗,随风满地石乱走。……将军金甲夜不脱,半夜军行戈相拨,风头如刀面如割。马毛带雪汗气蒸,五花连钱旋作冰,幕中草檄砚水凝。

轮台即乌市,自古以来,乌鲁木齐九、十月下雪,都不稀罕。

琼子的爸爸开赴和田驻训时,碰上的就是这么一个无常日。

前一天还在夏天,午间热得不敢在太阳下行走;后一天朔风悲啸,大雪降临,渐飘渐猛,就像是朵朵云絮,撕扯丢落,连成片铺洒,托起一个飞动的世界。比起上海飞雪的细弱、柔曼来,这里的雪,要狂乱豪放多了!

四个月前,琼子爸出发,那是一个周末,琼子为他去送行。三五千人,头戴皮帽,肩负背包,排满大操场。琼子爸一声令下，部队如盘蛇般逶迤而出。

琼子爸主管作战训练，腰间别手枪，胸前挂一只对讲机；两名通信员背着小电台紧随。他们走在雪地上，发出"沙沙"的脆音，像啃着水萝卜。

人过去，殿后的是一百多辆警车、卡车。人流车流，逶迤十几里路。

他们举旗帜、唱队歌，浩浩荡荡，卷起漫天雪沙，一路滚滚向前。翻越天山，横贯塔克拉玛干沙漠；不时急行军，越过障碍区，冲锋射击。总程一千五百公里。

琼子爸威严，脸膛被岁月磨成了暗红色，平添一层虎气，隐含风暴的力与气！

琼子从未去过和田，听说它在昆仑山北麓。火车未通时，从乌市沙漠公路过去，开车还要六七天，号称是离北京最远的城市。

难以想象，虽然她早就见识了中国的大！

初次从上海来乌市，火车如一条黑色的巨蟒，张开无底的胃，"咣当当、咣当当"，涉过千山万水，三天后才把她从最东部送来最西部。

沿路戈壁荒凉，荒得她的血都凝固不动了，她就像火车里孕育的结晶体。

琼子现在要赶往和田，去和爸爸一道过节，他没空来接。她决定坐汽车，看看大沙漠。最快的豪华空调车，需走一天一夜，不停不歇。

琼子不怕星夜里赶路，也不怕陌生人。她活泼好动，胆子大，独行惯了，有一种江湖小女侠的爽气。

挎上包，她手夹大衣，捏着车票，快步走出大厅。寒风凛冽，广场上全是车，买上票的乘客，都坐进了车里，图的是暖和。

琼子被风一吹，打了个哆嗦，将背包放在台阶上，很快穿好大衣。它是爸爸留在家里的，她给他带过去，他晚上开会、查哨，一定用得着。但它比较长，足足把她整个人都裹进去了。

还有围巾呢？就塞在大衣口袋里。

看着出出进进的人，她展开围巾，绕脖子转了两圈。又掏出皮手套。

广场上的警察在巡街。琼子对于戴帽子和肩章的人，感觉亲切，他们总让人心里踏实，有安全感。

和田是边陲重镇，疆域大，地形复杂，要是爸爸他们在马路上巡行，那里的孩子一定也是这样的感觉吧？

琼子爱看爸爸戴着帽子时的样子，硬朗、威风、精干，她为爸爸骄傲。上海的妈妈却并非如此。她留给琼子印象最深的是在法庭上闹着和爸爸离婚。爸爸虽说早就答应她，她还是抽搐着，编派了爸爸的种种不是，连孩子都甩给丈夫。爸爸说，如果她不哭不闹，法庭会维护自己，不许她离婚。他俩分居多年，蹉跎青春，爸爸对妈妈心有愧疚，既然他回不去，她还不老，有了其他相好，他何不成全她呢？爸爸不想让自己的女人牺牲太多！那一夜他都坐在屋子里吸烟。

此后，琼子跟着爸爸从上海来到乌市上学。

这些年她不怎么想妈妈，想她时就是一张苦脸闪过。妈妈在她心里留下很深的阴影，与日俱增，让她变得越来越沉默、早熟，尤其是在情感上，透彻、冷静，再心动的男人出现，她都不会形之于色。

时间差不多了，琼子看看墙上的钟，找到班车，车型比较新，看着舒服。坐在里面左等右等，最后晚点两个多小时才出站，座位近一半还是空的。

　　昨天爸爸在电话里叮嘱，路上小心，最好找位当兵的叔叔同路。这上面却不见当兵的。当时她就想到了，对爸爸说，哪有那么巧。爸爸犹豫了一下，告诉她自己太忙，他们刚刚接到情报，节前内地有一批人，趁着放假，想携带违禁品从新疆出境。他们布下天罗地网，正严阵以待。

　　琼子知道爸爸忙，不过撒个娇，并不真需要他来接自己。往常她住校，早已练出独立生活的胆气，没有任何依赖心。

　　车子出发，她莫名兴奋。是啊，离爸爸越近，她越是开心。

　　车子走走停停，快出城时，一辆轿车横里穿插，一头撞来，撞坏大巴的油门，轿车也都挤扁了，侧翻出去，四五人受了伤，现场一片狼藉。他们就给耽误了。

　　交警安慰他们，让烦躁的乘客耐心等等。黄昏时，调来一辆旧车，小而破。好车和破车就是不一样，现在这辆，开起来轻飘飘，浑身哆嗦，四处作响，很像是原先那辆空调车的奶奶，连咳带喘，爆发泼妇的威力，把人的骨头都快颠散架了。

　　不及出城，天黑了，寒气逼人。暖气管烧得烫烫的也不顶用，上下漏风，车厢内越来越冷。

　　不能靠着里侧坐，灌进来的风，寒入骨髓。几个没穿大衣的，都缩成了球，蹲在座位上，头埋在膝盖里。

　　这是新情况。

　　琼子把毛大衣卷了卷，裹紧身子，仰在靠背上合眼轻睡。车子咔咔啦啦，肆无忌惮地抖动。

　　睡得一点不踏实，模模糊糊，总有一点意念吊住她的脑力，稍有晃动就会从浅梦中醒来。最后，她对声音都疲了，适应了，将挎包提到里侧的空位上，伏在上面，沉沉睡去。

　　一路有人上下。琼子醒了几回，她晃着脑袋，感到了天寒地冻,缩着脚,把大衣裹得更紧,毛领子竖起来,遮住了耳朵。全世界都是黑的,这片黑延入脑内,困意大于一切,密密地粘起一片片的黑。

在这奔波不休、一往无前的大巴上,时不时插进一阵小睡,实是痛快的享受。不坐长途车的人,体会不到它苦中作乐的美妙。

拂晓时,琼子被歌声惊醒,再也不要睡了。

她捋着头发,看见一个汉族青年,美目流盼,仰靠在座位上哼唱一首外语歌。她虽听不懂歌词,却能感觉这人音色很美妙。歌是抒情的,千回百转,涩涩甜甜。微妙地融合男性气质和女性气质,在这副好嗓子上流露出妩媚和柔韧。

他和她仅仅隔着中间过道。扭过头她就能看到他。

他双目深陷,高鼻梁,头上戴一顶黑色的貂皮软帽。

他可能发现她在看自己,转目看向她,琼子早将视线挪开了半尺,仿佛正朝着另一侧的窗外看。

依稀之间,她感到他里侧还有人,刚才倒未留意。目光再转向他那边,从他们额前数寸处望着窗外,余光关注里侧那个人——的确很怪,是一个女人,黑色的皮袍,头蒙纱巾,连脸带脖子罩得严严实实。这里的女人很多戴面纱。大概是为挡风挡沙,遮挡阳光,保持脸和皮肤的干净。

她可能是歌者的妻子。琼子不禁失望,兴致顿减大半——男人见到美女会心动,女人看上中意的男人,为何不能心仪呢?

琼子轻轻一笑。别过头,不意车子后面还坐着七八个蒙面纱的女郎。她想自己是不是入乡随俗,也应当蒙上面纱。

肚子饿,她摸出面包来吃。那车早已走出天山,快到库尔勒了。

天渐渐亮起来,拂去晨曦中最后一抹阴影。车里的人陆续活跃起来，前后走动，拿吃拿喝，说笑吹唱，有点喧杂。

蒙面女郎们不为所动，始终歪斜着休息。

远山光秃秃的，戈壁夹带沙地，空旷得一望无际。胡杨树长得很节制，偶尔能见孤零零的一棵，站在旷野里，像一道劈开的闪电。

树多时，那就是快到集镇了。两边有红柳、沙枣，瘦骨嶙峋，泛着白光。到处都差不多，茫茫然，看久了眼酸脑疲，困意绵绵。

琼子很饿，小睡可以抵挡一时。

二

近午，汽车"咣叽"一下刹住，司机吼了几嗓子，前面靠近驾驶室的乘客全站起来。

"轮台，轮台！下车吃饭！"

哦，已经到轮台了！行程近半。

爸爸告诉过琼子，古时乌鲁木齐那边叫轮台，今天的轮台，则在塔克拉玛干大沙漠的北缘。从轮台往南，是去民丰的、世界上最长的沙漠公路。

也可在阿拉尔，走西线的沙漠公路。或者直接走东线，从库尔勒到若羌。

三条线都可以到和田。

更早则是再往西，经库车、阿克苏、叶城，走环沙漠的国道，那就得绕大圈，远多了。他们是走中线。

琼子脱下大衣，围着围巾下了车。

下车的地方有一排饭店，但她不习惯，虽然饿，想想还是回车上，包里有饼干和椰子汁，可以充饥。

回去时，看到车门前站了两个当兵的。一个中年人，另外那个 30 岁左右。外穿大衣，看不见军衔。中年人大大咧咧，两手叉腰。

"小老乡，"他老远喊，"你去和田？"

琼子笑着点点头。

"都吃饭去了，你怎么不吃？"

"不饿。你们也去和田吗？"

"对。你不吃，等会儿进沙漠，就没得吃啦！"

"我不习惯这里的味道。"琼子皱皱鼻子，到了跟前。

中年人大笑："走了一夜路，不吃热的烫烫，怎么行？你一个人？"

"我在乌鲁木齐上学。我爸在和田。"

"你爸做什么？"

"警官……"琼子礼貌地回话。

中年人恍然，问："你是一个人出门？"

琼子自信地点头，蛮有把握的样子。

"妈妈呢？"

"她——不在了。"琼子迟疑了一下，答得模棱两可。低下头。

她没想太多，出口却有点悔意。这好像是诅咒妈妈死了啊。不吉利。不过要不是妈妈，她何至千里迢迢，去投奔爸爸。

她心里乱了，对妈妈的感情，特别复杂。

往常没人提，她就不想她。妈妈据说过得不好，改嫁的男人脾气恶劣，薪水不高。她的受罪遭报应，自己怎能再诅她呢？

一只手搭到了琼子肩上，中年人眼圈微黑，目光温和，说："走吧，孩子，我们到兵站去吃点饭。"

"不，伯伯，车上有。"

"门关了。你怎么吃?"

"一会儿就开了。"琼子没动。

"吕参谋,"中年人回头对身后的军官说,"你先找点吃的来。"

吕参谋右腿一并,忙弯下了身,拉开脚边一只大包。

"不饿,伯伯,外边挺冷,上了车吃吧。"

"好吧。吕参谋,让她到上边吃吧。"中年人边说边解衣扣,军衔露出,是位上校。

他两手举着衣服披到琼子身上,在她耳边说:"别感冒了,披上。"

"伯伯,"琼子侧着身,拒绝说,"我有大衣,放在车上呢,现在也不冷,你穿吧。"

中年人依然摁住琼子的肩。他手上有力,只是恰到好处,不至于摁疼她。

"任参谋长,让她穿我的。"吕参谋不知何时,脱下大衣。

"你别凑热闹,穿上!"参谋长来气似的说,"我在新疆三十年,什么气候没经历过?你还嫩!"

吕参谋红了脸,自愧不如。他是个年轻的中尉,瘦而精干,典型的南方人。

"我冬天都冲凉水澡。"

琼子听到这话,感觉更凉,然而身上已经暖和多了。刚刚她在外走动,的确感到冷,空旷旷的冷。这大衣和爸爸那件做工和料子差不多。她便问参谋长是哪里人。

参谋长笑问:"听不出来?"

"听不出。"

"我四川的。这位吕叔叔,浙江的。"

"我上海啊!半个老乡!"

吕参谋随即笑笑，认了小老乡，转身去找司机。

琼子和任参谋长聊起来，报了爸爸的姓名，参谋长不认识，也未听说。新疆大，遍地驻军和边警。即使在同一个城市，没准开车也要走一整天。

琼子问起参谋长的家人，参谋长的妻子竟是刚刚去世。他这是奔丧回来。

琼子大惊，问阿姨得的什么病。参谋长表情有异，声音低沉，像是埋进了黄土："都是我害的她！——你伯母体质差、身子也不好，老人都在，她离不开，我又脱不了身，生病了她都没告诉我，拖垮的。"参谋长眼圈一红。

琼子不知该说什么。她不该勾起他的伤心事。不由得联想起妈妈——这女人幸亏不是自己妈妈。

"她病危，"参谋长极力在克制，"我还在昆仑山上，大雪封山；后来是战区首长，派一架直升机上去，把我接到喀什的。我飞往西安，日夜赶路，转机到成都，乘车到家，她咽气已经半个多月了……"

琼子惊得不敢再问，泪水噙到了眼里。

参谋长仰起头，目光闪闪。西天的边角上，竟还浅浅淡淡挂着月亮，如一弯银色的细眉。云影东移，遮住太阳，就像有着两个月亮，洒下寒辉，"晒"在身上，觉不出任何温度。

参谋长记得清清楚楚，那是一个月圆的深夜，昆仑山顶铺满皑皑白雪，月色溶溶，浩渺的群山凝成一块水晶，上下一片，承受着玉液琼浆；他是沉在这片透明世界下的一尾鱼，手里捏着电报，茫然无措。

琼子问参谋长，他的孩子可在四川。参谋长一摇头，脸色有变，滚下两行泪："她进了牢房！"

"什么?!"

婚姻合伙人

"我这当爸爸的，很不像话，很不称职啊！"他擦擦眼泪。

"不，伯伯，你和我爸一样，都是极其了不起的人！"

"好孩子，我家可可能像你这么懂事，我就放心了。"

"等她出来，你让她来我们学校念书吧，我照顾她。"

"哦哦……好，好！"参谋长笑出泪，呛了口冷气，咳起来。

"任参谋长！"吕参谋回来，听到他们说的话，没法回避，忙道，"你要珍惜！你心脏不好！"吕参谋看看琼子，又说，"可可不是快出来了吗？"

参谋长揉着眼睛，点头道："是，是！看到这孩子，大方，脾性好，像可可小时候——不想了，不想她了！"参谋长点点头，又摇摇头，惨然一笑，说，"我家任宁可，比你大，刚好十九岁，她妈妈管不住，她和一帮混社会的女生打架、喝酒撞车，出事故……"

琼子回过神来，和吕参谋对望一眼，搀住参谋长的膀子，安慰道："没事的，姐姐一时糊涂吧，走了弯路，也许是好事……任伯伯，和田大不大？你们和我同路，让我爸明天犒劳犒劳我们！"

参谋长顺着她岔开话题，说："和田市可不小，几十万人呢，晚上和你爸好好喝一顿！"

吕参谋笑开了，转身瞥见一群人过来，忙指点说："好像吃完了！"

果然，最前面就是司机，挺着大肚子，身后跟了一群人。好远就吆喝："上车了，走了！"

"任伯伯，前边那位就是司机。"

任参谋长上前问道："老乡，我们去和田，有座吧？"

"上吧！别人没座，你们当兵的哪能没座！你们这是从哪过来啊？"

206

参谋长道过谢,并未再说什么,带着吕参谋和琼子上了车。他毫不客气,坐到了琼子外侧,吕参谋则在前排寻到了空位。

　　那位汉族青年,领着一群蒙面女人,是最后上来的。他们手拉手,把琼子和其他人都看呆了。

　　琼子差不多快把这位漂亮的后生忘了,见到他,心上还是一跳。

　　车子西行,走一段,就得拐弯往南了。

　　当年丝绸之路分南北两线,北线从这边西去,绕一圈到莎车,可以转到南线。和田是南线上最繁华的三大都之一。

　　两千多年前,汉武帝的军队三次从琼子他们正在经过的这条路上往西,越过帕米尔高原去攻打匈奴。印度、希腊、波斯、华夏四大古老文明,在这里交汇,形成新疆独特的风貌。

　　任参谋长从袋里摸出保温杯,喝起茶。琼子轻问:"任伯伯,你们去和田做什么?"

　　参谋长若有所思:"啊,……上昆仑山。那里有我们的机场。"

　　"你的车呢?"

　　"车?搭便车更好。"

　　"嗯!"琼子请他吃苹果。参谋长自带了水果。从大衣袋里掏出一把尖刀,给了琼子。琼子强势起来,把苹果分给两位同路人。

　　事先她都洗净了,放在塑料袋里,苹果红亮亮的。推搡时,歌手再次在高歌,自打拍子,旁若无人。唱的是情歌,杨柳、远水、桃花、阁楼、风雨、美人。

　　歌声和这样荒凉寂寞的地方,不搭界,显得无所着落。

　　那柔媚的声腔,一拖一转,无比缠绵悱恻。仿佛在抵挡空旷。

琼子不禁好奇：这人是谁啊？唱得这么好！会用好多种语言，歌词这么古雅、动人，古怪！

"小伙子，"后边一个苍老的声音传来，一字一顿，每顿都扬一下，"你唱得好，你是……"

年轻人转过去，看见最后一排坐着的老者，和他的女友们只隔几个人，忙恭敬地说："老伯，我是古路奇。"

"好，你的歌很好，唱得更好！"老人由衷地赞美。

"谢谢老伯。你去和田？"

"我去尼雅。"

"尼雅？尼雅在哪里？"参谋长插话，盘起了大衣，留意那些戴着面纱的女人，一溜排开，格外醒目。

"尼雅是废墟，荒无人烟。到民丰下车后，再走几十公里……"

"啊——"一车的人飘了起来，汽车在转弯，一个紧急的大弯弯，跟着是公路下沉。

参谋长赶紧坐下来。琼子却还站着，双手抱紧座椅，看几个面纱女的盖头飞扬而起，露出青青的下巴。

那些人连忙伸手捂住脑袋，伏在座位上。

琼子不明所以，随着车摇摆颠簸。参谋长起身挡住她，拉住她的手臂。

车子上了平路，不再摆动，参谋长问琼子，听说过尼雅没有。琼子摇摇头。参谋长便请老人说说尼雅，他常看见市面上卖尼雅红酒，质量上佳，口感真好。一直不清楚那地方在哪。在新疆多年，都不知道。

老者头戴皮帽，穿着黑色的羽绒服，怀里横抱一把琵琶。琵琶是老式的，通体发光。他的脸刮得干净，下巴是青的。琼子顿时联想到几个面纱女人，怎么也是青色的下巴——胡须根？哦，这么说她们不是女的?

老人拂拭了一把弦丝,快活地大笑,说:"我去尼雅考察过多回了!"

"你是考古学教授?"

"我是考古所的。"

"这么冷的天,老人家还去考古?"古路奇插问了一句。

老人自负地仰起头:"我们需要一些这个季节的数据。组织了一支国际探险队。分几路过去。"

"爷爷,你怎么乘公交?"诸多好奇,琼子大声问。

老人哈哈笑开:"我们所的卫星仪,放在石油指挥部,班车经过,我要把那家伙捎过去。"

"爷爷,尼雅废墟是什么呀?"琼子再问。想能再看看那些人的面纱飞起来,好确认一下。

老人说:"它在和田东部,300公里,离西安2300多公里。本是丝绸之路南线上一个很大的城市。汉朝叫精绝国。唐僧和尚去印度取经,先走北线,从轮台到阿克苏、喀什;取经回来走的是南线,从喀什到和田、尼雅,去敦煌。在《大唐西域记》中,唐僧把尼雅叫呢喃国。精绝国是汉朝使臣张骞、班固的叫法。"

"这名字好玩。"古路奇夸张地笑笑,问它怎么消失的。老人摇摇头,放下琵琶,挪挪身,说开了故事。

"两千多年前,相传尼雅是一位汉人做国王。国王有三个女儿,一个比一个美。另一个部落的首领觊觎他的女儿,引发了争斗,混战得不可开交。上天发怒,刮了几天几夜的沙尘暴,摧毁了房屋,淹没了田园。人们无处逃生,全埋在细沙之下。"

"这么可怕?!"

"这是传说。也可能是外敌突击。它在流沙下两千多年,20世纪初被英国探险家发现。"

"那里有什么古迹？"

"有，不但有城墙，宫殿，庙宇，还有西亚的玻璃器皿、希腊风格的艺术图案、印度的棉织物、古代波斯的佉卢文木刻。另外还有铜器、纸张、锦绢，夫妻合葬的木乃伊——有一座墓中，葬着一对贵族，很像敦煌莫高窟98号窟、壁画上所绘的于阗国王和王后。你们知道吧，和田过去叫于阗？"

参谋长笑道："大叔的话让我开眼了！我在昆仑山上，看过几本历史书的，做过笔记。"

"难得，我遇见知音了！"老人起身过来，要和参谋长握手。

参谋长离开座，伸手上去，客气道："哪里哪里！"

老人松开手，找后排一个空位子坐下，说："尼雅东边，一百多公里，埋着米兰。罗布泊，埋着楼兰。加上和田、库车、喀什和锡尔河、阿姆河附近的'西域'古国，都是古文明集聚地。文明是吸纳聚合的，需要与自然和谐。"

参谋长赞同说："老人家，你说得好啊！"他指指外面，"就像天上的月亮，如果当它是太阳，想靠它点火、取暖，结果只有冻死了！我在昆仑山上，有过这种幻觉和体验。哈哈……"

老人笑着附和："尼雅之外有世界，世界之外没有第二个地球了！可能这是尼雅废墟的启示吧……"

"爷爷，什么意思啊……"琼子这话里带着稚气。参谋长笑了，说："你看外面……"

琼子转身望望窗外，路两边的胡杨上，折射光芒，白色的土墙，一掠而过。四处飞尘扬沙，城镇和村庄一色，像是未开化，土腥成为它们的底色。

参谋长问她："什么印象？枯燥、荒凉，对吧？爷爷的意思是，这里的土地荒漠化了，哪天大地上的沙漠，比绿洲还多，大家挤在一起争争斗斗，世界就危险了！"

"嗯。地球上的文明，可能是循环的，生生灭灭了好多次。"

"哦——有一天会是世界末日？"琼子似懂非懂，感觉大人的话题，很遥远。大西部生活，才有这些感受，去江浙、去岭南、去四川、去云贵、去两湖两广看看，汪汪洋洋，水多、树多，山高林密，一片繁盛景象。

每逢放假，爸爸要是有时间，会带她去周游中国。那里的绿野、湖泽，就和车外的沙漠一样，无可穷尽。

"爷爷，你还是给我们讲讲尼雅的过去吧。"

"过去——过去的尼雅，有河道、树木、果园、水田，城里有城墙、寺庙、佛塔、工艺作坊。不知什么时候，尼雅河受破坏，生态毁灭……"

"老人家，"古路奇突然插话，"我想跟你一起去尼雅……"

"不行！"老人说，"等过了冬天吧，——啊，停车！"

不远就是石油基地了，老人跳了起来，抓住扶手。

几个人帮着他喊："停停，有人下车！"

车子鸣喇叭，刹住。老人下了车，拔出一把小手枪，朝天打出一发绿色信号弹。

两三公里外，就是油田。搭着高高的架子。寒风呼号，把旗帜刮得呼啦啦卷起来，又扬开。简易房中，升起弯曲的炊烟，如在宣纸上唰唰画出的一幅油画。

这里也有人家！

要方便的乘客，都纷纷下车，去了沙丘的后面。

沙包金黄，一个连一个，如同滚滚的海浪，连绵奔涌，去向天际。

琼子好奇心大发，随在老人身后，想看看卫星仪长什么样，会那么好使。

一辆小车从小道上驶来。三个年轻人跳下车，和老人握手，送上一台笔记本大小的黑家伙,请老人试试性能。

老人打开视频,和对方通话。站在一边的琼子惊奇不已。

老人试了一会,说没问题。年轻人重新把卫星仪收起来,装进黑包,送上车,摆在老人座位下,帮他锁到横柱上,这才离去。

琼子好想借用一下,和爸爸说几句话。但司机催促,她只好就座。

车子继续南行。

"你这仪器,派什么用?"古路奇这次没带那帮女子下车,他是最后跑上来的。

老人手抱琵琶,说它在任何地方,都能发送图文声像,方便联络。

"啊!老伯,你这琵琶漂亮!"古路奇像是有了新的发现,两目放光。

老人把琵琶交给古路奇,说:"这把五弦琵琶,是一个波斯人送给我的。我用了30多年,磨成这样!"

光滑、油亮!

古路奇上下抚摸,赞叹:"难得啊,老伯!"他挑起长指甲,拂拂弦丝,轻轻一划拨,琼子的心随之一震,心窍豁然洞开,随琴声飞飞荡荡。

她不时溜几眼车里的人,情绪起伏,如同外面连绵的沙丘,原始,寂静,茫茫无际,又藏着多少威力。

参谋长和老人的话,让她长了见识。古路奇的歌呢,却叫她有种要哭出来的酸感。

她爱听他们聊天,不喜欢这么苍凉的悲歌。在沙漠里唱这样的歌,有点不合时宜。

虽然她不知道坐在古路奇前后的女人,哪位是他的妻子,但她还是顺着歌去想一些事情。

参谋长大概累了，正闭目养神。可能外面沙漠，差不多的底色，长时间对望，让他疲劳吧？

他的鬓发白了，皮肤是黢黑偏暗的，健康，就像海南岛的居民，随身带着太阳的印迹。

他老了！和妻子难得一聚，她突然离去，这一生不知不觉就过去了！他图什么呢？

爸爸又图什么？琼子想到了妈妈。妈妈不要爸爸，不甘寂寞，重找了男人，可以朝朝暮暮、双宿双飞，"愿作鸳鸯不羡仙"。

琼子怅然心悸，给参谋长轻轻盖上大衣。想自己和妈妈在一起的时候，住在大杂院中，矮矮破破的一间房，炉子都摆在院子当中，点火、生烟。爸爸每个月汇回家的钱，勉强能维持生活。

新疆远，爸爸两三年回来一趟，又要去乡下看那些七大姑八大姨，哪次不是花光了积蓄？

爸爸的钱存不住。还要负担她念书。压力就大了。待不了几天，电报会追过来，需要他归队，总让她们母女提心吊胆。

妈妈是上海人，平民出身，本不娇贵，但去过一次新疆，一路上吐下泻，水土不服。那时爸爸在叶城，她走到阿克苏，就不得不原路返回了。

妈妈没有固定的职业，开了小门面，给人缝补衣裳。一台老而破的缝纫机，无论炎夏，还是隆冬，嗒嗒嗒嗒，像在缝补噩梦。

小屋子阴暗、低矮，空气不通，皮臭味熏刺鼻子和眼睛。

每天到家，妈妈都累得直不起腰，颈骨和腰酸痛难当，贴满膏药。躺在床上翻身时，她会轻轻喊几声，喘气，然后就是一阵阵吓人的咳嗽。

| 婚姻合伙人

如果天气好，月亮的清辉从小窗里透进来，洒在妈妈憔悴的脸上，一旁的琼子不时把小眼睛睁开，偷看一眼身边的妈妈，直到妈妈平息了咳喘，自己才慢慢睡去。

多少次她期盼爸爸回来，就对着天上的月亮和爸爸说话，问他是不是正在月光下站岗，想到自己和妈妈没有。

很小的时候，爸爸给她讲故事，常说的是他们如何在月亮下晒自己。站在昆仑山、天山脚下，朝着上海所在的方位眺望，想象身上特别特别暖和。他说，那时候最想的就是咱家琼子。琼子眼泪汪汪，在模糊中进入梦乡。

一觉醒来，太阳照在身上，好舒服！

琼子竟出了汗。

她站起来，脱下大衣，窝在臂下，身体靠上去，软软的。

车子仍在沙海里疾驰。

爸爸曾说，远古之时，这里是汪洋大海；后来大陆架漂移、碰撞，海底的细沙沉积为沙漠，碰撞的地方则耸起喜马拉雅山、昆仑山。人在自然面前，实很渺小，应当谦卑。

爸爸为了边地的安防，抛妻别子，远走他乡，付出多大代价！

琼子和爸爸、妈妈，现在是三地相隔，她把它当成常态。

有时想，爸爸是需要她照应的。他胃不好，吃饭不规律，对生活马马虎虎，没有人在身边督促，怎么行呢？

妈妈不适应边疆生活，琼子是适应的。

现在，她就快见到爸爸了。

爸爸说话、走路、吃饭飞快，思维的跳跃总让她追不上。对她懒惰的天性，无疑是很好的改变。

她能不能有所表现，哄爸爸开心呢？

琼子的脑袋贴在玻璃上，看腹心之地中的沙丘。如一浪浪波

214

涛。炽热的阳光，倾泻在细沙的面部，如是浇了一层烧熔的黄金液，流淌的、闪烁的，是阳光在水浪里摇曳、争扰。

沙漠正中剃出一道长长的、黑黑的、飘上飘下的"宽带"——它就是以坡多而闻名全球的第一沙漠公路！

早在1990年3月，中国石油部就组织32位科学家，进入塔克拉玛干沙漠进行踏勘，选定基线。从1991年9月筑路到建成通车，花费了4年多时间。

公路两侧，起初是一米见方的固沙草方格，就像一只只网罩，牢牢罩住浮沙。在大漠和方格相连的地方，撑有一尺来高的抗老化尼龙面，形成一条小小的"长城"，护卫路基。

后来植树，四百多公里的防护林，随大漠之势起伏，站立于公路两侧。却不至于遮挡视线。

琼子第一次看到如此浩瀚的大漠，真正的大漠。随着车程的行进，开始的新鲜慢慢淡去。车内燥热，脑袋沉甸甸地犯困，乘客一个个东倒西歪靠在座位上。琼子的眼睛和大脑，也渐渐变成一片空白。

多么可怕！她深切地体会到了绿色和生命的意义！

"智者近水，仁者近山"，那么近沙者呢？

作为一个"遗传"基因，环境因素蕴藏在文明中，决定一个文明发展的走向。

琼子尚不能思考大问题，她看到流沙在风的吹拂下旋转、流动，想到了大海里的游轮，像巨无霸一样的船只，它们横渡海洋；沙漠中却没有这种便利之具，过去的人须得拥有怎样的毅力，才能穿越这死亡之海！

她被阳光浸浴，在摇晃中再次进入梦境。

三

琼子这次是饿醒的,鼻头上冒出油汗,车厢里气流混浊,对面地平线上出现一个肉红肉红的家伙——是太阳,还是月亮?

琼子迷失了方向与时间,定了定神,哈哈,太阳!

它收敛一切锋芒,如同沙漠的血眼,公路作鼻梁,黄沙作脸皮,阅尽风云沧桑。琼子可与它直视。

太阳像一个乖宝宝,笑意融融,笑成了球,在一点点下坠。

当它和地平线相触的那一刻,沙漠虚虚晃动,太阳被沙的虚浮感染,跟着虚起来,晃起来,如蒙水汽。

待得完全沉入黄沙,千万缕霞线洒向天外,沙面就映成了赭红色,恰似满面含春的新娘,遮了透明的面纱,撩起一小角在窥望。

琼子喝着水,咬着面包,看得心旷神怡。

一扭脖子,她发现西北方一片巨大的黄色的云墙,冲天而起,隐然有千军万马,翻卷而来。正如她读《三国演义》,上面描写的,曹操大军在长坂桥,看到张飞立马桥上,身后树林,"尘头大起,疑有伏兵"。

什么呀?好高好高!

不像军马和车队。

移动好快!

沙尘暴!

一念跳起,琼子吓得面色骤变,惊叫着跳起来:"任伯伯,沙尘暴来啦!"

参谋长和其他人随着惊呼,醒过来,掉头去看,就见强风开道,沙尘暴的前缘在沙地上爆炸式往上喷涌,越喷越高,排山倒海。

"哦——"参谋长震落大衣,他也是第一次看到这种阵势的、威力十足的沙尘暴,忙高喊,"停车,师傅!"

司机却听不见。古路奇脸上则露出难得的惊惧之色,冲出去喊开了。

那些戴着面纱的女人,也三三两两地站了起来,掀开头巾,朝这边看。头巾飘散,分明是男的!

原来,面纱不一定都是女人才戴!

若在平时,她一定会想,这些人怎么是男的,打扮成这样,想干吗?但在这个节骨眼上,她顾不得了,所有人都乱了,不知如何应对。

摔倒的那人,趁机爬起来,蹲在地上,两手抱紧了椅子背。别过脸,背对着参谋长等人。

他的暴露,反让其他面纱"女郎"安静了、坐直了,一手护住面纱。

风暴转眼滚来,狂风推卷,沙漠呼啸,天动地摇,沙石飞舞,层层相吸相附;众人刚刚来得及蹲下趴倒,"呼"的一声,沙暴扑上来,人们眼前一暗,登时望不见外面的世界。

只听细沙拍打车厢,犹如爆炸,跟着"咣咣"一片石头打鼓似的不绝之声,近半的玻璃,咔咔咔被击穿,沙石如针如雹,抽射而至。

众人哭喊着,抱头鼠窜。琼子吓得把大衣裹在脑袋顶。

那车被沙暴拔起,在空中一转,直漾出去。如坐飞碟。

车上的人猛地被甩起来,来得及防护的,抱住车背、车把、窗框,那些来不及防护的,就给甩了出去,撞晕的、撞飞的、撞伤的……

司机连滚带爬,满脸是血,在过道里滚。

几位乘客骇怪至极,昏头似的从窗口跳出去,空中传来嘶喊声，很快消失。

拍打声、呼啸声小了。参谋长沉着多了，他带琼子避过最凶险的时刻，压住琼子，顶着椅子背，窝对风沙，看车子在空中平平飘行，这时起身，抖开大衣，让她别怕，不要紧张。横着把琼子裹在大衣里，抱起来，解开腰带，迅速脱下外裤，一甩一分，用裤子将琼子拦腰捆在座椅上。再拿腰带穿过捆扎在琼子身上的裤子，把她锁在靠背上。留了琼子的一只手在外面，脑袋上则顶着大衣，露出眼睛和鼻子。

参谋长让大家别动，等汽车摔到地上，就爬出去逃命，尽量朝南跑——到时如果能看见月亮，那就是东南方向，一直朝那个方向跑，多带水和面包。

交代完，他又攀住椅子，喊："脱裤子，把自己捆在靠背上，屁股下多垫东西！"

这一喊不打紧，几个人竟抢起来。手一松，人飘了出去，撞向车厢，有的则飘出车厢。一片喊声。

其他胆小的，哪敢动弹。

汽车陡然倾斜，参谋长立足不稳，赶紧抓住了琼子的腿，切在琼子身前："别怕——照顾可可，当她是亲姐姐！"

他用全身裹住了琼子，两腿夹住她，对着她喊起来。

琼子"嗯"了一声，只觉自己的腰被紧紧一收，瞥见对面假扮女人的那位，一拳打晕了古路奇，骑在他身上。

那车"呼隆"一声，摔到了地上。

四

上海外滩，鲜花盛开，月影投在江心，被和风揉碎，晃开片片粼光。

琼子坐在这里等妈妈。

夜灯下，妈妈看着比过去白净，脸略圆，正感冒。看见了琼子，几步走上前，抱住她，淌出泪，咳嗽起来，因激动而喜悦。

妈妈问她什么时候来的，电话里都不说。

"你爸呢？"

琼子哭了，妈妈咳嗽更凶，让她别哭。

"你们，还好吧？"妈妈再问。

"我爸，走了！"

"走了？走哪里了？什么呀？"妈妈掰开琼子的肩。琼子满脸是泪："我爸三个月前，就去世了！"

"啊——"妈妈大惊失色，剧烈咳嗽，吐了几口，涌出更多的泪。

她是不能动气，不可动情的人。

她嗫嚅道："怎么会呢？！"

她的嗓子眼发甜发腥，咳得喘不过气来。

吐出的痰肯定有血沫，幸亏在夜里。可不能吓坏了孩子！

琼子妈擦去嘴边的沫沫，带着琼子越过栏杆，走下台阶，坐到了江边。

琼子歪在妈妈身上，抽抽噎噎讲开了爸爸去世的经过。

原来，琼子他们被风暴刮出几公里，车子摔落时，参谋长把她牢牢护住；落地一瞬间，他用小腹顶住琼子，她给震晕过去了。参谋长伤着了脑袋和内脏，伤重去世。其他人也给摔得七零八落——吕参谋、古路奇和考古所的老人，无一幸免。

他们的车就摔在尼雅废墟旁——当强风和沙暴在没有障碍的沙漠中向南疾行时，尼雅废墟上，一堵堵断垣残壁，尤其是古老的城墙，挡住它的去势，顿时削减滚进的强度，气流减弱；汽车前冲，摔在一座泥塔前的空地上。

哪里有什么国际探险队？倒有个跨国倒卖小组。在尼雅古城墙外十几公里处，有一块沙丘，沙丘被掏空，挖了个深洞，洞里不仅住人，还藏着直升机，偷渡客，头戴面纱，陆续聚来，预备乘坐直升机，低空飞越无人区，跑去国外。

所有人都编了号，吃喝拉撒睡，全戴面纱，谁都不知道对方的样子和身份。

琼子醒来的时候，沙子尚未掩埋汽车。她发现其他人好像全死了，吓哭了，想起卫星仪，便爬过去，打开包，把仪器提出来，摆在地上，试了试，还能用，忙和爸爸联系。爸爸急坏了，向乌鲁木齐指挥所报告，申请直升机援助。

盯着视频，爸爸注意到那几个男扮女装的乘客，连同考古所的老人，都是装的——老人姓马，是爸爸他们正在追查的跨国小组的头目之一。

谁知这时候，打晕古路奇的那个蒙面"女人"醒过来了，他在车子下跌时，把古路奇压在身下当肉垫，晕的时间稍长，摔断两只手、一条腿，伤势较重，哼哼一声，把琼子吓掉半条命。

回过神，原来有人活转，她不由得大喜，扑过去营救，突然想起他对古路奇的反扑，吓得一激灵，半路迟疑，停下来。哪知那人瞄准她，双肘着地，挺身而起，一脚踹向琼子的心窝，要是击中，琼子肯定就没命了。琼子对他幸好有防备，下意识地弯腰，爸爸也在视频里大喊："留心！坏人！"

琼子身子一闪伸手一推，那人踹歪，只够着她的膀子，自己落地，再次晕过去。

琼子和爸爸同时松了口气。爸爸再也坐不住了，让琼子多穿点，带上卫星仪，找个安全的地方藏好。他马上过来接她。

风大，天黑，爸爸的直升机飞不了。他带了一支越野队，连夜开车挺进。开出一个多小时，风住了，沙尘暴停了，五架直升机起飞。爸爸半路中，改乘其中一架直升机，快到目的地时，飞行员看见沙漠里的灯火，停靠下来。爸爸带着两个队员，一头冲进去，却是跨国小组的窝点。一群偷渡客正在洞里烤肉，把洞口映得发光。

双方拔枪激战，爸爸用对讲机和直升机联系，请求增援，报告发现跨国倒卖大本营。但为掩护直升机起飞，他自己中枪倒地，没能见到琼子最后一面。

经侦查，那个踹琼子的偷渡客来自沿海一个发达城市，声望较高。其他戴面纱的，一对是夫妻，来自湖北；一对是男女朋友，来自河南，男的还是一个中等城市的副处长；另外三人，父子双双任职大公司，带了个身份不明的女人。

古路奇则是跨国小组聘来的导游，负责把他们安全送达指定地点。具体送哪里，车上有人接洽。接洽人就是姓马的老人。

自然，"跨国小组"仅仅是一个缩减的说法，人家自己有名字，叫作"全球贸易总队某某支队"。说是支队，其实都是一对一的单线联系。负责选择、发展队友，谈判、策划出逃方案。

"跨国小组"如流沙一般，神出鬼没，在不长的时间里，业绩可观，敛财无数。

琼子直至这一刻才了解爸爸肩负的使命如此重要。但她和爸爸再也说不了话了。

爸爸出事后，琼子申请回了上海，和乡下的奶奶过，学籍便转回原先的学校。她先去武汉，看望任伯伯的女儿任宁可。任宁可还在看守所，差一个月就刑满。她告诉任宁可，等她出来，自己一定会在外面接她。

爸爸的五十万元抚恤金，她要和任宁可平分，帮她继续念书！

她答应过任伯伯，要照顾可可，当她是亲姐姐。

221

| 婚姻合伙人

妈妈听完琼子的话，喃喃道："东方啊，你是英雄，也是好汉！怎么那么不小心，自己都保护不了呢？"说着，她的脸埋在手帕里，"我等了你多少年啊，东方！我没办法啊，东方！呃——"

又一阵咳吐。琼子拍着妈妈的背，担心她的病一天比一天重，可怎么好？

没想妈妈是这样。让她无比伤心和牵挂。问她看过医生没有。妈妈一把抱住她，把她紧贴在身上，失去理智般放声哭起来。

"怎么啦？下面什么人？"哭声引来了警察。

琼子母女泪水盈盈，看到警察跳过栏杆，向她们跑过来。

"妈——走吧！"琼子提起妈妈的包，扶她起来。

"什么事？站住！"

"没事。"妈妈一边擦泪一边说。

"没事为什么哭？"

"亲人死了……"

"哦！"警察长吁一口气，略微顿一顿，说，"走吧，这里人来人往，影响不好。"

许多夜行者，正朝这里跑。她们互相搀扶离开。

沿着外滩，进了小花圃，她们坐在一条长椅上，抬头就是月亮。

"你看，"琼子指着月亮说，"月儿圆了，又快缺了。我们都好好生活吧。"

琼子妈挣扎着，尚在犹豫，要不要把自己的病，告诉孩子。她不仅是感冒，而且肺癌已晚期，来日无多，就要去天上和孩子爸团聚了！

她仰起头，目光里满含圣洁与慈悲。

月光如水,把母女二人的心绪,融在宁谧中,注进生命的暖意,如同春日的阳光,晒进灵性深处,催发一点细芽。

(原载于《四川文学》2017年第2期)

女 嫁

新娘的脾气

"这是结的哪门子亲？便宜于家那小子了！"

"可不嘛。不过既然是交门亲，那就是周瑜打黄盖，一个愿打一个愿挨！向家的老大岁数可不小，借这讨一房媳妇，不算太折本。"

"唉，苦了绿嘉那娃，念到高中，半条腿跨进了大学门槛……"

连日来，绿嘉换亲的消息，如同呼啸的炮弹，疾驰过村庄，喷火、冒烟、轰炸、震荡，迸溅的弹片千千万万，戳中、刺入多少颗不安的心。

开始她老子向大元没想这样，都是她姨妈出的主意。

绿嘉既然叫向大元爸爸，她就不是货品，而是人，是个读书冒尖的学生。世事难料，她竟像一只出栏的生猪，被出掉了，说给姨妈庄上六呆头的儿子于百奇，那家的丫头娶过门，配给绿嘉的大哥。

其他仨没得嚼，能嚼的是绿嘉，她身份不一样，高二学生，上的还是市一中！考个南大、北大都有把握，将来出国留洋，能和洋人打交道。于百奇呢，小学都没毕业，要他念书等于剁他的头，这下好，养个儿子不会像他，断定像绿嘉……

此事成了茶余饭后人们津津乐道的话题。

不过再多的碎语，当事人都不会听到、知道了。

绿嘉尚不足十八岁，都没怎么发育完全，还要姨妈一清早来帮忙，梳妆打扮。

她浑浑噩噩，魂儿宛若出了窍，"真我"离体而去，那个肉身子代表的"我"，听凭搬弄，"真我"在远处看着这肉身子受到摆布，对一切倍觉荒诞。既然有了这感觉，再过分的折腾，也都无所谓了！所谓麻木、破罐子破摔，大体是这样。

她穿着红色的连衣裙，头发辫成辫子，盘在脑后，用夹子抿拢，插上花。唇上施了薄薄一层胭脂，描了眉，淡淡地打了眼影，弄得整张脸紧绷绷的，如涂着厚厚一层雪花膏，绷在脸上，不自在、不舒服，好好一个人，倒显出几分妖气。

姨妈却喊好，说这样儿老成，一下子长出两三岁，真像个新娘子。绿嘉耳热心苦，反应了过来。——她这是真做新娘子了！不是做梦！

她不要再听任何人说话，不想再有打扰，只要一个人待一待。却难以办到。

这样的喜日子，她是娘家的月亮、北斗、公主，总有人过来有一搭没一搭掰扯。后来她说心里憋闷，想躺躺，众人出了围房，她得空锁了门，坐到桌前，看着镜中的自己，悄然垂泪。

她希望时间就这样停住，一生一世一个人静坐。

她不敢去想几小时后会发生什么、碰见什么，她越想忘，内心深处的恐惧就越发强烈。她甚至觉得滑稽可笑。看着镜中那个打扮怪异的人，她流泪自问：是你吗？真的别无选择了吗？你这是尽孝吗？嫁给那个人，一辈子不会再有快乐了！爸爸妈妈忍心？你为谁活着？为哥哥？你一生不快活，他良心能安吗？不受谴责吗？你为何这么听话？你好傻，很乖很孝敬，是吧？骗自己，讨好别人？绿嘉啊绿嘉，你心甘吗？……天哪，你为何要变一个人呢?

绿嘉竟有了轻生的念头,她的心虽在激烈跃动,神情却不能配合。

她丢不下亲情,内心即便叛逆到极致,一旦回归现实,仿佛有一个旋转的漏斗,把那些不切实际的念头自动漏除、切割。

自小,她就听话、要强,多半也逆来顺受。

人生这个课题太大,多少人都茫然不解,何况是她?然而,这问题又怎能不想?能不想倒好,即便她识字念书,十几年的寒窗苦读,别的没学会多少,单单学会了思想,这是可怕的。

她要是一个蒙昧的愚妇傻妞,面对这等离谱的婚事,脑里或许没有多少弯道道可转。现在不行,她硬是有了自己的脑筋。心思活了,路却全给堵上了,能不发晕头涨?

外面是江淮平原,没有山,河汊交错,天高地远。大田里处处金黄,小麦次第结束灌浆,到了腊熟季,空中飘满麦香、花草香。

麻雀撒欢,在草中、地头、房脊、墙脚,碎步跳行,掠起时啾啾唧唧,是被院子里传出的阵阵打情骂俏声惊走的。

那是个竹篱笆夹成的两进小院子,东一侧爬满青藤,有丝瓜,有番瓜。西厢是三间茅棚。正面四间瓦屋,闷闷趴拉着,顶部坑坑洼洼,看上去能有上百年的历史。大门左右的墙上,各贴一个斗大的"囍"字,见出鲜活的新意。

后院内,则有五棵银杏树,果子叠叠累累,如稻穗般垂挂而下。

客人多在前院。皂荚树旁,横七竖八摆放着借来的条凳、桌椅、圆凳、小凳。坐满了人。

东墙根有几个眯眼晒太阳的,时不时睁开眼,瞥一下外面的菜地。菜地上搭了一圈圈支架,青枝绿叶间,挂着樱桃西红柿。

长势繁旺，无比诱人，可惜没到能吃的时节。

一阵风吹过，前头厨房溢出了肉香、鱼香，充盈小院子，每个人都期待着一顿丰美的大餐。

几位精力过剩的找对手比拼臂力。比拼时一手抓着木桌的一角，屁股都紧绷直挺着。外面合成一圈，跺脚、喝骂，好多多消化肚里的残食，酒桌上能够"大开杀戒"。

绿嘉昨天就没怎样吃东西，现在虽饿，却毫无食欲。

饭菜的香、众人的闹，和她是隔膜的、不相关的。但起因又在她——不是她出阁，这家能来什么喜？

惊心动魄的那一刻，终究还是哐当当来了。

外头鞭炮响，接她的人到了。

这就要走？来真的了？！

谁在敲打房门，敲打她的心，让她心惊肉跳、魂飞天外，哆嗦了起来。

二哥跳窗而入。防线全失，她彻底迸发，"哇嗷"一声悲号，十指掐住了书桌，两腿紧盘在桌根上，是死是活都要赖在家。

七大姑八大姨跑上来，掰手指、抬脚板，二哥抱住她的腰，把她拖出去。她仍在打挺，仍在挣扎，两手舞动，想抓住一切能够抓住的东西，椅子、八仙桌、门框、皂荚树……

号哭，用尽了气力，累得一屁股坐在地上，弄脏了衣裙，头上的花掉了，二哥也摔在旁边，喘得说不出话来。

大元颤巍巍被人搀出，手拄一根木拐，骂她孽障，再不走就是要他的命。

身边人赶紧劝，我们绿嘉是个孩子嘛，还舍不得离开家、离开你呀。你千万别往心里去，你要有个三长两短，这门亲结着还有什么意思？

绿嘉看在眼里，听在心中，收敛起来。不得不走了，再不走她爸就要倒在她面前。她识相，擦擦泪，姨妈呼呼喘息，给她上下扫理清爽，让她哥抱她上了一辆电动三轮车。

开车的黑铁铁，胸戴大红花，盘子似的脸上，横肉纵横纠结，面瘫般"嘿嘿嘿"对着她傻笑。

就要出发了，她妈呼天抢地哭出来，"绿儿绿儿"喊她的小名，众人又去追她、抱她，她仍是撕心裂肺。

摁住两头，炮仗声响，小鞭乱炸，一切便给淹下去、沉下去、埋下去，仿佛闹过了上万个世纪。

众人吆喝黑小子快走。那人的眼珠子白黑不成比例，眼有点斜，总像时刻在吊线、瞄准、刨花，说话时，分不清他在不在看人。

但他有了反应，脚下一踩，喷出浓烟，车子蹿出去，跟后是一股麻辣的雾道，呛人眼鼻，撕裂耳膜，乱糟糟，忙急急，捂住耳朵往后跑。

车子轰鸣着冲锋，如一挺扫射的机关枪。绿嘉的屁股、脑袋一顿颠，震荡成一片空茫，白痴了似的，被姨妈紧紧扭在怀里。

黑小子第一次看到新娘子的模样，欣喜若狂，想这丫头长得美气，不知前世如何修的，到头来竟娶了下凡的仙女！

他把车放到最快挡上，不等后面的人了，恨不得顷刻间到家，扑上那张婚床，从此过上美滋滋的二人世界。

他嘴上吹口哨，吹得断断续续，却被更难听的发动机的噪声覆盖，那车快起来越来越近于拖拉机，突突突嗡鸣，绿嘉都快要聋掉了、散架了，抓着车座子，抓出一身汗。没多久，也就到了。

那家比她家院子小了不少，院前站着不少人，都在张望，老远见新人进门，一齐跑，边跑边喊："放炮仗，放炮仗……"

"啪啪啪啪……"小炮在地上游走甩动，活如龙蛇。跟着

"砰砰啪啪"，炮仗、礼花一齐吼，青烟滚滚，熏得人睁不了眼，声势、兴致趋于高潮。

车刚停，黑小子疾步上前，来拉绿嘉，绿嘉搡开他，钻出去，跳跃下地。

姨妈没抓住她，扑了个空，从车上直接翻下去，"啊喂"一声，整个人来了个大马趴。

绿嘉忙回身，拉起她，姨妈虽气，但在这个节骨眼上，只能装笑。拍拍手，捞起衣角，擦摸几下脸，掸掸身，嘻哈着，口里说没事，领了绿嘉进去。

正房门前，地上摆着豆萁——姨妈捂着肿疼的脸，呜噜噜叫她从上头迈过去。绿嘉哪顾得鬼讲究，急急绕过，朝它踢了一脚，冲进屋，几步蹿进房中。

那些眼尖的，都看到人了，的确很新嫩、俊俏，不由得指点、摇头赞叹，暗道：于家的老小子，艳福不浅，这辈子本是打光棍的料，到头来谁的婆娘还都不及他的！真是好白菜都叫猪给拱了！一摊牛粪上，插了朵鲜花！

绿嘉自进那间房子后，就像长在里面，再也没有出来。

她头疼，不吃不喝，脱去鞋，和衣上床躺下。

姨妈说孩子太小，认生，怕羞，大伙儿不必闹洞房，有劲的话，放开肚皮吃酒吃菜。

一些想要放肆的，都收敛起来，不能发泄，用力拍起巴掌，大吵大闹着划拳喝酒。

于家的长辈，早先都在里屋砌长城、玩麻将，没顾上看新娘子，不知状况，坐在主席位左等右等，等着敬酒，到散席都没有等着，喝得没尽兴，暗怨新娘子少教养、没礼数，面上却得夸赞一番，说新娘子一定是贤妻良母，如今的女子，像她这么害臊的，可找不出几个了。

于家父子咧开嘴，额脸上冒油光，闪闪发亮，像是沾了猪油的铜钱，头点得如母鸡啄虫子，扯直嗓门嘶喊，一杯杯喝的是得意酒、满意酒。

　　房内的绿嘉，到这时才有了一点现实感。如果说之前还很模糊渺茫，仍有回旋余地，臆想出现什么奇迹，譬如被白马王子拐走，爸爸回心转意，出门被车撞伤等，那么现在除掉地震，震个八九级，压住外面所有的人，掀翻这个世界以外，一切没了指望，她已然躺在这张陌生的床上，外面有立柜、电视，还到处贴着、挂着些俗得让她恶心的彩纸、明星剧照。

　　房间里燃了香，香意绵绵。

　　日光灯洒下清辉，抚弄她的肌肤，把她的感觉磨洗得晶亮如镜，轻轻浮起来，飘荡荡的，仿佛被石灰墙吸附过去，以至于一切都亮光光的，没有一个藏身的角落，容许自个儿面对自己，放声悲鸣。

　　她蜷缩起来，能听见外面吆五喝六的笑声、喊骂声，感觉满世界都在收紧，收成一只巴掌大的口袋，把她牢牢兜住。

　　她挣扎不开，想喊想站起来，可一切不听使唤，手和脚，嘴巴和牙齿，现在都不属自己，内心越觉惶恐，绞杀了阵阵饥饿感。

　　泪水涌流，双腿盘到鼻子下了，全身在抖，如同打摆子。

　　姨妈不顾嘴疼，过来望过几次，要她起来，吃点东西，看她真累了，连和她说话都提不上劲，泪迹未干，就为她赶去蚊子，放下帐子，不再来惊扰。心里也有忏悔，信了鬼老头子的昏话，虽然媳妇尚在天上飘，却提前为儿子结婚做着准备，打好了墙基，买好了砖头，去年又请于百奇上门，做过一套桌椅、一张大床，空了大笔外债，没钱给于百奇，便强行出头。俗话说"无谎不成媒""媒婆的嘴，骗人的鬼"，她指望说成亲事后，亲戚之间，能够省掉那几千元。刚才一跤摔下去，仿佛受报应，不禁后怕——是不是那"鬼"活了过来，附在她身上。模糊糊觉到一丝丝不对昧，可它已超过她的领悟能力。

外头喜洋洋的，她即使想领悟，那点喜气，也足够把它摧垮了！

房子里，绿嘉抖过一阵，突然灵机一动：得设法保护自己！拖延时间！

她爬起来，脱去裙子，换上三条小短裤，套上长裤，长裤外又是两层长裤子——里头有妈妈偷偷塞的零花钱，她都没顾上拿出来。

铰出几根布带，一层层扎起裤腰。最外又用皮带束得死死的。趁机巡视一遍屋子，想起二哥跳窗户进来，便看了看门和窗，做好手脚。从柜子边的筐子里取出两只苹果，塞进包。重新躺回去。

体温上来了，浑身都冒汗，腰间勒得难受，感觉已足够安全！

待会儿，绝不让他碰！

她偷偷一笑。多少天来，她从未如此开心过，即使在学校，她也少有开心，更不要说绝处逢生时的开心了！

天大的难题一旦解开，她更觉饿了，饿得只能去想三哥。

三哥叫丹林，长一岁，高一届，平日和她最能说到一块，家里新近发生的事，他一概不知。

今天——啊，今天高考吧？还有几天？

真是六神无主，浑没想到这桩！

三哥会怪我吧？说好我去给他送考，无论如何，我一定要去，在场外等他！

赶紧去！在外躲几天，不耽误他复习、考试，到最后一天，赶过去接他，和他计划一番，就远走高飞！

去西北？东北？海南？云南？唉，无论去哪里，只要躲过这一劫，哪怕每天下油锅、踩尖刀，她都乐意！

三哥，祝你考好，考上南大、复旦……老天会保佑，你的命比我好！谁不疼我，你也会疼的，对吗？

她散散想着心事，不知不觉，脑子里烟霭弥漫，云起雾合，一阵疲乏感袭上来，睡意渐浓。

如果想睡硬撑着不睡，那睡意便会化为毒气，郁结心口、胸口、后背，浸蚀、腐化、毁败神元，人就毫无生机气力了。绿嘉本来困倦至极，只不过一直担惊受怕，一旦以为压服了危险，饥饿感弥漫，就再也扛不住了。

她平平地躺着，毒气、饿意被虚无之力吸干，精神、气力却在一点点滋长。

睡睡睡，人的睡眠多么好啊！

她睡得那样甜，做起美梦。梦见三哥考进了南京大学，她随三哥去学校，坐在空调大巴里，指着长江惊呼。一阵风吹过，闷热难当，有点透不过气。她伸手，想去拧开空调开关，却怎么都伸不直。猛地一个急刹车，她身子一倾，往前一颠，"啊呀"，喊出声，她惊出一头汗来，人已醒了——原来有人在揉她，一股让人窒息的、劣酒掺和着烟草的怪味，拥过来。有人在背后呼呼喘气，嘴里发出嗯嗯的声音。

她凛然大叫，想纵身爬起来，那人伸手压住她的肩，低呼："是我！"

绿嘉扬出手，"啪"的一声，抽得那人脑袋一歪，倒在床头。

趁那人愣神的刹那，她站起来，这才看见那个新郎，脱光了身子，一身黑乎乎的肉，讶异地斜着眼睛，仰看自己。

她跺脚喊："你下去！"

"绿嘉,"那人抬起手,防着她再打,"我是百奇,你不认得了?"

"滚下去!"绿嘉指指床外,发现他说话时,不仅眼睛是歪的,嘴唇也有点豁龇。

于百奇这才发觉自己裸着身,多少有点难为情,忙乱着套上了裤头,笑道:"绿嘉,好媳妇,今天我们大喜……"

"谁和你大喜,下去!"

绿嘉一边说,眼泪一串串朝下滚,对眼前这人怀着恨,却又不能示弱。

于百奇蛮觉意外,不知如何应对。

昨天,他婶子倒是提起,怎么做新郎,叫他要主动,要轻缓柔顺,体贴一些,不要毛躁,日脚长,慢慢来。新娘子太小,早结婚的话,你生个丫头差不多都有她大了,所以凡事要让着她。

于百奇知道快结婚了,这几天一直亢奋,好比几十年的老茅屋着了火,那火只把他烧成灰,扬上天,骨头都轻飘飘,浑身又胀又痒又发麻,浑没想新娘子满头大汗,泪水汩汩,衣冠严整地要他下去。

怎么办?怎么办?

傻小子心里一急,连骨头里的火都被兜头一盆水,给浇没了。

"你下不下?你不下我下!"绿嘉拉起帐子,一步下了床。

于百奇忙拉她。绿嘉甩甩身,喝道:"让开!"

于百奇忙道:"你睡,我下……"

他总算没忘了婶子的叮嘱,心想这孩子脾气怎恁地大!我……我怎好意思扭住她困嘛!她是嫁给我吗?……

他疑惑起来,套上短裤,战战兢兢下了床。

绿嘉坐在床帮子上,看他能听话,心上一块大石落地。把凉席抽下来，丢在地上。

当她再次躺上去时，那颗心松快多了，长长吁口气，自觉终于能安安稳稳睡个踏实觉。

于百奇极不甘心，把凉席铺在地上。刚要躺下，蚊子就围集上来，叮他的肉，疼得他龇牙咧嘴叫，忙起来，找出过去的旧帐子，吊到铁丝上，四角压在席下，倒头呼噜噜大睡。

呼声如雷贯耳，抽拉着绿嘉的心，就像一把钢锯，在脑际嘎嘎拖动。她捂住耳，啸声一点没减弱，穿过耳膜，往心肺里扎，扰得她神烦意乱，哪里睡得着？却又不敢动，生怕吵醒他，吊他胃口。

只要躲过去，就有办法！

绿嘉辗转反侧，渐想渐远，最终睡意盖过了呼啦啦的风吼雷鸣。

那声响很快移进梦乡，听得大雨滂沱而下，落在原先那辆空调大巴上，满耳哗哗声不绝，闪电霍霍，雷声一阵接一阵，乌云自天而倾，压在她胸口。她抓住三哥的衣服，朝他的怀里挖着、钻着。

三哥拍着他，她慢慢静下。心道："有三哥在身旁，即使天跟着云落下，我也不怕！"

稳操胜券

向大元住在市里的中医院，发过病危通知，抢救脱险后，仍可见皮肤肌理透出的死气。

他眼窝深陷，皮肤紫黑，干干儿贴在骨头上，爆出条条青筋，犹如一把糙劣的手纸，捏巴捏巴就咔吧吧碎屑脱落。

躺了一礼拜，他嚷喊要出院。怕死在外头，变条游魂，找不着进家的门。着实心疼钱啊，成千上万花，在他这种家庭，拆房子卖都抵不过。人一穷，患得患失都很奢侈——他剩下的只有这条不值钱的狗命了。

其实连狗都不如。狗不操心，他操多少心！操也是白操。

天一亮，他就急。奈何一步离不得床，躺得他浑身稀松如油饼，便大骂自己没本事，三个儿哩，至今都在光棍着，眼瞅着一个都说合不到人家，到哪天他蹬了腿，有何面目去见地下的列祖列宗！

走前，怎么也得看儿子有结果，哪怕成一个，向家有种，过去那边，也能交代啊——我向大元不曾辱没了先人，我是尽过力的！

他越是急，越难办。

媳妇岂同其他？偷不得、抢不得，他穷得哈啦啦响，顶梁柱子再要塌，一时间更难有谁肯把女儿朝着火坑里推了。

那一天，绿嘉的大姨过来，无意中说起她庄上六呆头的丫头，模样还中看，人品倒不错，勤快得很，推得挑得，今年二十八岁，老姑娘了，刮刮叫的黄花女，蛮配咱家胜典。胜典今年三十七八岁，男人大上十岁，不稀奇。可惜那家的丫头要嫁早嫁了，她不嫁，为的是上头有哥哥，至今没找上女人，六呆头合计，要物色有儿有女的人家，好换一门子亲。

胜典正是大元的大儿子，大元何日不为这个没出息的东西郁闷，就没打算找一个完人，不料倒有了鲜活的女子！不禁心热，叫他姨说说看，能不能咱家换换……

咱家？

向大元话一出口，自己先吓了一跳，把后面的意思生生咽下去，呛嗓子似的咳嗽，不停地咳，吐出了痰。

他姨却像是有所预备，把他的话翻上来，小心着意，话滚话说:"哎呀呀,绿嘉还在上学堂,赶明儿肯定要念大学的,如何使得?不过嘛……"

他姨犹豫的样子,思索的样子,哎了一声,吐露心思:"话说回来啊,大哥,这年岁有多少上了大学的,耗费亲娘老子血汗钱,出来都找不到事!我们黄村儿有个男娃,去年毕的业,昨天我还见他在地里帮他爸犁田。说到处满了员,又不包分配,又没得关系。可怜哩!男儿都这样,何况绿嘉是女的!你说说,能有啥子指望?大哥,你要是有那意思,算是想得开的,我回去问问,胜典要是说成了,下头两个再找,也不难。"

向大元一时被她的话卷进去,转不出来,就顺着她说:"大姨你操心了……"

"哪里话!我看着这几个孩子,一个一个长大,至今都找不上人,我这当姨妈的不好受哇!我和老姐嘀咕过几回,是不是啊?老姐!"

老姐在外头,不知这时死在哪里,听不到她的喊话。

他姨就问这头有些什么条件。向大元便打听那家过得过不得,别有负担,让绿嘉吃亏。向大元其实不需问,他只是安慰自己,好叫良心上过得去,由良心来支撑莽撞的提议。

果不然,他低头叹口气,说:"我们……绿嘉还小啊,舍不得!像是剜心!他妈也舍不得!"说着,两行泪径自淌下来。

他姨忙道:"儿孙自有儿孙福。都是为了儿孙的将来。"

向大元擦掉泪,这一哭把他的难过洗涤去不少,又或是的确受到他姨的鼓动了,心硬起来、硬下来,主张做成这门亲事的意思越发坚决,让他姨好好儿去摸摸那家的底,各人的脾性、人品,将来好处不好处。过日子嘛,大的细的都要理弄清爽。

第二天,他姨来了,说是蛮好,那一家的爷爷、奶奶、妈妈都过了世,男孩子习的木工,手艺人,日子过得,孩子进门就当家。他们倒是没指望能有绿嘉这么好品相的人儿，百口应承，知道你这头难，还愿意准备两头的嫁妆、礼金。省多少事！

他姨觉得很有了成就感，头昂得高高的，像一把翘起来的秤杆子，掂出了向大元的斤两。

向大元听他姨私自做主，连礼金都谈妥了，仿佛开弓没了回头箭，再要深究，又缺脑筋。

那不都是昨天自己应承下的吗？既然应许过，那就这么定吧。

随即，两家的家长约在向大元那里见面。向大元放心不下，特为让那两个孩子都过来，看了又看，是比想象里的好那么一丢丢。

人靠衣装马靠鞍，那女子叫于海香，像他姨说的，换了身鲜红的长大衣，还能看，远望更有女人味，屁股大，能生养。

男孩子嘛，上下的西服，笔笔挺挺，不缺胳臂，不少腿，又有棱，又有角。长相……长相能当了饭吃？关键他有一技之长，比铁饭碗瓷实。

向大元拿出一张全家福，给客人传阅。

绿嘉那时还是个孩子，不成人样，扎一根羊尾巴，体单瘦弱，眼睛看着走神，显大，有点呆，不太上相。他们拼命解释，女大十八变，绿嘉相貌没的说，不说附近的庄子，就是整个县市，都找不出几个。

那父子二人纷纷咂嘴，不知是赞叹，还是看不上。他姨却稳操胜券，乐呵呵的样子。

趁着脑子清明，向大元提出要求：一家人不说两家话，嫁妆、礼金从简。该买大彩电的，买小的，看得见图像就行。该买两身衣服的，买一身，有旧的换洗就行。我还有个小儿在念书，要上大学，省的钱，得给他念书。往后向家就指望他翻身，光大门楣。我是快要入黄土的人了，趁着有口气，把亲事定了吧。订婚、结婚一起做。

那家人走后，向大元对老婆、儿子交代，别和丹林说，无论自己能活几天，在他考试前，都不要惊动，他死了都得瞒，不给丹林分神。不要因为他，误了孩子的终身，死人不为大，前程才是大！我们老向家这族人，没一个好命，能上高中的，都在咱家。丹林，包括绿嘉，极其争气！绿嘉学习好啊，可惜命最苦，要是再有个丫头……

向大元叹气，不禁动容，想起那家人的状况，孩子哪里甘心？不要说绿嘉不甘心，就是他都很不甘。可是能有什么办法？

向大元老泪纵横。生病的人最没有雄气，挺不直腰板，看见胜典的败衰模样，他心里就堵，要胜典去一中走一趟，把小妹喊回来，悄悄地喊，不要惊动任何人，只说自己危在旦夕。切记，不可以惊扰丹林。

绿嘉回了家，到了他床头，眼睛哭成了水蜜桃。他不忍看，闪过头说："孩子啊，你爸快要死了！我拉扯你们几个成人，没本事让你们过上好日子。尤其是你，懂事、听话、勤快、用功，知道我们家庭穷，想要出人头地，可谁叫你摊上我这种爸爸呢？什么本事都没有，还是个累赘！爸爸我该死，对不住你啊，孩子！临死前，我只有一个心愿，不知道你肯不肯听，这样我死了才落眼。"

绿嘉点点头，本来泪珠子挂在眼帘，楚楚动人。这时抿一抿嘴，泪珠儿再次滚落，双颊上显出一对浅浅的酒窝，酒窝承接住那两粒珠子，如一对玉碗，盛养着晶灿灿的元宝。

平时这对小东西，不知醉倒过多少男生，她也知道自己美，同学背下儿、当面都叫她校花，可她处处克制。

穷人家的女子，不可以风花雪月、诗情画意，她在拼命，侍弄好课业，那样才对得住双亲，对得住良心。她哥丹林就说过，咱是乡下人，路不在脚底下，被一堆堆东西拴住、堵住，赤手空拳，随时淹死。心能旁骛吗？

她以哥哥为榜样，青出于蓝而胜于蓝，一直考的是名校，比丹林都出色。此一刻听父亲尚存着不了心愿，怎么也会满足他的。

就在她松懈、换气的刹那，两粒元宝跌下去，摔了个无声无影。

向大元不曾留意女儿的泪，他很不平静，再次咳起来，想要抽烟。绿嘉不敢劝，起身擦擦脸，拿过一包纸烟，给他捏出一根，点上，再上前，轻轻为向大元捶背。

向大元深吸了一口，靠上墙，干咳两声，精神似乎就给咳了出来，鼓气说："委屈了你，孩子！我说什么都舍不得哇……"

他掐掉烟，"呜呜"哭开。绿嘉忙抱了他的背，问他咋啦。

向大元骂自己不是人，拿她给胜典换亲，畜生不如。

绿嘉先还不明白这话的含义，等他数落过对方的条件，才惊走半条魂，来不及反应，怔在那里，雪白着脸。

向大元也不哭了，耷拉头，僵着肉，呼呼喘气，刚才像是用够了力。

"不不不，我不……"隔了也就三五秒的样子，在她却似过去了一个世纪，绿嘉回过神，一迭声拒绝。心里却明白，爸爸这个节骨眼上，喊她回来，那肯定早已深思熟虑，不由得"哇"的一声，伏在爸爸的被子上，哭得天昏地暗。

她太需要念书，太需要考试，太需要公平竞赛，太向往上大学改变命运！

她爸再无须说什么，抖活手，抚摸女儿的头发，脸上的肉揪紧，忽觉腹内阵痛，他"啊呀"一声，仰面倒下。

绿嘉锐声号叫。

"怎么了？怎么了?!"绿嘉妈和大哥适时跑进来，神色慌乱、惊恐。

她妈替下她，抱住她爸，喊道："快拿药来，你爸又昏过去了！"

胜典倒出一碗中药，他妈搬动向大元的后脑，捏住他的嘴，就着勺子里的药，一勺一勺喂进去，不让它们倒流。

喂完药，放向大元躺下，盖了被子，一家人坐在床边上卖呆。

要是"呆"真可以卖钱，他们致富倒不那么难。

绿嘉和妈妈一样沉痛，不能说话。最后，她妈叹了口气，说："去把你爸的中药，切碎了烘干，捣成粉，等你爸醒了，调在粥里喝吧。"

绿嘉说："再煎一服吧，我去。"

她妈拉住她衣角："没有药……"

"没有？怎么不买？"

她妈眼皮泡肿发红，摇头说："外头空着五六万，能借的都借了，就差拆房子卖了。再说，房子值几个钱？卖了住哪？你大哥因为你爸这病，才走不开。他早该去做小工了，在家弄不到一文钱。那么多外债要还！你和丹林还要上学……胜典，还坐着做什么？还不去！"

胜典讪着脸，出了门。绿嘉的心却似被什么猛扎了一下。到现在才明白家里的处境，懂了穷是一种啥滋味。

再看她爸，发已全白，老纹如犁过的地，沟沟坎坎，交错覆盖了整张脸，灰雾缭绕，死气弥漫，墨青色的唇大张着，一翕一翕吐气。

她骤然悟到，自此以后，真的要永别课堂、永别学校！那些个说得天花乱坠的文字，一夜间恍如隔世！

昨天，那些文字还盘踞在脑海里，一颗心拥着那些东西，像寒夜里的人拥住火炉，受着它的热、它的光，为之澎湃神往。意念以为世界很美，前景灿烂，理想如熟红的果子，随手一抓，就能摘下。书上是这么说的，老师是这么讲的，她也是确信无疑，现在她醒过来了，过早结束做梦的年华。

当多少同龄人还在做梦时，绿嘉就被苦难一棍子拍进无边的暗黑中，她需要帮着家里人扛受，哪怕体力单薄，超过她承受的负荷。

她能有什么选择？

绿嘉默默起身，去了外面，帮大哥挑拣药草。

向大元昏睡半天醒过来，把家人喊到床边，开了一生中最难以启齿的碰头会。说绿儿和胜典的婚事，趁早办，在他死前了结心愿。外头两个儿子，老二能通知就通知，三儿就不要知会了，也不是什么光荣的事情。

他又让胜典伐掉几棵大树，卖给家具厂。卖的钱转点给丹林，快要高考了，孩子得加营养。剩下的胜典买一身衣服，绿嘉买两身。再为绿嘉买台电视，配个手上拿的电话机——他不知那叫手机。

总不成孩子养这么大，出门时什么都不陪，那样女儿一世扬不起头。

一切从简，只置几席酒菜；唯一多买的是炮仗，好好儿轰，去去晦气。

姨妈两头碰了碰，看好日子，定了下个月初二，儿童节后两天，就给两对新人完婚。

本来儿童节也是个好日子，却担心孩子放假，吵吵闹闹、磕磕碰碰，再要有调皮捣蛋的，躲迷藏、捉妖怪、掷环、投砖、耍把戏，砸到什么人，钻进向大元的床边，很可能殃及他。

主要是麦熟在即。过去都有人准备下地了，现在是收割机，可以晚两天。

抢在大忙前完事，向家也多个劳力。

向大元心里虽有说不清的苦，女儿进来端汤送水，他就低了头不敢看她，但事已至此，面上还要显得高高兴兴。人来精神，病痛也躲开了，忙的时候，他竟能硬撑着下床，出谋划策，把新房摆布得一派鲜光、喜庆，远胜于过大年。

临到绿嘉出门，那点喜气还在延续——胜典带了那家的女子过来，朝着大元夫妇鞠躬、磕头，他们封了红包给儿媳妇，嘴都裂龇开了。

只是她妈忘不掉女儿，不经意地叹气、怄气，晚上早早上了床，却一直没睡实，哭醒过几回。担心绿儿受到的折腾、摧残。

她知道那孩子脾性强，有自己的大主张，担心不要出什么事，但绿嘉还是来了事。

绿嘉边上有位雷公，她迷糊了一小会，心里装事，三点不到，就醒在床上，决定此刻跑最好。便悄悄起来，套了袜子，拎起包，提着鞋，轻轻推开窗，从窗口爬出去。拨开院门，顾不得狗吠，跌跌绊绊朝着大路跑。

这日子没有月亮，只有淡薄的星光，乡下地方，灯火闭熄，四下里乌漆漆，眼睛不好的，会寸步难行。

绿嘉眼尖，庄子她来的次数不少，初中前常来看望姨妈姨父，大体方位是有的。只是想绕行、不遇见人有点难，也不敢走小路。

气喘吁吁，头发跑散了，汗水浸湿内衣。慢下来就能闻到肤香，含着一股煮熟的肉味道。

她只有一个意念——再快点！

好不容易转上国道，隐在大树后面，啃完两个苹果，等着过往的汽车。

拦了两辆都没停，第三辆是反方向，她顾不得了，拼命摇手，跟着卡车跑。司机放慢了速度，观察片刻，确定不是什么陷阱，这才往后倒，横过身，探出脑袋，喊她过来。

她穿过马路，跑上前，爬进高高的驾驶舱。

是位大叔，要去上海方向。一边开，一边听她哭诉遭遇，问她要不要报警。

绿嘉哪敢报警。她去了他送货的地方，准备打份工，先立住脚吧，有口饭吃。

绿嘉仍想念书，先得去学校拿课本，再找家小旅店藏起来，等哥哥高考结束，去接丹林。

司机索性好人帮到底了，不多时拐了弯，绕道送绿嘉去市里。

这深更半夜的，得亏遇到好人了。

大叔常年奔波，往各地送货，没日没黑，自谦赚不了大钱，每年也就一二十万元，够全家人生活。孩子上小学，尚有富余。绿嘉要是走投无路，他可以资助她，一直到大学毕业。与其躲在旅店，不如住校……

绿嘉可不敢，学校不是时时刻刻保着她，这要给于家摸到底，不定怎样闹呢。躲起来好，躲一段再说。嘴上却同意自己躲在学校，请他放心。

司机大气，身上现金不多，下车前留了一个手机号，送给她五百元。让她有事找他。将来考上了大学，告诉他一声，如果顺路，他可以去看她。没准哪天她还能帮到他。

这自然是安慰她的说法。

患难时刻，萍水相逢，滴水之恩，当真让绿嘉动容。好心人、热心人多,她甘心拜他做哥哥。后会有期。

二人就在她学校门口道别。

她从小门进去。市区的夜空,永远是亮堂的。

路灯昏昏蒙蒙,却带着暖意。

穿过操场,回到无比熟悉的地方,绿嘉第一次有了生死、依恋感,开心又伤感。

往后再不能来这里了吗?即使嫁人,也没说不能上学、高考!

一辈子很长,谁能说自己一定走在前头,会得以成才。她就在小沟里翻船,差点丢掉性命。死里逃生,前途茫然。但她不能怨、不能诉。

司机大哥的仗义,他的搭救和资助,让她想明白一些事。要靠自己,要努力赚钱。

女生宿舍有门禁,刷卡出入。

她悄悄进去,上楼又下楼,趁同学都在梦乡,拿出自己的书本、衣物,收了一背包,手上拎了一只布袋子。

要说轻,也很轻,衣服占体积,不重。就是书本沉甸甸的,放在布袋里,不时倒腾换手。

可惜自行车不在她这里,给了丹林。

平常的时候,他们月末放假,丹林会骑车来接她,她坐在后座上,一道回家,一路上谈天说地,好不快活。只有进庄子,二人才敛起好心情。

这半年,丹林马上要高考了,他们也就不回去了,可车子还是留给了丹林,她不爱骑。

天蒙蒙亮,她又出了一身臭汗,终于来到丹林的学校旁边,四处查找,留意路边那些简易旅社,最好是半地下,比较便宜。

她妈像是料到她会潜逃,那时偷偷塞了六百多给她,身上原来有几百块，加上司机大哥给的，总数在一千五六。她从没有如此富有过，可是住店就没底了，能省一块是一块。

运气不差，半地下虽然没找到，但她谈了家三十元一晚上的小店。巴掌大的房间，只有床铺和椅子，没有牙刷、没有毛巾，一切自理。每层有一个共用的厕所和水房。居然还有饮水机，供应开水！

里里外外，味道很冲。那是成年累月留下的烟味、霉味、尿臊味，掺杂各种稀奇古怪的气味。灰大、憋气。她能够忍受。

胳膊在喊酸喊疼。主要是肩疼。

背了这一路，她换过各种姿势，有时候挎，有时候提，有时候挂到腰部，有时候勒在两个手膀上，有时候绷在后胸口。再轻的东西，也架不住路长！

她躺了躺，揉揉肩，眼看天已大亮，肚子很饿，却没有下去的力气，腿肚子胀，刚才走得麻木了，没有觉得。

脚板好像也有磨破，一个部位隐隐地疼。但还是要振作。

该买的抓紧买，抢时间。那边一旦发现她逃走，肯定会赶过来。躲几天，刚好三哥高考结束，备上五六天的面包、方便面、榨菜和卤蛋。

她感念司机大哥，给她争取了先机。她是能够苦熬的学生，就这一点吃食，房间当自习室，从早到晚不出楼，三餐管饱，困了就上床，人生再无这么适意的时候。

到高考最末一天，她养足精神，中午退房，小摊上买了顶深色凉帽，披着头发，遮住大半个脸，到商场溜达。差不多挨到下午三点钟，才候在丹林的考场外，和许多人一道，巴望结束考试的铃声响起来。

投桃报李

　　树不动，蝉声把空气都快撕裂了，人仿佛蒸汽包裹的馒头，还差一口气，养在蒸笼里闷发，浑身出油汗，滑滑腻腻，比面糊糊都黏。走在街头，连呼吸都不顺。

　　丹林考完最后一门，甩着汗，随众人出了考场，猜想妹妹在等他。一个月前有过约定。

　　"哥！"绿嘉喊他，他听见了她的声音，站下来，胸口散发出捂出的体味，馊馊的。

　　好热！阳光白白晃晃，洒下金色的碎芒，恰如千万道银针，穿刺散射，迷离恍惚。

　　绿嘉隐藏巧妙，到了他面前，掀起帽角，他才认出来。

　　意外之喜，忙拉住她，问："你才来？！"

　　绿嘉未答复。她穿着长裤子，走路不打直线，绕着他转圈子，一迭声问"怎么样"。丹林不住地擦汗，说题目有难度，不过可接受。考得不算失常。应该有学上，只怕不是好学校。

　　"有的上就好！考上就行！走，收拾东西吧，晚上出去，祝你旗开得胜！"她装出轻松的样子，其实一直在犹疑，逃婚的事该不该说，什么时候说。

　　按她的信仰，坏兆头不能和好事儿捆绑，否则好事染上晦气、霉气，弄不好就遭殃，真要那样，岂不把哥哥害了！

　　但现在不说，等会乱，怎么说？丹林却是没注意到这些。

　　他皮肤偏黑，瘦出了颧骨，长相不帅，双眼清纯，灵光闪烁。他说了个好消息，偷偷参加了一个作文赛，半个月前来了通知，进入决赛，全国只剩二十多人，三天后到上海比试。拿到名次的话，没准会有名牌大学特招。他想试试。

　　绿嘉自然惊喜，问他可不可以带上她，她放假了，放一周，一定要带上自己。

丹林没怎么想，以为绿嘉的学校特殊，这么早放假不需要说法。但他是搭的顺风车。他过去的班主任，考完试要去上海，刚好能捎带他。再要加个人，就不知能不能坐下了。其他不是问题，绿嘉去了，可以和他住一间房，他们上初中都还睡在一张床上，渐渐大了才分开。

分开也是床对床。冬天冷了，丹林把被子捂热，她有时会耍赖，钻到他脚头。

他们去了他的宿舍，大家都在撕书、撕卷子，地上一地的碎纸。窗口也在纷纷扬扬，大雪似的，飞撒纸屑。

丹林、绿嘉都加入了进去，一起疯，发泄。哪像一个月前，那时候走廊里站满人，拿着书、拿着卷子，伏在墙上，甚至趴在地上写字——那是任课老师，利用睡前半小时，挨个辅导，大家来不及返回去改。全天候、高强度，在题海里突击得天昏地暗。

磨难般的日子，一去不返，太开心了！忘乎所以。

绿嘉也丢掉痛苦，随着大家嘶喊、释放。

完了大家都收拾行装，匆匆而去。楼里的人很快走空，一刻都不想待。

丹林还不能走，到楼下值班室打了电话，确认明天九点在学校大门口会齐。车子应该能挤下。女生占地少，多塞一个无妨。

就是说绿嘉可以一起走。绿嘉的兴致顿时不一样了，彻底丢开不快，心想："能去上海玩几天，我也知足了。车到山前必有路，三哥总有办法！"

她相信丹林能帮她。

丹林确有能力。他不过19岁，却比她老成，做什么都有计划，什么想法也都埋在肚子里，对妹子的呵护无微不至。父母做得了的，他可以；父母做不到的，他同样可以。绿嘉对他，实际已胜过其他亲人，动不动撒娇，烂漫天真，超常亲密。别人常有误会，以为这两个孩子在早恋。

　　班主任王其沛，现在是副校长。戴一副老花镜，眼球凸起，如青蛙，鼓鼓囊囊朝外撑。身骨大，不长肉，偏于单薄，大概小时候营养不良，先天发育不足，后天很难补齐。神色倒是和气。

　　两口子送儿子王鸿陆去上海的银行上班，三个年轻人坐到后排，不算有多挤。

　　王鸿陆是个英俊的小伙儿，一米八几的大个子，留了分头，身穿短袖T恤，爱拿折扇，没事爱晃悠腿，很少拿正眼看人，一副老子天下第一的模样。

　　说实在的，他难得看得起人，连他老子都不入他的法眼。这次肯坐他的车，是给足面子。对旁边的丹林、绿嘉，自是不屑一顾。

　　从老子口里得知，丹林是乡下的，所以在车上都没怎么看他们。他不爱乡下人，意识中他们愚昧、狭隘。他们坐在他身边特别掉价，却不好多说什么。

　　日常，王其沛老有叮嘱，要他礼貌待人，他妈却是冷嘲热讽，怎么没看到他把礼节多用在家里。有这种和丈夫顶牛的能人，王鸿陆渐渐有点不成器。但天下的父母，都是溺爱子女的，总以为自己的孩子顶好。

　　王其沛想调去教育局做领导，为这事儿没少下功夫。至今虽未如愿，却在交往中结识一个上海的老总，把儿子弄去了银行，那是一定要登门致谢的。

　　无论人家多么有钱，多么不在乎，他的礼数不能缺，所以这次才全家去上海。

　　上车时，他留意到了绿嘉，丹林说是他妹妹。这年头兄弟姐妹都少，哪来的妹妹？"妹妹"这个词，现在的含义比过去丰富了许多，那些常在娱乐场厮混的老油子，喜欢把女孩子叫妹妹、小妹，不能不防。

他俩还好，看长相，有些特征的确一样，不会有误。

绿嘉是个好坯子，姿色不错。这点不像丹林。问起来，丹林说他妹在市一中念书。那可不简单啦。但是，怎么不念书呢？逃课吗？放假？怎可能？都在上课的啊。他和一中的校长、主任都是朋友，没听说放这么早啊！

绿嘉就给问住了。丹林的班主任，原来是副校长，手眼通天，不好糊弄，便撒谎说他们教室腾出来高考，两个月没休息了，干脆多放了几天。

王其沛没再问，绿嘉却吓出了一身汗。听说边上的帅哥，名牌大学毕业，分到上海的银行做事，那真是她一辈子都够不到的，好羡慕啊！

农家孩子，要是哪天考上了大学，会是多大的幸福！

绿嘉打小就是这么受灌输，苦难只使她心高，也让她孤立在热腾腾、闹哄哄的世界之外，心里、眼里只有课本和习题。现在荒唐的婚事，把她锁定在大地上。暗自不服，心中有多少话想对丹林倾诉，却不知如何开口。

晚上丹林太困、太累，七点多就睡着了，根本没时间说话。

丹林对绿嘉的话，极少怀疑。她总不至于骗他。

王太太打起哈欠，想睡觉。王鸿陆也快要入定，没人再说话。

丹林更安详。他有一个怪病，坐什么车都不能打瞌睡，佩服那些能够打瞌睡的。计划从上海回来后，去建筑队，做两个月小工，赚几千块。最好回学校住，在学校吃。他高一、高二假期都打过工，这已很平常。

他不赚钱，总不能让妹妹去吧？女生有多难！再说，妹妹比他强,会比他上个更好的大学。他不在乎自己能考多好的大学,实在差,不还可以考研吗?他在乎妹妹要上一个好学校。

如果知道绿嘉被父母逼婚了,他肯定坐不住。

到了梅村服务区,他们停了一会。那里有大型购物商场,各种美食齐备。据说它和下一站阳澄湖服务区、前面的漏湖服务区,并列为网红打卡热点区,许多人专程到此购物、吃饭。

王其沛自然不是来消费的,他内急,去了趟洗手间,洗了把脸,用杯子接了开水,喝了两口茶。又打出几个电话,才回来,再次出发。

王其沛说,今天晚上绿嘉和他太太一个屋,丹林那边,一个萝卜一个坑,肯定是两人间,他妹和他住不了一个屋。决赛是大事,丹林也得做一些准备,背点警句名言、串串门,认识评委和其他同学。

过去有"座师""同年",刘禹锡就有诗,"明州长史外台郎,忆昔同年翰墨场"。最为人乐道的,则是那首著名的"洞房昨夜停红烛,待晓堂前拜舅姑",把"座师"比为"舅姑",升华了感情。这么多精英聚集,希望丹林珍惜,可别失去交流、学习的机会。

这都是行话。丹林的想当然,看来行不通了。道谢说:"好的。"

一直没说话的绿嘉开了口,说:"王老师,你刚才的两个典故,挺好的啊,能否说得细一点,没准我哥能发挥发挥,用进比赛的文章里。"

丹林也就多了心,用心记住,准备晚上再查查资料,丰富一下,争取作为例证,套进决赛文章中。

绿嘉的提醒,太及时了。否则还真找不到捷径。

王其沛对绿嘉印象很好,不愧是名校出来的,脑子就是不一样，便说了几个文人八卦。丹林求教，如何接近那些大人物。王其沛说很简单吧，先查下他的底细来历，网上都有。再瞄准他，向他虚心讨教，问几个有分量的问题。人家就有好感了。顺势拿到联系办法。人脉是资源。

丹林报到是在桂园山庄，王其沛开车进来后，感叹这是块风水宝地，江南园林式的设置，太精致考究了。

一条名为"小西湖"的河流，蜿蜒穿过，窄窄的、长长的，像银链子一样晃荡。它的上方绿荫如盖，鸟鸣啾啾，浮着薄薄一层泅入草绿的水汽，把天地化成一派烟水交融的空蒙。

亭廊横跨水面，背后有塔，塔后是楼，楼上远远地飘送琴音，从水上轻轻拂来，犁开道道细密的波纹，吹面如雨，像静夜中的新月，在江面破裂，点点鳞片徐徐泛开，诉说着心底的情话。那话儿轻柔得叫人倦懒欲睡，神魂随之迷醉……

好爽！

他们是在这样的地方决赛？

据说有赞助商出资，模仿当年的"红楼选秀"，做成了品牌。

这种赛，不比高考严密，可以当场拍摄，制成纪录片。

入住的选手有凌晨两三点才到的，路上遇洪水，飞机晚点，地铁停运，一路曲折不易。甚至还有第二天九十点到的。截止的时间是中午十二点。后面几个到的虽风尘仆仆，但激情昂扬，一副包揽天下的气势。

下午入场时，大家都已休息好，精神十足。

赛后，选手神态各异，有黯然失落的，有挠头尴尬的，有神采飞扬的。

六个评委分头看稿，每位提交三篇文章。允许特别推荐，不限于三篇。第二轮选出十二篇。第三轮全体讨论和投票；公示十二篇文章，读者打分，公示二十个小时，选出两篇读者奖。作者亲友团奔走呼告，各显神通，都在底下拉票。

忙一天，公证处直接存封评委投票结果。

第三日九点，直播颁奖典礼。主宾发言，插播前两天的镜头。大屏幕左上角显示后台在统计得票。最后公布名次。评委奖、读者奖，依次颁布。由播音员朗读评委奖冠军作品。

从悬念到解答，一步步推进，节目抓人、好看。网上、电视台同步直播盛况。观众点击率飙升。有微博、博客等平台的获奖者，即刻升级为大V。

现场十分魔幻，让人眼花缭乱。

丹林果然把王其沛提到的例子用了进去。

题目大意是，有一种鸟，能飞几万里，跨越大洋，它需要的只是一小截树枝，把树枝衔在嘴里，累了就把树枝扔到水上，然后落在上面休息一会儿。谈谈你的想法。

丹林进行发挥，那就是借势。曾国藩能得重用，是他的座师提携。曾国藩听了人劝，主动接近，拜在门下。至于不好明说的，可以像绍兴人朱庆馀的"洞房昨夜停红烛……画眉深浅入时无"那样，巧妙地借力。座师回复也极其委婉，实际上已经很看好："越女新妆出镜心，……一曲菱歌敌万金。"二人一问一答，传为千古佳话。从而在历史上，留下浓重一笔。

他俩究竟谁借谁的势？说不好。结果是双赢。

这篇文章，丹林很有信心拿到大奖，却只得了个第五名。评委有争议，因为借力打力的先决条件是，本身的能力，如果是飞不了几万里的，再好的势，都没用。丹林的文章压根没提，过于强调"借"了。

有人则欣赏，说这么短时间内，哪可能面面俱到？把一点说透说好，就很不错了。有的评委甚至直接攻击这个题目：什么鸟啊，智商这么高，那是妖怪吧！

投票时，丹林就吃了亏。评委谁都说服不了谁。

读者奖上，丹林名列更低，十一名。

丹林名次虽不理想，但也有奖金，三千元，对丹林那真是雪中送炭。他所期待的特招，却没戏。只有前三名有此资格。

一朝成名天下知，终归是好消息。他打电话告知班主任，王其沛大加褒赞。丹林问他妹妹在哪，王其沛说和他太太出去玩了吧。

他太太就在身边，绿嘉自然没和他太太出去玩。

他那晚请客，太太没去，换的是绿嘉。

请这种重要客人，有个漂亮的女孩子敬酒，效果会不同。

王其沛路上就有策划。专门给一中那边打了电话，确认绿嘉果然是逃课了。学校高考结束后，当晚就复课，何况高二，下来就是高三了，哪敢放羊？

绿嘉为何要逃学？那边去查了查，回信说具体不清楚，总之是家里派人喊回去的。看样子是不想上了。他们家在偏远的乡下，都不知道怎样联系。

王其沛觉得异常，多年的教学直感告诉他，这家人肯定发生了大事情。丹林不知情，绿嘉一定有难言之隐。

到酒店后，他和太太商议，太太指示，尽量问清楚什么情况，能帮就帮帮吧。积德的事，会有好报，儿子来上海，就是福报。

请到尚方宝剑，王其沛放心地找绿嘉谈了心。不禁叹恨，鞭长莫及啊，这种事，他哪里帮得上。突然想起晚上要见的大老板，说不定他可以帮。

那些人，有的是钱，接济穷人，乐此不疲，也是在攒功德。便说了计划，要带绿嘉去见见老总们，不仅为敬酒，也是想给她找条出路。这是太太和他的意思。

绿嘉如今的状况，的确没有安全感，一分钱难倒英雄汉。她要是愿意，就一起去，表现须好。要是不愿意，就算了，不勉强。她是个大孩子了，逃婚都做出来了，还有什么可怕的！

绿嘉对上海，自然很向往，对她来说，这里就是天堂，能在这里找到机会，求之不得。她什么都没有，还怕什么？能损失什么？

晚上，她见到了大老板。

除老板以外，还有位是分行的副行长，王鸿陆的顶头上司，也是安排王鸿陆来银行的贵客。

老板有个侄子，是王其沛帮忙上了高中，投桃报李，他帮了王鸿陆大忙。老板没让王其沛带酒，喝他带来的茅台。

老板在上海开玉店，和行长是欧亚商学院MBA同学。拿到硕士学位后，老板止步了，行长再上一层，正在复旦，攻读国际金融学博士学位，让人肃然起敬。

行长客气了一番。绿嘉被安排在他右首。王其沛介绍，说绿嘉是自己最优秀的学生，今天奖励她来，是专为行长和老板倒茶、斟酒的。

绿嘉霍地起身来，一鞠躬，叫二位叔叔好，请多指教。行长被逗笑了，拉她坐下，连说不敢当，谢谢美丽热情的绿嘉姑娘！不过她这一叫，让他有了老朽的感觉。又招招手，给绿嘉要了一听野刺梨汁。说女学生甭喝酒了，倒酒可以。他们不是外人，和其沛校长都是老熟人了。

绿嘉受到感动，行长竟拿出名片，给她发了一张，说他从来不发名片，那样很俗，今天绿嘉同学是位特殊客人，就破例给她一张吧。

老板带头鼓掌，笑道绿嘉同学好福气啊，真让我们羡慕死了！我们和行长多少年的交情，的确不曾看他给过什么人名片！

我们现在恨不得都变成小姑娘哩!

说话间,茶水上来了,点了一壶普洱。行长爱喝这口。

王其沛掏出一只精致的盒子,里面是和田红皮羊脂玉项链。

行长笑道:"你也开玉店?"

王其沛诡秘地笑笑,看了老板一眼。老板见这个盒子眼熟,拿起一看,像是他家的,便气道:"其沛校长,你不够意思啊,偷偷跑我那里买的?"

王其沛笑道:"真不是你家的。只是想到你开玉店,我反正要拿东西的啊,不如拿玉好了。你多是你的,这是我的心意!不瞒兄台,我太太很喜欢玩玉,常在我耳边言道几句。这是我太太选的。送给行长太太,图个祥和如意!"他转手把项链送给老板。在玉店老板面前,他不需夸夸其谈。人家比他内行多了。

行长喝一口亮润润的茶水,说:"我知道天下的好东西不外宝石和美玉。记得是哪家报纸上,我看到一篇文章,说殷纣王时期,北方燕地产一种'红兰'制成的'燕支',辅以白净的特种玉石作粉黛来用。《天宝遗事》上记载,杨贵妃口含玉泉而咽津液,解肺咳之症。慈禧太后很爱美容,每天用玉棍在脸上搓、擦。绝世佳人,红颜永驻。武则天晚年都能够'绝艳逼人',是因为'久用玉床、玉枕、玉推,身不离玉'。科学的解释好像是,受到脑神经支配,人脸上的皮肤常处于紧张状态,以清凉的白玉石按摩,可舒缓神经。抛砖引玉了,还是请玉老板给我们上上课,教我们长见识吧!"

老板谦虚地和大家碰杯,喝酒的气氛渐渐浓了。他们继续谈玉,老板自然最有话语权。指指那条项链讲解:"天下美玉以和田玉最为珍贵。佳品有五:白如雪者,青如翠者,黄如蜡者,红如丹者,黑如墨者,均需透明无瑕、细而匀润、晶莹剔透、小巧玲珑。佳品中的极品是白玉,白玉带皮鲜润如脂者,即为这个羊脂玉。它名贵，是上上品。这链子更难得，你们看这些玉珠，每粒一般大，圆如弹丸，戴在颈下脖子上，夏日清凉，冬季温润，明目清心，百毒不沾！原理行长已经说过，精辟之至！"

王其沛附和："难怪《淮南子》上记载，'玉在山而草木润，渊生珠而崖不枯'。原来玉石真有神效……"

行长再三道谢，至于礼品，他一概不收，将玉转送给了绿嘉。

绿嘉惊得红了脸，赶忙推辞。老板鼓动她收下，王其沛愕然，老板使一个眼色，他还是不明白，迟疑道："那你就别客气了……"

不知道他在叫谁别客气。老板还在兴奋，坚持要绿嘉收下。这可是行长的礼物，不能推！

行长笑了，说自己对玉石稍许有过研究，美玉配美人，那才相得益彰！有灵性的东西，没有人不喜欢。俗话说人养玉三年，玉养人一生。绿嘉同学戴上这些饰物，会更加漂亮，自然最好不过……

王其沛再要唱反调，可就不能下台了，忙道："绿嘉，既然行长如此诚意，你先收下吧。"

绿嘉只得接了，搁在盘子边。她没想带走，预备见机行事。

老板释怀，说懂的人无不爱玉。行长是真人不露。其实过去不少帝王，确都是以玉为枕为席为鞋的。还有手杖、梳子、健身球、坐垫、床垫、靠背、鼓凳、帽子、按摩器，都是玉做的。

老板让大家饭后去他的地盘，做个玉桑拿。他到过北京的九华山庄，那里就有，玛瑙、水晶、岫岩玉，都有养生之效。《本草纲目》里记载说："玄真者，玉之别名也。……久服轻身长年。能润心肺，助声喉，滋毛发。滋养五脏，止烦躁……"

场面话说了一堆，几个人的问题都无声无息地得到圆满解决,下来就到绿嘉了。否则她跟过来,算怎么回事?

老板有心,问她几年级了。王其沛便说,绿嘉上的是全市最好的高中,尖子生,本来是读名牌大学的好料子——

怎么了?

啥意思?

众人停箸观望。

王其沛看着火候酝酿得差不多了,叹一口气,说可惜啊,这孩子家庭条件差,念不起,辍学了。他有心想帮,力又拙,这不,就带她来了,看看有没有机会。

二位老总不约而同对王其沛的义举竖起大拇指。老师当成这样,可是罕见。要么怎说老师是人类灵魂的工程师呢。

王其沛谦虚,但骨子里确有成人之美的意思。

老板看了看行长,说:"要么你来?你那里比我好多了!"

行长点了根烟,眯眼抽了几口,掐在烟灰缸里,站起来,朝王鸿陆一摆手,走出去。王鸿陆忙跟上去。不久,王鸿陆又喊出他老子,二人找了个空处低议。

原来行长长期在国外生活,回国后地位、收入都挺高。想做一些善事回馈社会,比如,资助一些失学的孩子,却担心被中间环节截留,不得其法,没想眼前来了一个。他想帮她,全力支持她,完成学业,她愿意的话,送她出国留学都行,并且能解决她家的一切困难。但是他很照顾女学生的面子,需要问问她的意思。他不能开口,请王家父子帮忙问问。

王其沛沉吟不语。他本想绿嘉可以先在上海找个事,等状态稳定后再说,现在的结果超出了预料。这是大好的事情。只能成功,不能办砸。

他慢慢转回去,和众人招呼一声,把绿嘉带去楼下的茶室,要了一壶红茶,给绿嘉沏了大半杯,品润两口,说了自己的故事,谈他的出身——这可是他的创伤,不怎么去想,想到心都酸。今天却有不得不说的理由。

和绿嘉一样,小的时候王其沛家里特别穷,弟兄四五个,五间茅草房,没吃没喝,要是都在家里种田的话,没一个能娶上媳妇。随口问绿嘉兄妹几个。——可不嘛,情况和他当时是一样的。像他们这种家庭,太不容易啦。家里最后把希望,全寄托在他身上。为了培养他,拼了老命啊,终于把他送进了大学。他为了留在大城市,后来找了他老师的女儿做太太,就是现在这位,绿嘉见过的。生活上,他处处向着太太。日子慢慢好了,他帮几个大龄的弟兄成了亲。在所有人眼里,他就是成功人士。人嘛,看你追求什么。毕竟日子是你自己在过。选了这个,就得把旁的放下。

绿嘉不明就里,说:"校长,你直说有什么事吧。"

王其沛脸红了,喝酒都没让他脸红,这时候却红了。叹气道:"孩子,我叫你一声孩子。我太理解你的处境了。我就是从那种状态走出来的。真心想为你找一条出路,为了你的将来。看到那个行长没?新加坡驻上海银行的副行长,大上海有好几套房。……只要他愿意,没有办不成的事。人家想帮你,你往后上学啦、出国留学啦,还有家里的开销统统就不用愁了,一切有他。"

王其沛一口气说完,满头的汗,比上一天课都累。抽张餐巾纸,擦了擦。心里没底,不知行长实力究竟怎么样。反正往天上说,问题不大。

他是冒着汗说的,为了把行长撑住,所谓小心求证,大胆假设,他真是豁出去了。

绿嘉开始是震惊,意外,慢慢听了进去。想了想,问:"没别的?"

"没别的。单纯就是做好事。你知道的,很多有实力的人爱做慈善,想捐款做好事,帮助弱小群体。"

王其沛起来,给杯子续满了水。

绿嘉想着想着,悲从中来。说,校长,世上哪有这样的好事。这么大的恩情,她可补偿不了。她不想欠任何人。她只相信付出和收获。

王其沛很感动,可怜着她。知道难为她了。想当初他也有哭天天不应,叫地地不灵的时候。她涉世未深,就尝到了人世间的辛辣。

绿嘉抬起泪花花的眼,王其沛忙递给她纸巾。

绿嘉哽咽道:"校长,我知道你是为我好,为我全家好。谢谢你!"

王其沛眼圈红了,摆摆手,示意她不要客气。

"我要是你女儿,你是什么建议?"

"孩子,你不是我女儿啊。不能提供建议。你如果相信有大善,那就是一次机会。错过可能还有其他机会,但要碰到这样的,可不容易。你最担心的是不能上学,他可以帮你。当然,你想报答他的话,我会帮着问问他有没有需要你做的事情,譬如帮他照顾父母,业余时间给他太太当助理等。我对他没多少接触,没有交道。一切要看以后。"

绿嘉擦干净泪,说自己时刻在提心吊胆。不光爸爸的病,还有那家子人,肯定会上门闹事情。"怎么办呢?"

"确实不该让你一个孩子来负担。可是你要清楚,世上有比你更难的。而且,你还有机会,遇到好人了。我们都在帮你。但各人的能力不一样。"

"是的呢,校长。你对我恩重如山!"

"客套话就不说了。我没做什么,就是搭搭桥。"

"行长为什么帮我？"

王其沛一愣，随即笑了。说有缘千里来相会，无缘对面不相逢。那要问老天爷。起码他本人就发现绿嘉身上，有很多闪光的、不简单的东西。难得的清纯、朴素、聪明、漂亮，再加年轻、孝顺。不孝顺，她不会同意换亲，后来的逃跑，一定是受到了更大刺激。

蝼蚁尚且偷生，何况是人呢？

任何时候都要记住，能够活下来、活得好的，不是那些顶聪明、顶强壮的人，而是对变化做出了快速调整、部署的人。你能走出来，这比丹林明天拿到什么名次都要关键。

绿嘉仍是不能答应。无功受禄，不是什么好事。

王其沛说他再想想别的办法，让她先回去了。然后他喊出行长，把绿嘉的逃婚等事和行长说了，行长忙道："没问题啊，帮人帮到底，送佛送到西，不说我个人出资，就说上海有一家慈善基金，设立了一对一的支持，能资助她完成学业。干脆再瞒住她，请你亲自跑一趟，去她老家，悄悄解决她的后顾之忧，看看需要赔多少钱，我来出。"

王其沛笑了，诚恳地问他有没有附加条件。因为这样的恩德，不是常人能承受得起的。

行长说："大校长，我每年在慈善方面投入多了去，这点算不了什么，只是觉得这个姑娘有眼缘想帮帮她。每年全世界做慈善的，显露在外的只是冰山一角，您不会一点没听说吧？"

校长释疑了，和行长商议好了办法。喊出绿嘉说，行长介绍了一个慈善基金，让她申请一下。额度是十万元。再在上海租个小房子，由基金会出面，帮她找个对口的中学借读，明年回原籍高考，将来考一个上海的大学。他回去会帮她疏通当地的关系。上海这头，有这么多人照应，问题不大。要是她过意不去，想回报帮过自己的人，那就考一个好大学，争取干出一番事业。

在王其沛的劝说下，这次绿嘉同意了。

福报

丹林接到绿嘉的电话，已是下午。听妹妹没事，他才放心，说了自己得奖了。她也高兴，让他退房后过来找她，她白天要忙事情，晚饭前回。给了他地址、电话。她是要和三哥摊开一切的。求得他同意，她才能安心留在上海。

大上海不愧是魔都，绿嘉这两天过得和丹林差不多，感觉是特魔幻。

回了酒店，丹林已在大堂里等她，一脸的迷糊。她带着丹林上楼，挎着新包，拎着新买的两套换洗衣服。丹林还以为是班主任买给他太太的，接过来，问班主任他们怎么没在？住在这地方，得多少钱？绿嘉说回房说啊。

关门，烧开水。这一天奔波，绿嘉很累了，需要歇歇，才有力气说话。先点了几个菜，请服务员送到房间。

绿嘉收拾阳台边的圆桌，把饭菜摆上，开了吸顶灯，泡了两杯红茶，丹林出来，两个人很快填饱肚子。

绿嘉的镇定、振作，来自她的底气，她再不是那个一无所有的小女生了。也不需要匆匆忙忙。

丹林谈笑风生，说他几天来的见闻，以及如何发挥的。绿嘉不时插几句，他就说得更为具体、形象，连用了什么词，为什么用这不用那，都说了。绿嘉评品一番。

等他说得尽了兴，绿嘉也酝酿好了，满上茶，端起杯子，轻轻开口，像在说着别人。

很快，丹林就受到一阵阵铺天盖地的轰炸，天摇地动，就

| 婚姻合伙人

差哭爹喊妈了。听到父亲的病，急得马上就要走。绿嘉却没说完呢，要他听完，别打岔，否则她会说漏。既然坐到这里了，就是有办法了，是要和他商议，急有什么用？他回得去吗？

丹林静下来，情绪还是不好，时不时吐露几句，愤怒、无奈、痛心、担忧，最后惊得说不了一句话。

没想到妹妹胆子这么大。他听得掉了几回泪。绿嘉递给他纸巾，帮着他擦脸。

两个人面对的是大山一般的现实，都觉得压抑。

绿嘉显然更开朗一些。见三哥没有爆发，才给他看借条、租房合同。请哥哥放心，赞同她留下。否则她就毁了。书念不成，只有投黄浦江。生活多美好，她还年轻。祝福她吧。这样她才有勇气。

如果连他都反对的话，她会很伤心。不过，她有准备，哪怕他反对，她也不会改变。

丹林自然是晓得个中利害的，一时间跨度太大，转不过弯。更不放心妹妹一个人留在上海。人心隔肚皮，慈善可靠吗？

但只能这样了！

妹妹下定了决心，丹林不能反对。他担心她的将来，无法预见。既然现在过关了，就不想后果吧。最坏不就是还债吗？把未来借给现在，值得啊。

她也坚信，只要能读完大学，自立谋生就没有问题。那时候，说句不好听的，上海都不一定是首选！

关键是眼下，父亲治病、哥哥们找媳妇，耽搁不起。

一句话点醒梦中人。绿嘉说她申请了十万元资助，省吃俭用的话，两三万就够，其他就给父亲治病。

那就尽快吧，他明天就赶回去，到时她转账。

中介来了电话，说房子清理出来了，可以入住。

效率奇高！

他俩收拾了收拾。到那边拿了钥匙，擦抹洗刷，各自有一个小房间。绿嘉要他填报志愿时全报上海，到时和她做伴。丹林觉得主意不错，就是得瞒住家里其他人。省得于家顺藤摸瓜找过来。

上床后，丹林辗转反侧，牵挂着父亲。于家有没有闹上门，嫂子怎样，家里会不会出事。至于获奖、大学，他连想都没想。

想起妹妹的婚事，足够荒唐。不敢想。女孩子那么小不读书，不念大学，中学就辍学、成家，哪有什么将来？

可是，并不是人人都能上大学。上不了的就没出息？过去每年几十万大学生，现在上千万，过去是宝，现在一点不值钱。上大学虽然不是唯一出路，却是年轻人应该要经历的。

妹妹和他一样，都是能抓住机会的人。

对于父母的草率、愚鲁，他极其生气。两个哥哥这么多年都耽误下来了，还在乎多等几年吗？几年后，他和绿嘉大学毕业，能不帮他们置家私、找对象吗？年龄是有点大，可也不能毁掉绿嘉呀！

他心内酸苦，不禁泪湿枕巾。第一次失眠。折腾到两三点，才睡过去。

天刚亮，他又醒了。口干，爬起来找水喝。肚子又饿了，昨天没吃好。晚上的菜量不大，上海人讲究质地，吃的是精致，量大量小，只有干体力活的才去考虑。不敢喊妹妹，绿嘉却醒了，说那边的酒店忘记退了，今天早上还能吃早餐，抓紧过去吧。

丹林不懂，跟在后面一顿跑，转了几站地铁，到酒店还不到七点。太早，早餐是七点到十点半。丹林见这酒店的园林很美，说出去溜达溜达。

清晨的林带，占地大，到处能听到水流声。鸟儿在草木深处,轻快地鸣叫。蔷薇、茉莉、虞美人、广玉兰、月季、绣球花,散发芬芳,粉的、紫的、蓝的、黄的、红的、白的,各式娇艳。

难得的清净,难得的奢侈。

前面有女孩子在遛狗。很漂亮的小女神,扎着马尾巴,白款的时尚帽,鲜红的短袖运动服,笔直地挺立,手里牵细绳,任由小狗蹿来蹿去撒欢。

丹林经过时,那狗追着他的脚跟跑,丹林让了让,小女神微微一笑。

他想不通,这附近没有人家,哪来的狗呢?小女神这是走了多远的路?

早餐快吃好时,他看见了小女神,才知道她也是住客。陪她的大概是她妈妈,长相富态,耳环、项链、手镯、戒指,非金即玉,全齐。

绿嘉饭量小,吃了一点就上去了。丹林一个人坐在斜对过,吃了不少,赖着不舍得走,多吃点,午餐可以省。结果又和小女神邂逅。

妈妈对女孩说:"你要是够上重点,就报江南大学的食品专业吧,酒水赚钱,大酒厂的老总、技术员,一多半是江南大学出来的。"

小女神笑道:"咱南京没有酒厂吧?江北才有。上海、浙江是黄酒区,黄酒卖不出价来,估计不赚不了几个钱。最好的酒厂,茅台、五粮液那些,全在大山深处,进不去出不来,我到那地方做研究?"

"倒也是啊。那可去不得,将来都找不到对象……"

丹林笑了。小女神有所觉察,抿着嘴笑起来。笑声爽气。

"不过,做个调酒师挺不错。鸡尾酒啊、米酒啊、果酒啊,咱江南多发达。和美食挂上钩,人人爱不够。"

她妈听这一说，又反了悔，照丫头的意思，她想念食品专业？

"我就说嘛！美食可是千年不倒的行业，不买房、不买车、不买包、不买衣服、不买首饰化妆品，问题都不大，吃喝却不能少。但是呢，女孩子不一定适合。考虑到成家，做金融比较好，高大上的白领、金领，打交道的也都是白领、金领，找对象自然也就高大上……"

丹林和小女神一起喷发，忍不住啊，除非是聋子。

这一次，小女神还不好意思地瞟了他一眼。他真想对她说，自己也是高考刚结束，对于考什么学校、学什么专业，一点头绪都没有。他这样的，好像适合当记者，走遍世界，哪里有枪炮声，哪里有灾难、事故，哪里有新闻，就往哪里跑，拯世救民。可听了她们一席话，他又面对起了现实——整日里奔波不定，可能不是他想要的。最好能和小女神同步，共一个专业，在一个学校。但是他面嫩，不好意思和人家搭话，感觉那样的话，他会成为她眼里的狮子、老虎。

直至她们撤退，他都没有勇气上前。应了小女神那句话，考试时可以把"勇敢"说得头头是道，生活里有多少能落到实处？

绿嘉来了电话，问他还没吃好。一个人吃掉三个人的份了吧？他才怏怏而去。

绿嘉留在上海，等待上课的消息。丹林坐高铁回老家。

王其沛早已联系上在市政府当主任的一个学生，主任做了安排，派了面包车接二人直奔镇上。县、镇两级政府都派出协调人员，会齐后给于家、向家两个庄子的负责人通话，一起到了于家庄。

绿嘉逃走那天早上，于家就闹翻了。父亲暴跳如雷，把儿子大骂一顿，差点抽他耳光。

八九点于百奇还在呼声响亮，他父亲在堂屋都听得见，满以为小两口睡得正香。于百奇起床后，看床上帐子压得实实的，也没在意。他父亲让他喊绿嘉起来吃早饭，他才很不情愿地过去，拉开帐子，坏了，没人啊。

何止是没人，她的鞋和包都不见了。明显是跑了。

大活人不翼而飞，都不知道？

连忙召集人，小股分散找，大队伍打上门算账。

半路上碰到向家的族人，在庄上能拍板做主的，曾代表向家，在婚礼上发过言，于家父子认得，说明情势，气恨恨、急乎乎，那人忙把一帮肇事的带去了他家，陈说利害。

绿嘉不懂事，瞒着所有人跑路，这头肯定不知情、没指使，也不希望出这种事。人活脸，树活皮，嚷开来多丢面子？！更别说打上门了！

于百奇的老丈人，眼前是一号保护人物，危重病人，一味冲动，他丈人哪受得了这样的打击？万一出人命，可就无法挽回了。

丫头既然跑了，为今之计就是商议下一步的办法，避开向大元夫妇，派人找，把她找回来。

悄悄把海香、胜典夫妻俩喊过来。

海香和绿嘉就不一样了，她本就是大龄姑娘，熬到现在出阁，第一晚就成了好事。

于百奇父子听得脸发青。吃了哑巴亏，唯有唉声叹气拍大腿。

海香回头是不可能了，嫁出去的女儿泼出去的水。绿嘉呢，她能在外躲一世？肯定回了学校。派几个人去盯，让胜典去找，总能抓到。

胜典拍胸口担保，绿嘉跑得了和尚跑不掉庙，一定追回来，包在他身上。

他不承担谁承担？都是为的他呀！

妹子可真胆大！念书人就是不一样！

至于她在哪，肯定在学校。要她放弃高考，等于要命。但现在嫁人了，不能由着性子。还是不懂事啊！千万别传到他爸妈耳朵里，他这就去学校蹲守。

胜典带着于百奇，守了好多天，进绿嘉的学校打听，也没找到人——她根本就没在。

眼看要高考，学校封禁，他不好去找丹林，知道是要命关口，就回来了，报了动态，准备高考后两个人继续去蹲守。还就不信了，她飞了，不再出现了？

王其沛以绿嘉学校校长的名义，喊来于家父子和海香、胜典，出面调停——这门亲非法，学校如果状告两家家长，他们可就吃不了兜着走了。因为绿嘉还是未成年人。未成年人受到政府和学校的双重保护。

不过，他们也不是不讲理，于家确实花费不菲，赔了女儿。尊重乡下的习俗，学校周转出来一笔钱，用来抵偿于家的损失。当然，学校有自己的底线，于家不能狮子大开口。

政府办事人员适时跟进，感谢了学校，为了挽救一棵好苗子，付出这样大的代价！做父母的要感到羞愧。这父母做得太差劲，非得把孩子的一生毁掉！这种亲不提倡，考虑学校拿出主张，当事人一时糊涂，所以能协商解决就协商解决。

向家愿意赔给于家二十万，于家拿上这笔钱，再给儿子娶媳妇，完全不成问题。

两个庄子的一把手，相继附和。

当着三级政府的面，于家写了保证书。王其沛暗松一口气。

大的办法定下来后，细节上的事，就不重要了。

王其沛要去看望病人。

一顿介绍，向大元自知理亏，由学校出面解决，他们夫妻当真是千恩万谢。

王其沛又叫向大元准备一下，去上海看病，他有朋友在大医院，彻底把病治好。人老了没病，就是给子女最大的福报。

同时，绿嘉这两年大概都不好回家了，别难为孩子，考上大学再说。

对向家而言，这门亲值当，白娶了新娘子，没想最后是学校下血本，保的绿嘉。绿嘉看来是有大出息的。

至于丹林，就等着大学的通知书了。

峰回路转，老天开眼，这家人顿时有了美好的前程。

（原载于《广西文学》2022年第3期）